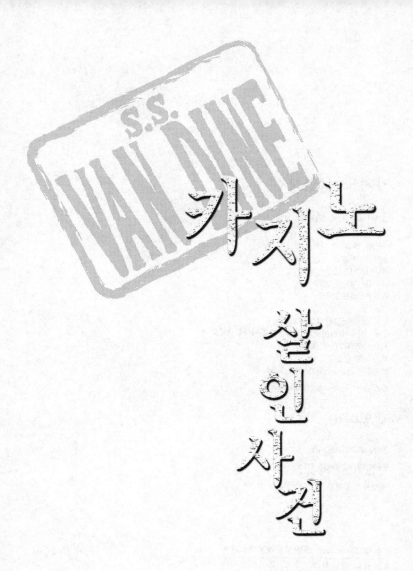

S.S.
VAN DINE

카지노
살인사건

해문출판사

카지노 살인사건

2004년 6월 20일 초판 1쇄 발행

지은이 S.S. 반 다인
옮긴이 이정임
펴낸이 이경선
편 집 정희주, 김선자
펴낸곳 해문출판사

등록 1978년 1월 28일 제3-82호
주소 서울시 마포구 합정동 392-2 써니힐 101호
전화 325-4721~2, 325-2277
팩스 325-4725
전자우편 haemoon21@yahoo.co.kr
홈페이지 www.agathachristie.co.kr

값 9,000원

ISBN 89-382-0382-4

ISBN 89-382-0380-8 (세트)

국립중앙도서관 출판시도서목록(CIP)

카지노 살인사건 / S.S. 반 다인 지음 ; 이정임 옮김.
--서울 : 해문출판사, 2004
    p. ;   cm. -- (파일로 반스 미스터리 ; 2)

원저자명: Van Dine, S. S.
ISBN 89-382-0382-4 04840
ISBN 89-382-0380-8(세트)

843-KDC4
813.52-DDC21   CIP2004001059

The Casino
Murder Case

■ 등장 인물

파일로 반스	탐정
존 F. X. 마크햄	뉴욕 주 지방검사
어니스트 히스	살인수사과 경사
안소니 루엘린 부인	유명한 사회사업가
리처드 킨케이드	안소니 루엘린 부인의 동생
아멜리아 루엘린	루엘린 부인의 딸
린 루엘린	루엘린 부인의 아들
버지니아 루엘린	린 루엘린의 아내
모건 블러드굿	킨케이드의 수석 크루피어
앨런 케인 선생	젊은 의사
로저스 선생	내과의사
스미스	루엘린가의 집사
헤네시	살인수사과 형사
스니트킨	살인수사과 형사
설리번	살인수사과 형사
버크	살인수사과 형사
엠마뉴엘 도레무스	검시관
커리	반스의 하인

■ 차 례

오거스터 맥매너스에게

우리 주변에는 예기치 못한 일들이
얼마나 많이 벌어지는가!
－테렌스－

제*1*장 익명의 편지

10월 15일 토요일 오전 10시

극적인 긴장감을 주었던 '드래건 살인사건'에 이어 파일로 반스가 직면하게 된 사건은 찬바람이 부는 쌀쌀한 가을에 벌어졌다. 그 사건은 아마도 반스의 생애에서 가장 불가사의하면서 더없이 극악무도한 범죄였을 것이다. 그동안 반스가 다루었던 다른 사건들과 달리 이번에는 독살사건이었다. 그런데 평범한 독살사건만은 아니었다. 지나치게 교묘하고 치밀한 수법을 사용한 점이 코넬리아 보트킨 사건이나 몰리너스 사건, 메이브릭 사건, 뷰캐넌 사건, 바우어즈 사건, 칼라일 해리스 사건과 같은 유명한 범죄 사건들과 대등하게 어깨를 견줄 만했다.

신문들은 이 사건을 '카지노 살인사건'이라고 이름 붙였다. 그러나 사실 '카지노 살인사건'은 잘못된 명칭이다. 비록 웨스트 73번가에 있는 그 유명한 킨케이드의 카지노 도박장이 중요한 역할을 담당하긴 했지만 말이다. 이 악명 높은 범죄 사건의 첫 번째 사건은 엄청난 판돈이 걸렸던 카지노의 '골드룸' 안에 있는 룰렛 테이블 옆에서 일어났다. 그리고 최후의 사건은 킨케이드의 사무실에서 발생했다. 킨케이드의 사무실은 벽면에 호두나무 판자를 댄 제임스 1세 시대 양식으로 가장 큰 도박실, 즉 골드룸에서 조금 떨어진 곳에 있었다.

덧붙이자면 마지막 사건의 무시무시한 광경이 죽는 날까지 나를 괴롭힐 것이며, 게다가 언제든 그 끔찍한 장면이 세세히 떠오를 때면 등골이 오싹해질 거라는 사실이다. 반스가 범죄 수사를 진행하는 동안 나는 그와 함께 당황스럽고 충격적인 수많은 상황을 경험했다. 하지만 이런 상황을 경험한 적은 한번도 없었다. 그것도 화려한 분위기로 이름난 도박장에서, 채 마음을 가다듬을 틈도 없이 불시에, 그토록 지독하고 무서운 결론에 도달하도록 한 상황은 말이다.

그리고 마크햄 또한 살인자가 우리 앞에 서서 의기양양한 태도로 낄낄거리며 웃어댈 때, 등골이 오싹해지는 경험을 했다는 것을 나는 알고 있다. 지금까지도 마크햄은 그 사건을 우연히 언급하는 것만으로도 신경이 예민해지고 불안한 상태에 빠져버린다. 그가 평소에 늘 침착한 사람이라는 점을 감안하면 그 비극적인 사건이 그에게 얼마나 오래도록 깊은 영향을 끼치고 있는지 분명히 보여준다.

'카지노 살인사건'은 치명적인 결과를 가져온 사건이라는 점을 제외하고는, 그동안 반스가 조사해서 해결했던 다른 많은 범죄 사건들과 달리 그다지 극적이지는 못했다. 객관적인 관점에서도 전적으로 흔해빠진 범죄에 지나지 않았다. 또한 범죄 수법 면에서도 역사상 유명한 범죄 사건들과 많은 유사점을 갖고 있었다.

하지만 이런 원형(原型)이 된 수많은 사건들과 카지노 사건을 구별짓는 특징이 하나 있다. 범인의 교활한 정신 작용이 그것이다. 살인자는 자신의 혐의를 다른 곳으로 돌리려고 더욱 흉악한 새로운 상황을 만들어냈다. 그 새로운 상황에서 범죄의 진짜 동기가 드러나도록 꾸몄던 것이다. 단순히 한 상황에 다른 상황을 끼워 넣은 정도가 아니었다. 살인자는 지적 조작을 통해 정교하고 복잡한 상황을 만들어냈다. 그런 교묘한 상황은 계속해서, 아니 거의 끊임없이 사건을 대단히 놀라운 결말로 이끌었다. 하지만 그건 잘못된 결말이었다.

실제로 살인자의 첫 번째 조치는 난해한 전체 계획 중에서도 가장 교묘한 수법이었다. 범행을 실행하기 36시간 전에 반스 앞으로 편지를 보내온 일만 봐도 그렇다. 그러나 기묘하게도 범인을 찾아낼 수 있었던 것은 결국 이렇듯 대단한 치밀성 때문이었다. 아마도 편지를 보낸 행위는 대단히 교활한 소행이었을 것이다. 그러나 어쩌면 이런 행위가 살인자의 정신작용으로 주의를 돌리게 만들어서, 사건을 성공시키지 못하게 하는 계기가 됐을지도 모른다. 게다가 반스는 그 편지에서 사건 해결의 실마리를 얻었다. 비록 머리를 써서 풀어야 할 단서였지만 말이다. 다행히도 우리는 반스의 노력을 통해 더욱 뚜렷하고 분명한 추리 선상에서 그 실마리를 이용할 수 있었다. 어찌됐든 살인자가 의도한 표면상의 목적은 이루어졌다. 반스가 실제로 첫 번째 공격에서 악인의 날카로운 검의 목격자가 되었으니 말이다. 그리하여 반스는 이 유명한 독살 살인사건의 첫 번째 사건의 목격자로서 사건에 관여하게 되었다. 그래서 이 경우에는 반스가 존 F. X. 마크햄에게 사건이 일어났다고 전하게 되었다. 마크햄은 당시 뉴욕 주 지방검사였으며, 반스와는 가까운 친구사이였다. 지금까지 반스가 관계한 다른 모든 범죄 수사에 그를 참여시킨 장본인이 마크햄이었다.

　내가 앞서 말한 편지는 10월 15일 토요일 아침에 도착했다. 타자기로 쳐서 쓴 두 장의 편지로, 봉투에는 뉴저지 주 클로스터의 소인이 찍혀 있었다. 우체국에서 찍힌 소인으로 보아 편지를 보낸 시각은 전날 정오 때였다. 반스는 금요일 밤 늦게까지 수메르인의 심미적 감각이 돋보이는 도기류의 디자인을 비교해서 일람표를 만드는 작업에 빠져 있었다. 그는 고대문명[1]의 문화적 영향을 입증할 생각

---

1) 메소포타미아 유적탐사단의 발굴 기록들이 최근 세상에 발표되었다. 그 작업은 C. 레너드 올리 박사의 지휘아래 펜실베이니아 대학과 대영박물관이 공동으로 진행했다.

이었다. 반스는 늦게까지 작업을 한 탓에 토요일 아침 10시까지도 잠자리에서 일어나지 않았다. 당시에 나는 이스트 38번가에 있는 반스의 아파트에서 그와 함께 살고 있었다. 그래서 내 본래의 임무가 반스의 법률 고문이자 재산관리인이었음에도 불구하고, 지난 3년 동안 고용 비서로서의 업무까지 차츰 떠맡게 되었다. 어찌 보면 '고용'이라는 말은 정확한 표현이 아닐 것이다. 반스와 나는 하버드 재학 시절 이래 절친한 친구사이다. 그리고 나는 이런 감정적 유대로 인해 내 부친의 법률사무소인 '반 다인 데이비스 앤 반 다인'을 그만두고, 성미에 더 맞는 반스의 대리자로서의 역할에 전념하게 되었다.

쌀쌀하다 못해 거의 초겨울 같은 10월의 아침에 나는 평소와 다름없이 반스에게 온 편지를 개봉해서 분리하고, 내 권한으로 해결할 수 있는 편지들을 처리했다. 그래서 가을에 열리는 사냥개들의 야외 실지 시용(試用)[2]에 참가하기 위한 신청서를 작성하기 시작했다. 그때 반스가 서재로 들어왔다. 그는 고개를 끄덕여 인사를 하고는 벽난로 앞에 놓인 그가 좋아하는 앤 여왕조(朝) 양식의 의자로 가 앉았다.

그날 아침 반스는 옛 중국의 관리가 입는 희한한 의복을 입고, 중국 사람들이 신는 샌들까지 신고 있었다. 그런 옷차림에 나는 다소 놀랐다. 그가 그렇게 화려하게 차려입은 모습으로 터키식 커피 한잔과 애용하는 레지 담배 한 개비로 떼우곤 하는 아침식사를 들러 나오는 일은 좀처럼 없었기 때문이다.

---

2) 반스는 매우 훌륭한 포인터(사냥개)와 세터(사냥감의 위치를 알려주는 사냥개 - 역주) 몇 마리를 가지고 있었다. 그의 사냥개는 동부에서 열리는 다양한 대회에서 우승을 차지해 주목을 받았다. 사냥개들은 그 지역에서 손꼽히는 전문가에게 훈련을 받았고, 야외 작업에 완전히 길들여진 상태로 반스에게 돌아왔다. 반스는 사냥개들을 스스로 길들이는 일을 대단히 즐겼다.

"이보게, 반."

그는 커리를 부르려고 탁자 위의 벨을 누르면서 말했다. 커리는 그의 나이든 집사이자 하인으로 영국인이었다.

"그렇게 드러내놓고 깜짝 놀란 얼굴로 쳐다보지 말게. 잠에서 깨어났을 때, 나는 우울한 기분이었네. 그들이 우르(Ur;고대 메소포타미아 남부의 도시. 현재는 이라크 남부, 바그다드 남동쪽 약 350㎞에 있는 유적지 – 역주)에서 발견했던 비문을 새긴 오래된 큰 돌기둥과 원통형 돌 도장의 디자인을 찾아내지 못했거든. 그 때문에 밤잠까지 설쳤지. 그래 우울한 생각에서 벗어나려 이렇게 중국식 의복을 차려입은 거라네. 덧붙이자면, 정신적인 상호작용을 통해서 중국학 학자들이 격찬해 마지않는 동양인 특유의 차분함을 얻기를 기대하면서 말이네."

이때 커리가 커피를 가져왔다. 반스는 레지 담배에 불을 붙이고 진한 검은색의 액체를 몇 모금 마셨다. 그리고 천천히 나를 쳐다보며 느린 말투로 물었다.

"뭐, 기분 좋은 편지라도 좀 있나?"

나는 막 도착한 이상한 익명의 편지에 상당히 호기심이 일던 참이었다. 하지만 그때까지 편지에 담긴 비극적인 의미를 알지는 못했다. 나는 아무 말 없이 편지를 반스에게 건네주었다. 그는 눈썹을 약간 치켜올리고 편지를 흘끗 보다가 잠시 정체 모를 서명에 시선이 머물렀다. 그리고는 커피 잔을 탁자에 내려놓고 천천히 편지를 읽어내려 갔다. 반스가 편지를 읽는 동안 나는 그를 주의 깊게 살펴보았고, 그의 눈에 몹시 분명치 않은 빛이 떠오르는 것을 감지했다. 진퇴양난에 빠지기라도 한 것처럼 눈빛은 깊어졌고, 여느 때와 달리 심각해보이기까지 했다.

편지는 지금까지도 반스의 서류철 안에 들어 있다. 나는 여기에 내용을 그대로 옮겨놓으려 한다. 왜냐하면 반스는 이 편지에서 가장 귀중한 실마리 하나를 찾아냈기 때문이다. 그러나 사실 그 실마리를 통해 처음부터 살인사건을 이끌어냈던 것은 아니다. 아무튼 반스는 그 실마리로 음모자가 분명히 의도했던 수사 방향에서 벗어날 수 있었다. 이미 말했던 것처럼, 그것은 타자기로 작성된 편지였다. 그리고 편지는 서투르게 작성되어 있었다. 그것은 편지를 작성한 사람이 타자기의 사용법을 잘 모른다는 증거였다. 편지에는 다음과 같이 씌어 있었다.

친애하는 반스 씨.

저를 고통 속에서 구원해 주시기를 간청합니다. 또한 자비와 정의의 이름으로 간청합니다. 저는 당신의 명성을 익히 알고 있습니다. 그래서 이곳 뉴욕에서의 끔찍한 재난을 막을 수 있는 분은 당신뿐이라는 사실 또한 잘 알고 있습니다. 아니, 적어도 곧 닥쳐올 범죄사건의 가해자에게 벌을 주실 수는 있을 거라고 생각합니다. 불길하고 사악한 빛이 뉴욕의 어느 가족에게 드리워져 있습니다. 그런 무시무시한 빛은 지난 수년간 점점 짙어졌습니다. 그래서 저는 파란이 곧 닥쳐오리라는 사실을 압니다. 위협적이고 비극적인 기운이 감돌고 있습니다. 이런 상황에서 제 청을 저버리지 말아주십시오. 비록 제가 당신에게는 생면부지의 사람이지만 말입니다.

저는 정확히 어떤 일이 벌어질지는 모릅니다. 만일 알았다면 경찰서로 갔겠지요. 하지만 경찰의 개입이 당장은 음모자의 행동을 억제할 수 있을지 몰라도, 그건 단지 비극을 늦추는 데 불과할 뿐입니다. 더 알려드리고 싶지만 저도 더 이상은 아는 것이 없습니다. 실은 몹시 막연한 느낌입니다. 그러니까 분명한 상황이라기보다는 차라리 그런 분위기가 느껴진다고나 할까요. 그렇지만 무서운 일이 일어날 겁니다……. 뭔가 일어날 겁니다. 무슨 일이 벌어지든 간에 진실이 아니니 믿을 게 못 됩니다. 그러니 그런 상황에 현혹되지 않으셨으면 합니다. 눈을 크게 뜨고 보십시오. 사건의 진상에 주목하십시오. 사건에 관련된 사람들 모두가 비정상적이고 교활한 자들입니다. 그들을 과소평가해서는 안 됩니다.

제가 알려드릴 수 있는 건 이것뿐입니다.

전 당신이 예전에 린 루엘린을 만난 적이 있다고 알고 있습니다. 그리고 그가 3년 전 뮤지컬 배우인 버지니아 베일과 결혼한 사실도 아마 알고 있으실 겁니다. 결혼과 함께 그녀는 뮤지컬 배우를 그만뒀습니다. 그리고 그녀와 린은, 린의 가족과 함께 살고 있습니다. 하지만 그것은 대단히 잘못된 결혼이었습니다. 그래서 그 3년 동안 비극적인 사건이 꾸며지게 된 겁니다. 이제 사태가 최고조에 달했습니다. 무서운 범죄의 구도가 구체화되고 있는 걸 전 느낍니다. 그리고 그 구도 속에 루엘린 가족과 다른 사람들이 서 있습니다.

누군가 위험합니다……. 몹시 위험합니다. 그게 누구인지는 모르겠습니다. 어쨌든 사건이 벌어질 시각은 내일, 토요일 밤입니다.

린 루엘린을 주시해야 합니다. 주의 깊게 지켜봐야 합니다.

내일 밤 루엘린 저택에서 연회가 열립니다. 그 자리에 이 임박한 비극과 관련된 당사자들이 모두 참석합니다. 리처드 킨케이드와 모건 블러드굿, 린과 그의 불행한 아내, 린의 여동생 아멜리아, 린의 모친이 말입니다. 연회가 열리는 건 린의 모친의 생일날이기 때문입니다.

저는 저녁식사 자리에서 뭔가 소동이 일어나리라는 걸 알고 있지만, 당신이 아무것도 할 수 없을 거라는 사실 또한 알고 있습니다. 아무튼 그건 전혀 중요하지 않습니다. 연회는 사건의 시작일 뿐입니다. 중대한 일은 나중에 일어날 테니까요. 저는 일이 벌어질 거라는 걸 알고 있습니다. 이제 때가 되었습니다.

저녁식사 후 린 루엘린은 킨케이드의 카지노에 도박을 하러 갈 겁니다. 그는 매주 토요일 밤마다 그곳에 갑니다. 당신도 종종 킨케이드의 카지노에 들른다는 것을 저는 알고 있습니다. 그러니 제발 내일 밤 그곳에 가주셨으면 합니다. 꼭 가주셔야 합니다. 그리고 린 루엘린을 지켜봐야 합니다. 일분일초도 놓쳐서는 안 됩니다. 또한 킨케이드와 블러드굿도 주시해야 합니다.

이 문제에 대해서 도대체 왜 제가 직접 나서서 조치를 취하지 않는 건지 의아하게 생각되실 겁니다. 그건 제 위치나 처지가 그 일을 도저히 수행할 수 없는 상황에 처해 있어서입니다.

좀더 명확하게 알려드릴 수 있으면 얼마나 좋겠습니까. 하지만 더 이상 아는 것이 없습니다. 반드시 당신이 진상을 밝혀내야 합니다.

서명 또한 타자기로 '몹시 걱정하고 있는 사람'이라고 작성되어 있었다.

반스는 편지를 두 번 정독한 뒤 의자에 깊숙이 몸을 묻고 두 다리를 천천히 쭉 뻗었다.

"놀라운 편질세, 반."

그는 깊은 생각에 잠겨 담배를 몇 모금 뻐끔뻐끔 피우다 느릿느릿 말을 꺼냈다.

"게다가 정말이지 상당히 위선적이지 않은가. 간간이 문학적인 필치도 보이고. 좀 멜로드라마같지 않나. 다소 저속한 문체의 샘플을 보는 것 같군. 게다가 때때로 깊은 근심까지……. 그래, 그렇지. 명확하지는 않지만 서명에는 거짓이 없는 것 같네. 맞네, 맞아……. 확실히 속임수가 없는 게 분명하네. 편지의 다른 부분을 작성할 때보다 더 힘을 들여 타이핑을 했군. 타자기의 키를 더 힘주어 눌렀단 말일세……. 편지 작성중에 흥분했던 게지. 그런데 유쾌한 흥분은 아니었어. 이를테면, 약간의 복수심과 결부된 근심이라고나 할까…….”

그의 목소리가 서서히 사라졌다.

“근심이라!”

그는 혼잣말을 하듯이 다시 말을 이었다.

“행간에 숨어있는 의미가 바로 그거네. 그런데 무엇에 대해서 근심을 하는 거지? 또 누구에 대해서 근심을 하는 거고……? 도박꾼린? 물론 그렇겠지. 그렇지만…….”

그의 목소리가 또다시 서서히 사라졌다. 그는 다시 한번 편지를 세심히 살펴보았다. 외알 안경을 정성껏 매만져 바로잡고 편지지의 양면을 꼼꼼히 조사했다.

그가 자신의 생각을 말했다.

“대량 생산되는 평범한 본드지(紙)야. 어느 문구점에서나 구입할 수 있는……. 또 뾰족한 모양의 뚜껑이 달린 편지 봉투도 평범한 것이고. 걱정 많고 수다스러운 이 발신인은 물건을 산 문구점이 추적당할 가능성을 피하려고 몹시도 신경을 쓴 모양이네……. 아주 애석한 일이야……. 이 편지를 쓴 사람이 이전에 실무학교를 다녔더라면 좋았을 텐데. 타이핑 실력이 형편없거든. 행간이 들쑥날쑥하고 글자를 잘못 친 것도 많은데다 여백을 남기거나 행의 첫머리를 들여 쓰는 등의 관념도 없군. 이 모든 점이 타자기라는 간단한 도구에 익숙하지 않다는 사실을 암시하네.”

그는 새 담배에 불을 붙이고 커피를 다 마셨다. 그리고는 의자에 깊숙이 앉아서 편지를 세 번째 읽었다. 나는 그가 그렇게 흥미 있어 하는 모습을 본 적이 없었다. 이윽고 그가 입을 열었다.

“왜 루엘린가(家)의 흔하디 흔한 집안 얘기일까, 반? 신문을 읽는 사람이라면 누구나 루엘린 집안의 상황에 대해 알고 있네. 사교계 명사의 지위에 오르려는 아름다운 금발 여배우와의 결혼이 모친의 반대에 부딪치다가 결국 모친의 그늘 밑으로 들어갔다는 이야기 말이야. 그 후 향락에 빠진 린 루엘린은 나이트클럽의 단골손님이 되고, 린 루엘린의 생각 깊은 여동생은 상류사회의 떠들썩하고 천박한 모임에서, 미술 공부 쪽으로 눈길을 돌린다는 줄거리지. 이렇게 확실하게 신문에서 알려주는데 누군들 루엘린 집안의 상황을 듣지 못했겠나? 게다가 그의 모친은 떠들썩한 자선사업가인데다, 현존하는 모든 사회사업 단체와 경제 단체 위원회의 일원이지 않나. 그리고 킨케이드, 즉 그 노부인의 남동생도 잘 알려진 사람이고. 이 도시에서 그보다 악명 높은 사람은 없을 테니. 그는 늙은 루엘린 부인에겐 대단히 수치스럽고 번민을 안겨주는 존재일 걸세. 부유층 집안은 소소한 행동만으로도 사회 전체의 가십거리가 되기 일쑤니까."

반스는 얼굴을 찡그렸다.

"그런데도 이 편지를 쓴 사람은 그런 다양한 문제들을 떠올리게 하는군. 왜일까? 도대체 무슨 까닭으로 이 편지를 보낸 걸까? 수취인으로 왜 내가 선택된 거지? 미사여구를 늘어놓은 문체는 또 뭐고? 지독한 타이핑 솜씨는 어찌된 거야? 이 편지지에 담긴 비밀이 뭐지? 도대체 어찌된 걸까……? 알고 싶군……. 알고 싶어……."

그는 자리에서 일어서서 천천히 왔다갔다했다. 그가 그렇게 당황하는 모습에 나는 무척 놀랐다. 그건 전혀 그답지 않은 모습이었다. 나는 편지가 좀 별나다는 것을 제외하고는 그다지 깊은 인상을 받지 못했다. 그래서 처음에는 편집광이나 혹은 루엘린가에 원한을 품은 누군가의 소행일 거라고 여겼다. 루엘린 집안사람들을 성가시게 할 목적으로 편지라는 간접적인 수단을 택했을 거라고 말이다. 하지만 아무래도 반스는 편지에서 내가 완전히 깨닫지 못한 뭔가를 알아차린 듯했다.

갑자기 그가 생각에 잠긴 채 말없이 이리저리 움직이던 것을 딱 멈췄다. 그리고는 전화기 쪽으로 다가갔다. 잠시 뒤에 그는 지방검 사인 마크햄과 통화를 하면서 오늘 오후 자신의 아파트에 들려달라 고 거듭 청했다.

"정말이지 아주 중요한 일이네."

하지만 반스는 평소에 마크햄과 이야기할 때 취하는 다소 익살맞 은 태도로 말하고 있었다.

"자네에게 보여줄 정말로 재미있는 편지가 있네……. 어서 출발하 게. 자넨 청을 거절 못 하는 성격이니 부디 와주게나."

잠시 뒤 반스는 수화기를 내려놓고 조용히 자리에 앉았다. 얼마쯤 그렇게 앉아 있다가 일어서서 정신분석학과 변태심리학 책들이 꽂 혀있는 책장 쪽으로 갔다. 그는 프로이드와 융, 스테컬, 페렌찌의 저 서들의 색인을 대충 훑어보았다. 그리고 몇몇 페이지에 표시를 한 후 다시 자리에 앉아 책들을 정독했다. 한 시간쯤 지나서 그는 책들 을 책장에 도로 꽂고, 다시 30분 동안 「명사록」과 뉴욕의 「사교 계 명사록」, 「미국 인명사전」과 같은 각종 참고도서를 들춰보면 서 보냈다. 이윽고 그가 어깨를 가볍게 치켜올리며 작게 하품을 하 고는 책상에 시선을 뒀다. 책상 위에는 우르에서 올리 박사가 7년 동안 유적 발굴 작업에서 발굴했던 수공예품의 수많은 사본들이 널 려 있었다.

지방검사 사무실에서 토요일은 반공일이므로 마크햄은 2시 직후 에 아파트에 도착했다. 한편 반스는 그동안 옷을 갈아입고 점심식사 도 마쳤다.

반스는 서재에서 마크햄을 맞았다. 그는 마크햄을 벽난로 앞에 있 는 의자로 안내하면서 투덜거렸다.

"생기 없고 음침한 날일세. 이런 날은 혼자 있는 사람에게 좋지 않아. 마치 늪에 빠지는 것처럼 점점 의기소침해지거든. 오늘 롱아일랜드 섬(미국 뉴욕 주 남동부의 섬 - 역주)에서 열리는 사냥개 야외 실지 시용에도 참가하지 못했어. 차라리 집에 가만히 있으면서 빨갛게 단 잿불 앞이나 어슬렁거리는 편이 나을 거 같아서 말이지. 이제 꿈을 꾸기에는 내가 너무 늙었나 보네……. 슬프군……. 그런데 자네가 이렇게 와주니 몹시 고맙지 뭔가. 이 가을날에 슬픔을 억누르기 위해 1811년산 나폴레옹 코냑 한 잔 어떤가?"

마크햄은 반스를 유심히 쳐다보면서 대꾸했다.

"나는 전혀 슬프지 않네. 가을 때문이든 혹 다른 것 때문이든 말일세. 그런데 자네가 쓸데없는 말을 지껄일 땐 아주 확실한 사건의 명백한 징후를 감지했다는 의미인데."

그는 여전히 반스의 얼굴을 찬찬히 살피고 있었다.

"하지만 코냑은 마시겠네. 그런데 어째서 그렇게 이상야릇한 태도로 전화를 했던 건가?"

"이보게, 마크햄……. 오, 이런 마크햄! 그래, 정말 이상야릇한 태도였단 말인가? 이런 울적한 날에……."

마크햄이 안절부절못하기 시작했다.

"자자, 어서, 반스. 내게 보여주고 싶다던 재미있는 편지는 어디 있나?"

"아아, 그렇지."

반스는 주머니에 손을 넣어 그날 아침에 받았던 익명의 편지를 꺼내 마크햄에게 건넸다.

"사실 이 편지는 오늘처럼 울적한 날에 오지 말았어야 했는데."

마크햄은 아무렇지 않게 편지를 읽어 내려갔다. 그리고는 약간 화가 난 몸짓으로 탁자 위에 편지를 내던지며 물었다.

"그래, 이게 어떻다는 건가?

그는 화난 감정을 숨겨보려 했으나 성공하지 못했다.

"나는 자네가 이 편지를 심각하게 받아들이지 않기를 진심으로 바라네."

반스가 한숨쉬며 말했다.

"심각하게 받아들이는 것도, 대수롭지 않게 받아들이는 것도 아닐세. 하지만 여보게, 편견 없이 봐주겠나. 이 편지가 개연성을 시사하고 있질 않나. 자네는 그렇게 생각하지 않나?"

마크햄이 반박했다.

"제발, 반스! 우리는 매일 이런 편지를 받네. 그것도 수십 통씩 말일세. 우리가 그런 편지에 일일이 마음을 쓴다면 다른 일들을 할 시간이 전혀 없을 걸세. 상습적으로 이런 편지를 쓰는 말썽꾼들이 있지 않나……. 그러니 나는 자네와 같은 태도를 취할 수 없네. 자네는 아주 훌륭한 심리학자이니 더 잘 알겠군."

반스는 이례적으로 진지한 태도로 고개를 끄덕였다.

"맞네, 맞아, 그렇지. 편지에 대해 강박관념을 지닌 사람들이 있지. 쓸데없는 병적 자기중심 성향에, 야비한 태도와 극단적인 잔학성이 결합돼 나타나는 증상 말이야. 그런 병적 성향에 대해 나는 잘 알고 있네. 하지만 이 편지가 그런 범주로 분류될 정도인지는 확신이 서지 않는군."

마크햄은 반스를 흘끗 쳐다보았다.

"자네는 정말로 이것이 정보에 근거해서 거짓 없이 쓴 중요한 편지라고 생각하는 건가?"

"오, 천만에. 그 반대일세."

반스는 골똘히 생각에 잠겨 자신의 담배를 응시했다.

"그보다는 모호하게 쓴 편지인 것 같네. 진실된 편지라면 이보다

덜 장황하고 보다 요령 있게 작성했겠지. 이 편지는 몹시 장황하면서도 과장된 문체로 작성되었네. 이건 어떤 의도가 숨겨져 있다는 걸 암시하는 걸세. 이면에 너무나도 많은 생각이 담겨 있어…… 게다가 사악한 의미를 함축하고 있고 말이지. 논법에서 비정상적인 분위기가 느껴지네. 끔찍한 비극을 예고하는 진실된 편지라고나 할까. 어떤 악마 같은 사람이 음모를 꾸미고 만족스런 미소를 짓고 있는 것 같아…… 마음에 들지 않는다네, 마크햄. 정말 마음에 들지 않아."

마크햄은 상당히 놀란 얼굴로 반스를 물끄러미 바라보았다. 그는 뭔가 말을 꺼내려다가 대신 편지를 다시 집어 들었다. 그리고 이번에는 세심히 주의를 기울여 읽었다. 그는 편지를 다 읽고 나서 천천히 고개를 가로저었다.

마크햄이 상냥한 어조로 반박했다.

"아니네, 반스. 1년 중 가장 슬픈 날들이 자네의 생각에 영향을 미친 것 같군. 단지 히스테리를 일으킨 어떤 여인이 감정적으로 폭발한 상태에서 작성한 편지에 지나지 않네. 자네처럼 이런 우울한 날씨에 영향을 받은 여인 말일세."

반스는 무심한 태도로 말했다.

"편지에서 여성적인 필치가 좀 보이지, 안 그런가? 나도 그것을 알아챘네. 하지만 편지의 전반적인 어조에서 히스테리 상태에 빠져 있다는 것을 암시할 만한 점은 없었네."

마크햄은 찬성하지 못하겠다는 듯 손을 젓고 잠시 동안 말없이 담배를 피워댔다.

한참만에 그가 물었다.

"자네는 루엘린 집안사람들을 개인적으로 아나?"

"린 루엘린을 한 번 만난 적이 있네. 대충 소개만 받은 거였지만.

또 카지노에서도 몇 번 보았지. 응석받이로 자라 제멋대로 행동하는 부류의 젊은이더군. 어머니가 경제권을 장악하고 있다지. 그리고 물론 킨케이드도 알고 있네. 경찰과 지방검사 사무실을 제외하고는 누구나 리처드 킨케이드를 알고 있지."

반스가 익살맞은 표정으로 힐끗 보았다.

"자네가 그의 존재를 무시하고, 죄악의 소굴로 변해가는 리처드 킨케이드의 카지노에 가까이 가려하지 않는다는 건 아주 합당한 행동이네. 그렇게 버젓이 운영을 하고 있으니, 그런 상황을 견뎌낼 수 있는 사람이나 카지노에 드나들어야지. 거참! 법규나 단속으로 도박을 막을 수 있다는 단순한 사고방식을 생각해 보게……! 카지노는 유쾌한 장소라네, 마크햄……. 아주 온당한 장소이기도 하고. 자네도 그곳에서 즐거운 시간을 보낼 수 있을 텐데."

반스는 슬픈 듯 한숨을 내쉬며 말했다.

"다만 자네가 지방검사만 아니라면 말이지! 안타깝군……. 안타까워……."

마크햄은 의자에서 거북하게 몸을 들썩였다. 그리고 반스를 노려보다가 관대한 미소를 지으며 대꾸했다.

"언젠가 갈 거네. 아마 다음 선거가 끝난 다음에 말일세. 편지에 언급된 다른 사람들 중 누구라도 아는 이가 있는가?"

반스가 말했다.

"모건 블러드굿만 좀 안다네. 킨케이드의 수석 크루피어(도박장에서 룰렛을 돌리거나 칩을 집배하는 사람 - 역주)인데, 말하자면 그의 오른팔 격인 사람이지. 하지만 단지 직업상 면식이 있는 정도라네. 그가 루엘린 집안의 친구이며, 린의 아내가 뮤지컬 배우였을 때부터 알고 지냈다는 소문도 언젠가 들은 적이 있네. 그는 대학출신으로 숫자에 능통하지. 전에 킨케이드가 내게 말하더군. 그가 프린스턴 대학에서 수학을 전공했다고 말이야. 1, 2년 동안 교사생활을 했고, 그리고 나서 킨케이드와 운명을 같이 하게 되었다고 하네. 아마도 자극이 필요했겠지. 양자론(量子論)보다 나은 무언가 말이야……. 그 밖의 미래의 dramatis personae(사건 관계자들)은 잘 알지 못한다네. 버지니아 베일은 본 적조차 없어. 그녀가 무대에서 짧은 성공을 거두는 동안 나는 해외에 있었잖나. 그리고 루엘린 부인과 내가 우연히라도 부딪칠 일은 전혀 없었고. 예술에 뜻을 품은 딸, 아멜리아 또한 만난 적이 없네."

"킨케이드와 루엘린 부인 사이는 어떤가? 남매간이라면 마땅히 그래야 하는 것처럼 두 사람도 의좋게 지내는가?"

반스는 관심 없다는 듯 마크햄을 쳐다보았다.

"나도 그런 관점에서 생각해 보았네."

그는 잠시 생각에 잠겼다.

"물론 노부인은 제멋대로인 남동생을 수치스러워할 걸세. 열광적인 사회 사업가가 도박꾼인 동생에게 은신처를 제공하는 건 아주 난처한 일일 테니 말이야. 하지만 어쨌든, 외부에서는 그들은 서로 정중하게 대한다네. 나는 그들 남매가 내부적으로 불화가 있을 거라고 생각하네. 특히 파크 애버뉴에 있는 저택이 그들의 공동 소유이고, 그래서 두 사람이 한 지붕 아래 살고 있으니 말일세. 그렇지만 나는 노부인이 적대적인 음모를 꾸밀 정도까지 킨케이드에게 원한을 품고 있을 거라고는 생각지 않네……. 아니지, 아니야. 그런 방향에서 이 편지를 설명할 방법을 찾아서는 안 돼……."

이때 커리가 서재로 들어와서 걱정스러운 말투로 반스에게 말했다.

"죄송합니다, 나리. 전화를 거신 분이 주인님이 오늘밤 카지노에 가실 작정인지를 여쭤봐 달라고 하셔서……."

반스가 중간에 말을 가로챘다.

"전화 건 사람이 남잔가, 여잔가?"

커리가 더듬거리며 말했다.

"저…… 실은…… 주인님……. 그게 확실하지가 않아서요. 말소리가 아주 가냘픈데다 희미했거든요. 목소리를 변조한 게 틀림없을 겁니다. 그런데 그 사람이 주인님께 여쭤봐 달라고 해서……. 나리, 남자인지 여자인지에 따라서 답변이 달라지는 건 아니시겠죠. 그 사람이 전화를 끊지 않고 주인님의 답변을 기다리고 있어서요."

반스는 한동안 입을 열지 않았다.

"어느 정도 이런 상황을 예상하고 있었네."

이윽고 그가 낮은 목소리로 말했다. 그리고는 커리를 바라보았다.

"전화를 건 성별이 분명치 않은 그 사람에게 전하게. 내가 오늘밤 10시에 카지노에 갈 거라고."

마크햄은 여송연을 천천히 입에서 떼어내고 걱정스러운 얼굴로 반스를 바라보았다.

"자네 그 편지 때문에 정말로 카지노에 갈 생각인가?"

반스는 진지한 얼굴로 고개를 끄덕였다.

"그렇다네……. 가볼 생각이라네."

제2장 카지노

10월 15일 토요일 오후 10시 30분

카지노는 리처드 킨케이드가 오래 전에 세운 유명한 도박장으로, 웨스트엔드 애버뉴 근처의 웨스트 73번가에 자리 잡고 있었다. 이미 오래 전에 고인이 된 캔필드 사람들 중에는 카지노가 한창 번성하던 시절 그곳에서 영화를 누린 이들도 많았다. 비록 전성기가 짧기는 했으나 그 카지노는 아직도 많은 이들의 뇌리 속에 생생한 추억으로 남아 있고, 그 지방에서는 모르는 이가 없을 정도로 명물이기도 하다. 또한 그 옛날 뉴욕 밤거리의 유흥을 화려하게 수놓았던 환락가에 대해 얘기할 때도 결코 빼놓을 수 없는 중요한 부분을 차지한다. 한때 그 카지노가 서 있던 자리에는 이제 테라스가 딸리고 펜트하우스(빌딩 최상층의 고급 주택 – 역주)가 갖춰진 아파트가 높이 솟아 있다.

사건 당시에는 그곳이 뭐하는 곳인지 잘 모르는 사람들도 있었으며, 이들은 그저 겉만 보고 카지노를 그 시절 웨스트사이드 북부의 자랑이었던 크고 인상 깊은 회색의 석조 저택들 가운데 하나이겠거니 하고 지나쳤다. 그 건물은 1890년대에 지어진 저택으로, 리처드 킨케이드의 부친인 아모스 킨케이드가 살던 곳이었다. 사람들 사이에서 '올드 아모스'로 통하는 그의 부친은 그 도시에서 가장 안목이 뛰어나고 가장 부유한 부동산 투자자 중 한 사람이었다. 올드 아모스는 유언장에서 다른 자산과 함께 이 각별한 부동산을 리처드 킨케이드에게 단독으로 물려주었다. 그 외의 나머지 자산은 두 자녀인, 킨케이드와 안소니 루엘린 부인 공동 명의로 유증되었다. 유산을 받을 당시에 루엘린 부인은 이미 미망인이었고, 십대 초반에 접어든 아이가 둘 있었다.

리처드 킨케이드는 올드 아모스가 죽은 후 몇 해 동안 그 회색빛 석조 저택에서 혼자 살았다. 전부터 세계의 오지를 다니며 모험을 하고 싶어하던 그는 문을 굳게 걸어 잠그고, 창문들을 판자로 막아 놓고 맘껏 세계를 돌아다녔다. 그는 또 늘 도박에 대한 욕망을 억누르지 못했다. 아마 이것도 아버지에게서 물려받은 것이겠지만⋯⋯. 그래서 그 모험 도중에도 유럽의 유명한 도박촌을 거의 다 찾아다녔다. 기억할지 모르겠지만 그가 어마어마한 돈을 따거나 잃었다는 기사들이 이 지역 신문에 심심치 않게 오르내리기도 했다. 그는 잃은 돈이 딴 돈보다 훨씬 많아지면 미국으로 돌아왔고, 그때마다 재산이 줄어들긴 했지만 더 현명해졌다.

당시에 그는 손실을 메우기 위해, 자신의 정치적 영향력과 탄탄한 인맥을 바탕으로 직접 도박장을 열기로 결심했다. 그것도 당시 미국에서 명성이 자자했던 저택들의 스타일을 모방해 꾸며놓고 상류층을 상대로 운영하기로 말이다.

킨케이드는 자신에게 내밀히 큰 도움을 주던 사람들 가운데 한 명에게 이렇게 말했다.

"지금 내게 고민이 있다면, 내가 항상 잘못된 패에 도박을 걸어왔다는 점일세."

그는 73번가의 커다란 저택을 개조하고, 최대한도의 자금을 설비에 아낌없이 쏟아 부어 새 단장을 하여 '제대로 된 패에 건' 유명한 도박을 시작했다. 소문에 의하면 건물을 꾸미느라 물려받은 재산의 나머지를 거의 탕진했다고 한다. 그는 새롭게 단장한 그곳에 '킨케이드 카지노'라는 이름을 붙였다. 아마도 모나코의 유명한 '몬테카를로(모나코의 도시로 도박장으로 유명한 곳 – 역주) 카지노'를 기념하여 냉소적으로 붙인 이름일 것이다. 하지만 특권 계층이나 부자들 사이에서 그곳이 아주 유명해지면서 앞의 '킨케이드'는 이내 필요 없는 수식어가 되어버렸다. 사실 당시 미국에는 '카지노'라고 이름 붙인 도박장이 그곳 한 곳밖에 없었다.

그 카지노는 불법적으로 운영되는 다른 종류의 수많은 업체들이나, 금주령이 내려졌던 시기에 상류층을 겨냥해 생겨난 각양각색의 나이트클럽들과 다를 바 없이 비밀클럽으로 운영되었다. 회원이어야만 출입할 수 있었으며, 그래서 모든 신청자들을 까다롭게 조사해 평가했다. 또 평가 결과 탐탁지 않은 신청자에게는 턱없이 높은 입회비를 제시해 단념시켰다. 그래서 그 '클럽'의 회원 명단에 오르면 사회적으로나 직업적으로 걸출한 인물로 여겨지다시피 했다.

킨 케이드는 수석 크루피어 겸 테이블 게임 매니저로 모건 블러드굿을 선택했다. 그는 교양 있는 젊은 수학도였던 블러드굿을 누나의 집에 갔다가 만났다. 블러드굿은 린 루엘린과 같이 대학을 다니긴 했으나 루엘린이 3년 선배였다. 그리고 덧붙이자면, 버지니아 베일과 루엘린을 만나게 해준 사람이 바로 블러드굿이었다. 블러드굿은 대학시절에도, 또 수학을 가르치던 때에도 취미로 확률법칙을 다루는 데 여념이 없었다. 그는 이러한 확률의 법칙에서 발견한 것들을 특히 도박에 적용했다. 그래서 도박을 수리적으로 살펴보는가 하면, 운에 달려있는 도박게임들 중 웬만한 것들은 모조리 승률을 계산해내기도 했다. 그중에서 카드 게임과 관련해서 계산해낸 순열의 수와 반복율, 그리고 수열의 치환들은 오늘날 드로잉(카드 뽑기)의 승률을 계산하는 데 공식적으로 이용되고 있다. 그런데 그는 한때 지방검사 사무실과 함께 뉴욕시 전역에서 벌어진 '슬롯머신 근절 캠페인'에 참여하여, 슬롯머신 업소 측이 압도적으로 유리해 플레이어가 돈을 딸 확률이 거의 없음을 알린 적도 있었다.

킨케이드는 언젠가 왜 경력 많고 노련한 크루피어를 놔두고 경험도 없는 블러드굿을 선택했느냐는 질문을 받은 적이 있었다. 그때 그는 이렇게 대답했다.

"발자크의 소설(1835년에 발표한 장편소설 「고브젝」을 말한다. 발자크는 이 소설에서 권력에 탐닉하는 고리대금업자의 이야기를 다뤘다. - 역주)에 나오는 고브젝과 같은 생각에서였죠. 고브젝은 30살이 안 된 사람은 믿을 만하지만, 30살을 넘은 사람은 전적으로 믿을 수가 없다면서 신참 사무변호사인 데르비유에게 자신의 법적인 문제를 처리하도록 맡겼잖습니까."

그 카지노의 보조 크루피어나 딜러들도 마찬가지로 경험이 없는 젊은이들 가운데 점잖고 외모와 교양이 훌륭한 이들로 뽑았다. 그리고 이렇게 뽑힌 젊은이들에게는 그들이 해야 할 복잡한 일들에 대해서 철저하게 교육시켰다.[3]

킨케이드의 인생철학은 이 정도로 까다로웠으나, 실생활에서 그런 원칙대로 행동하면 만사가 잘 풀렸다. '제대로 된 패'에 건 그의 도박은 날로 번창해 나갔던 것이다. 그는 적당한 선의 하우스 어드밴티지(카지노 업체의 승률 - 역주)로 만족했기 때문에, 아무리 심술궂은 도박꾼이나 전문가라도 그런 문제에 대해서는 트집을 잡을 수 없었다.[4] 게다가 플레이어와 크루피어 사이에서 논쟁이 일어나면 어떠

---

[3] 흥미롭게도 아구아 칼리엔테 카지노에서도 예전부터 지금까지 이와 똑같은 방식으로 딜러들을 뽑고 있다.

[4] 킨케이드는 심지어 '00'이 없이 싱글 제로('0')만 있는 유럽형의 룰렛 휠을 채택하기도 했다(0이나 00에 공이 들어가면 특별히 거기에 건 플레이어를 제외하고 모두들 무조건 돈을 잃게 된다. - 역주).

한 경우라도 무조건 플레이어가 딴 것으로 해주었다. 그 덕에 카지노는 생긴 지 얼마 안 되어서 푼돈을 수없이 잃고 딴 사람들로 수두룩해졌다. 그곳은 늘 그렇게 도박을 하러 오는 사람들로 끊이질 않았으며, 특히 금요일과 토요일 밤에는 더욱 북적댔다.

하지만 그 섬뜩했던 10월 15일에 반스와 내가 카지노에 들어섰을 때 아직은 손님들이 여기저기 이따금 보였을 뿐이었다. 늘 그곳을 찾는 단골손님들에게조차 그때는 너무 이른 시각이었다.

그날 우리는 포장이 된 바깥마당을 지나 널찍한 돌계단으로 올라가서 판유리와 검은 철제로 된 좁은 현관으로 들어갔다. 그러자 입구 왼쪽에 서 있던 중국인 문지기가 고개를 숙이며 우리를 맞았다. 그런 다음 우리의 신원이 은밀한 신호로 안쪽에 있는 담당자들에게 전해졌다. 우리의 이름이 리셉션 홀에 알려짐과 동시에 커다란 철문, 즉 올드 아모스가 이탈리아에서 가져온 문이 휙 열렸다. 리셉션 홀은 족히 85평은 될 만큼 널찍했고, 화려한 문직(紋織)과 고풍스런 그림들이 걸려 있었으며, 호화로운 이탈리아 르네상스풍 가구들이 비치되어 있었다. 제복 차림의 종업원 두 명이 모자와 외투를 받아주었다. 두 사람 모두 거구인데다 힘도 아주 세어 보였다.[5]

리셉션 홀의 뒤쪽에 대리석 계단이 보였다. 반짝반짝 빛나는 조그만 분수를 사이에 두고 둘로 갈라진 계단이 위층의 도박장과 이어져 있었다.

킨케이드는 2층에 예전의 응접실과 접견실을 하나로 합쳐서 커다란 홀을 만들어놓고 '골드룸'이라고 명명했다. 그 홀은 건물의 한 면을 다 차지해 길이가 18미터 정도쯤 되었다. 서쪽 벽에는 중간이 뚝 끊어지면서 벽감 하나가 있었는데, 아담한 휴게실로 꾸며진 곳이었

---

5) 내 추측이지만, 킨케이드는 런던의 사보이 호텔 식당의 입구에 있는 당당한 거인들을 보고서 이렇게 우람한 종업원들을 뽑을 생각을 한 것 같다.

다. 골드룸 안은 변형된 로마양식으로 꾸며져서 비잔틴풍 장식물들과 비슷한 물건들이 더러 눈에 띄었다. 벽들은 금박으로 덮여 있었다. 또 그 중간 중간에 대리석 벽기둥들이 밖으로 약간씩 돌출되어 있어, 벽들을 직사각형의 여러 칸들로 나누어 놓았다. 벽기둥의 색은 부드러운 상아빛이라 황금빛 벽이나 담황색 천장과도 잘 어우러져 보였다. 그리고 기다란 창문들마다 드리워져 있는 긴 커튼은 황색 실크 바탕에 금빛으로 무늬가 짜여져 있었고, 두툼하고 푹신한 카펫은 그 두 색을 섞어놓은 듯한 황토색이었다.

골드룸의 중앙에는 룰렛 테이블이 3대 놓여 있었다. 그리고 동쪽 벽과 서쪽 벽 중앙에 블랙잭, 혹은 뱅테엉(블랙잭은 '21'을 의미하는 'vingt-et-un'이라는 프랑스 게임에서 유래 – 역주) 테이블이 하나씩 있었고, 네 귀퉁이에는 일명 새장(주사위를 넣고 굴리던 통이 모래시계 모양의 철장이었던 것에서 유래 – 역주)으로 통하는 척어럭(chuck-a-luck; 주사위 세 개로 하는 내기 – 역주) 테이블 4대도 보였다. 또 입구 맞은편 맨 끝의 창문 사이에는 정교하게 만들어진 주사위 테이블 하나가 있었다. 골드룸의 서쪽에는 복도를 사이에 두고 개인전용 카드 게임룸이 있었다. 방 안에는 작은 테이블을 일렬로 늘어놓아 혼자서 하는 카드 게임은 무엇이든 할 수 있도록 해놓았다. 또 방 안의 구조도 딜러가 지켜보면서 카드 게임자의 운과 실력에 따라 배당금을 지불하거나 거두어들이기에 적합하도록 짜여져 있었다. 그리고 이 카드 게임룸 동쪽 벽은 크리스털로 치장된 바와 접해 있었다. 이 바는 골드룸 쪽을 향해서 널따란 아치형 입구가 나 있었으며 손님들에게 최상의 술과 와인만을 서비스했다. 이 두 방은 분명 예전에 킨케이드 저택으로 쓰일 때, 정식 만찬실과 거실로 쓰였음이 분명해 보였다. 그 바의 왼쪽으로는 환전소가 있었는데, 전에 테이블보 따위를 넣어두었던 벽장을 개조한 것이었다.

리처드 킨케이드의 개인 사무실은 2층 복도의 한쪽 끝을 막아서 만들어져 있었다. 그 사무실은 문이 두 개로, 하나는 바로 나 있는 문이었고, 또 하나는 골드룸으로 오가는 문이었다. 또 넓이가 28평 가량 되었으며 벽면은 호두나무 목재로 만든 판자로 장식되어 있었다. 창이라고는 앞마당으로 나 있는 유백색 유리 창문 하나가 전부라서 전체적인 분위기가 어두침침하긴 했으나 세련되게 꾸며진 방이었다.

내가 이 사무실에 대해 이렇게 언급하는 이유는 곧 펼쳐질 가공할 만한 비극의 마지막 절정에서 이곳이 아주 중요한 역할을 하기 때문이다.

그 토요일 밤, 우리가 2층의 비좁은 복도에 이르러 커튼이 드리워진 골드룸의 넓은 입구 앞에 다다랐을 때, 반스는 두 개의 게임룸을 흘끗 들여다 본 다음 바 안쪽으로 눈길을 돌렸다.

"반, 내 생각에는 샴페인을 몇 모금 마시고 가도 별 지장이 없을 것 같네."

그가 호기심을 억누르는 목소리로 말했다.

"우리의 젊은 친구는 휴게실에 혼자 앉아서 계산을 하느라 정신이 없어 보이는군. 린은 시스템 플레이어이니 모든 예비 과정을 마쳐야 게임을 시작할 걸세. 저렇게 정신이 팔려 있으니 오늘밤 그의 신상에 뭔가 안 좋은 일이 닥친다면, 부지불식간에 당하는 축복을 누리거나 느끼지도 못한 채 평화롭게 당하고 말 걸세. 하지만 지금 방에는 그의 존재, 아니 더 정확히 말하자면 그를 존재 못하게 하는 데 관심이 있을 만한 사람은 없어 보이네. 그러니 우리가 여기서 잠깐 있다 가도 괜찮을 거란 말이지."

그는 1904년산 크룩 한 병을 주문한 후에, 태연한 모습으로 팔다리를 쭉 펼 수 있는 의자에 앉았다. 곧 그 옆의 조그만 탁자로 샴페인이 날라 왔다. 겉으로는 그렇게 열의 없는 태도를 보이고 있음에도, 나는 그가 뭔가 심상치 않은 긴장감에 사로잡혀 있음을 알았다. 그의 모습을 지켜보자니 그러한 생각이 더욱 굳어졌다. 반스는 담배를 재떨이로 천천히 가져가 느릿느릿한 동작으로 재를 털고 있었다.

우리가 샴페인을 다 비우자, 모건 블러드굿이 뒷문에서 들어오더니 바를 지나서 골드룸으로 향했다. 그는 크고 홀쭉한 남자로, 이마가 약간 튀어나왔으며, 콧등이 좁고 곧은 매부리코였다. 또 두툼하다 못해 거의 늘어져 보이는 입술과 뾰족한 턱을 지녔으며, 귀는 유난히 큰 이주(耳珠;외이공 앞에 있는 작은 돌기 – 역주)와 뒤쪽으로 처진 귓불이 영락없이 다윈의 진화론에서나 나올 법한 모양새였다. 그의 눈은 쓸쓸하고 울적해 보였으며, 잿빛을 띤 특이한 녹색이었다. 그래서 빠져나오지 못할 그늘 속에 푹 잠겨 있는 듯 보이기도 했다. 머리는 숱이 적고 모래 빛깔이었으며, 안색은 핏기라고는 찾아볼 수 없을 만큼 창백했다. 그렇다고 해서 매력이 전혀 없는 사람은 아니었다. 용모가 전체적으로 차분하고 안정돼 보여, 은근히 강단 있고 생각이 깊어 보이는 인상을 풍겼다. 그가 서른 살이라는 사실을 알았기에 망정이지, 마흔 살이나 그 이상이라고 보기에도 무난한 얼굴이었다.

그는 반스를 보더니 멈춰 서서 고개를 숙여 보이며 겸손한 태도로 인사를 건넸다.

"오늘밤 운을 시험해 보시려고 오셨습니까, 반스 씨?"

그가 낮고 상냥한 목소리로 물었다.

"물론입니다."

입술만 움직여서 웃어 보이며 반스가 대꾸했다. 그러고 나서 말을 이었다.

"사실 새로운 시스템으로 해볼까 합니다."

블러드굿이 씩 웃으며 말했다.

"저희가 긴장해야겠습니다. 라플라스 변환에 근거하신 겁니까, 아니면 폰크리스 변환입니까?"

그의 목소리에서 조금 빈정거리는 듯한 어조가 느껴졌다.

반스가 대꾸했다.

"오, 이런! 당치 않습니다! 저는 난해한 수학은 별로 좋아하질 않아서요. 그런 거라면 전문가들이나 할 일이지, 저는 관심 없습니다. 그보다는 차라리 나폴레옹이 남긴 간단한 격언을 더 좋아하지요. 'Je m'engage et puis je vois(적을 알면 승패가 보인다).'"

블러드굿이 응수했다.

"그 말은 다른 어떤 시스템만큼 좋기도 하고 나쁘기도 하지요. 그것들 모두 결국엔 같은 뜻이니까요."

그런 다음 뻣뻣하게 허리를 굽혀 인사하고 우리를 지나쳐 골드룸으로 들어갔다.

갈라진 커튼 사이로 보니, 그는 자신의 자리인 가운데 룰렛 테이블의 휠에 가서 서 있었다.

반스는 잔을 내려놓고 나서 신중한 얼굴로 새 레지 담배에 불을 붙이고 천천히 일어났다.

"이제 슬슬 어울려 볼 시간이 된 것 같군."

그가 중얼거리면서 골드룸으로 나 있는 아치형 통로 쪽으로 걸어갔다.

우리가 골드룸으로 들어갔을 때 킨케이드의 사무실 문이 열리면서 킨케이드가 모습을 드러냈다. 그는 반스를 보자마자 직업상의 웃음을 지어 보이며 친절한 어조로 상투적인 인사말을 건넸다.

"안녕하십니까, 선생님. 정말 오랜만에 오셨습니다."

"저를 아직도 잊지 않고 기억해 주시다니 참으로 기쁘군요."

반스가 기분 좋은 목소리로 대꾸했다. 그리고 절제 있고 단호한 목소리로 이어 말했다.

"사실 오늘밤은 킨케이드 씨도 뵐 겸해서 왔던 차라 더욱 그렇습니다."

킨케이드는 거의 감지할 수 없을 만큼 몸이 굳어졌다.

"그런 거라면, 지금 이렇게 저를 만나고 계시지 않습니까?"

그가 냉담한 미소를 짓더니 친절해 보이려고 애쓰며 물었다.

반스 역시 억지로 친절한 태도를 꾸미며 말했다.

"허, 그렇군요. 하지만 제임스 1세풍의 조용한 당신 사무실에서 뵌다면 더욱 좋겠습니다만."

킨케이드는 눈을 가늘게 뜨며 탐색하듯 반스를 유심히 보았다. 반스는 입가에 계속 미소를 머금은 채 시선에 동요받지 않고 침착하게 응수했다.

킨케이드는 아무 말 없이 돌아서서 사무실 문을 다시 열고 옆으로 비켜서서 반스와 나를 먼저 들어가게 했다. 그는 우리를 뒤따라 들어와서 문을 닫았다. 그리고는 뻣뻣하게 서서 반스를 응시한 채 기다렸다.

반스는 담배를 입으로 가져가 한 모금 깊게 빨아들였다가 천장을 향해 연기를 길게 내뿜고는 불쑥 물었다.

"앉아도 되겠습니까?"

"물론입니다……. 필요하다면 그렇게 하셔야지요."

그는 얼굴에 아무런 표정도 드러내지 않고 매서운 목소리로 말했다.

"정말 감사합니다."

반스는 상대방의 태도에는 아랑곳없이 문가의 낮은 가죽 의자에 앉더니 다리를 포개며 편안하게 몸을 축 늘어뜨렸다.

킨케이드가 불친절한 태도를 보이기는 했지만, 나는 그것이 손님에게 적대감을 품고 있어서라고 여겨지지 않았다. 단지 냉담한 도박꾼으로서 자신에게 뭔가 알 수 없는 위협이 닥칠지 모른다는 생각이 들자 방어 자세를 취하는 것 같았다. 도시의 다른 모든 사람들이 그렇듯 그 역시, 반스가 비록 비공식적이긴 해도 지방검사의 일에 긴밀하게 협조하고 있음을 알고 있었다. 그래서 킨케이드는 반스가 지방검사의 대리로서 뭔가 불미스러운 공식 임무를 띠고 온 게 아닐까 염려하고 있었다. 그러한 의혹이 들다보니 자연스레 적대적인 방어 자세를 취한 것이다.

리처드 킨케이드는 겉모습으로 보아선 영락없는 도박꾼이지만 고상하고 지성을 겸비한 사람이었다. 그는 대학 시절 우등생이었고, 학위도 두 개나 땄다. 몇 개 국어에 능통했으며, 젊었을 때는 고고학자로서 명성을 날리기도 했다. 그는 두 권의 동방여행기를 저술했는데, 현재 두 권 다 어느 공공도서관에서든 찾아볼 수 있다.

그는 키가 180센티미터에 달했고 몸집도 큰 사람이었다. 좀 뚱뚱한 편이긴 했으나 한눈에도 체격이 단단해 보였다. 짧게 깎아 올백으로 넘긴 철회색 머리칼은 혈색 좋은 안색과 대조되어 아주 연약해 보였다. 얼굴은 계란형이었지만, 이목구비가 우락부락해서 모난 인상을 풍겼다. 이마는 낮고 넓었으며, 코는 짧고 납작한데다 콧등이 울퉁불퉁했다. 또 입은 바짝 조여 굳게 다물어져 있었는데, 일직선의 기다란 틈새는 어떻게 해도 벌어지지 않을 것 같았다. 하지만 얼굴 생김새 중에서도 가장 두드러지는 부분은 눈이었다. 그의 작은 두 눈은 눈꺼풀이 바깥쪽으로 갈수록 내려앉으며 처져 있었다. 브라이트병(신장염의 총칭 - 역주)에 걸린 사람처럼 보이는 모양새 때문에, 늘 눈동자가 안구의 가운데에서 위쪽으로 치우쳐 있는 것처럼 보였으며, 자칫하면 상대방을 기분 나쁘게 할 만큼 빈정대는 듯한 표정이 되곤 했다. 그의 눈빛에는 약삭빠름과 끈기, 교활함과 잔인함, 그리고 냉혹함이 느껴졌다.

그날 밤 우리를 마주보고 섰을 때, 그는 한 손을 창가에 있는 아름답게 조각된 평평한 책상 위에 올려놓고, 또 다른 한 손은 야회복의 옆 주머니에 집어넣은 채로 반스를 계속 뚫어지게 쳐다보고 있었다. 그러면서도 얼굴에는 당혹해하고 염려하는 기색이 전혀 드러나지 않았다. 한마디로 완벽한 '포커페이스'였다.

드디어 반스가 말을 꺼냈다.

"킨케이드 씨, 제가 이렇게 뵙고자 했던 연유는 오늘 아침에 받은 편지 때문입니다. 당신의 이름이 너무나 애정 어리게 언급되어 있어 편지에 관심을 보이실 거라고 생각했지요. 사실 편지에는 당신의 가족에 대해서도 친밀하게 쓰여 있더군요."

킨케이드는 표정 변화 없이 계속해서 반스를 주시했다. 그는 입을 열지도 몸을 꼼짝하지도 않았다.

반스는 잠시 피우고 있던 담배의 끝을 응시한 후 말했다.

"편지를 직접 읽어보시는 게 좋을 것 같습니다."

그는 주머니에 손을 집어넣어 타이핑 된 두 장짜리 편지를 킨케이드에게 건네주었다. 킨케이드는 무관심한 얼굴로 편지를 펼쳤다.

나는 그가 편지를 읽는 동안 유심히 지켜보았다. 그의 눈에는 어떠한 감정도 떠오르지 않았고, 입술도 전혀 움직이지 않았다. 하지만 표정이 눈에 띄게 심각해지더니 편지 끄트머리를 읽을 때는 양 볼의 근육이 씰룩씰룩 경련을 일으켰다. 또 살찐 목이 불끈 솟아 옷깃 위로 비어져 나오면서 여기저기 보기 흉한 붉은 반점이 생겨났다.

그가 편지를 쥐고 있던 손을 갑자기 옆으로 홱 떨어뜨렸다. 팔의 근육이 팽팽하게 긴장되어 있었던 모양이었다. 잠시 후 그는 시선을 들어 반스의 눈을 마주보았다.

"아니, 이게 어쨌다는 겁니까?"

그가 잇새로 내뱉듯이 물었다.

반스는 손을 살짝 움직여 모르겠다는 몸짓을 취하며 조용히 말했다.

"지금으로서는 어디에도 베팅을 걸지 않았습니다. 아직은 베팅할 곳을 고르고 있는 중이지요."

킨케이드가 받아넘겼다.

"그러면 저는 어디에도 베팅하고 싶지 않군요."

"좋으실 대로요. 뭐, 그거야 본인 마음이니까요."

반스가 얼음처럼 차갑게 미소지으며 말했다.

킨케이드는 잠시 머뭇거렸다. 그러다가 낮은 목소리로 툴툴거리고는 책상 앞의 의자에 앉아 편지를 내려놓았다. 그는 잠시 침묵을 지키고 있다가 주먹을 쥐어 편지를 쿵 내리치고는 어깨를 으쓱했다.

"어느 별난 녀석이 장난을 친 겁니다."

그의 어조는 부드러우면서도 경멸감이 배어 있었다.

"아니, 아닙니다. 지금으로선 분명히 그건 아닙니다."

반스가 붙임성 있는 말투로 반박했다.

"그래요, 아니지요. 그건 분명 아니지요. 말하자면, 번호를 잘못 고르셨습니다. 칩을 잃은 셈이지요. 다시 한번 걸어보시겠습니까?"

"도대체 뭐하자는 거요!"

킨케이드가 버럭 화를 냈다. 그는 회전의자를 빙 돌려서 차갑고 날카로운 눈빛으로 반스를 매섭게 노려보았다.

"내가 무슨 형사라도 되느냐 말이오."

그가 입술을 거의 움직이지 않은 채 단호하게 말했다.

"어쨌든 이 편지와 내가 무슨 관련이 있다는 거요?"

반스는 대답하지 않았다. 대신 악의에 찬 킨케이드의 시선을 흔들림 없이 침착하게 마주보았다. 그의 침착한 눈빛은 냉혹하면서도 사람을 꼼짝 못하게 하는 면이 있었다. 나는 눈싸움에서 반스를 굴복시킨 사람을 단 한 명도 본 적이 없었다. 만약 그런 사람을 본다면 마냥 부러울 것 같기도 하다. 아무튼 그만큼 반스의 시선에는 사람의 마음을 미묘하게 움직이는 힘이 있었다. 그가 힘을 발휘하고자 한다면, 아무도 당해내질 못했다. 아무리 기질이 강한 사람이라도 마찬가지였다. 그런 사람들은 반스를 정면으로 노려보면서 자기도 그에 질세라 내재된 힘을 끌어내 맞붙어보지만 결코 이기지 못했다.

킨케이드도 마음의 힘을 모두 그러모아 맞붙었다. 그러다 반스가 시선을 떨어뜨리지도 움직이지도 않으리라는 것을 깨달았다. 결국 두 쟁쟁한 맞수가 서로의 눈을 깊숙이 들여다보면서 무언의 교신, 즉 서로 말없이 벌이는 기묘한 결투를 하던 끝에 킨케이드가 항복하고 말았다.

그가 온화한 미소를 지으며 말했다.

"좋습니다. 한 번 더 걸겠습니다. 그게 당신에게 어떤 식으로든 도움이 된다면 말입니다."

그는 편지를 다시 훑어보았다.

"여기에 적힌 내용은 상당 부분 맞는 말입니다. 누가 썼는지는 모르겠지만 우리 가족의 일을 잘 아는 사람이군요."

반스가 물었다.

"타자를 직접 치시지요, 안 그렇습니까?"

킨케이드는 흠칫 놀라더니 억지로 웃음을 지었다.

"이걸 친 사람만큼이나 솜씨가 서툽니다."

그가 편지 쪽으로 손을 내두르며 대답했다.

반스는 안됐다는 듯 고개를 끄덕이고는 쾌활하게 말했다.

"저도 타자에는 젬병입니다. 그놈의 타자기는 왜 생겨가지고 이렇게 골치 아프게 하는지 모르겠습니다……. 그건 그렇고, 당신은 누군가 루엘린 씨를 해치려 한다고 생각하십니까?"

그가 적의를 드러내며 웃더니, 냉소적으로 말했다.

"그건 잘 모르겠지만, 정말 그랬으면 좋겠습니다. 누군가 그를 죽였으면 좋겠단 말입니다."

반스가 시큰둥한 어조로 되받았다.

"그렇다면 직접 하시지 않고요?"

킨케이드가 듣기 거북하게 낄낄 웃었다.

"이따금 그런 생각을 하긴 합니다. 하지만 녀석은 위험을 무릅써 가면서까지 죽일 만한 가치도 없습니다."

반스가 생각에 잠긴 채 말했다.

"그런데 사람들 앞에서는 조카에게 어느 정도 관대하게 대하시는 것 같던데요."

"가족이라고 감싸주느라 그런 거 아니겠습니까. 그놈의 핏줄이 뭔지 말입니다. 제 누나는 그래도 아들이라고 그 애를 덮어놓고 귀여워합니다."

그가 반은 질문조로 말했다.

"조카분은 여기 카지노에서 아주 많은 시간을 보내시죠."

킨케이드는 고개를 끄덕였다.

"자기 엄마가 아낌없이 퍼주지 않자, 킨케이드 집안의 돈을 이곳에서 착복해 가려고 그러는 겁니다. 결국 제가 그 애의 장단에 맞춰주고 있는 셈이죠. 어떻게 안 그럴 수 있겠습니까? 그 애는 시스템을 써가며 게임을 하는데 말입니다."

킨케이드가 콧방귀를 뀌었다.

"다들 그렇게 시스템을 가지고 게임을 해야 합니다. 되는 대로 하니까 자꾸 돈을 잃는 거지요."

반스가 다시 편지로 화제를 돌리며 물었다.

"당신 가족들에게 비극이 다가오고 있다는 느낌이 들지는 않습니까?"

킨케이드가 대꾸했다.

"어느 가족에게나 비극은 어떤 식으로든 다가오기 마련 아닙니까? 하지만 린에게 무슨 일이 생기더라도, 이 카지노에서는 일어나지 않았으면 좋겠습니다."

반스가 그의 기대를 무너뜨리는 말을 했다.

"어쨌든 편지에는 저더러 오늘밤 여기에 와서 그 친구를 지켜봐야 한다고 쓰여 있었습니다."

킨케이드는 손사래를 쳤다.

"전 이 편지의 내용을 믿지 않습니다."

"하지만 그 내용이 상당 부분 진실이라고 인정하지 않으셨습니까."

킨케이드는 잠시 미동도 없이 앉아서 번쩍이는 작은 원반 같은 두 눈을 벽에 고정시켰다. 마침내 그가 앞으로 몸을 숙이며 반스를 똑바로 쳐다보았다.

그가 진지하게 말했다.

"솔직히 말하겠습니다, 반스 씨. 저는 누가 이 편지를 썼는지 충분히 짐작이 갑니다. 강박관념에 사로잡혔거나 겁을 먹고 있는 사람이 그냥 해본 짓일 테죠……. 그러니 잊어버리십시오."

반스가 중얼거렸다.

"어허! 거참 재미있군요."

그는 담배를 짓뭉개서 끄고 자리에서 일어났다. 그리고는 편지를 집어 들어 접어서 주머니 안에 도로 집어넣었다.

"귀찮게 해드려서 죄송합니다……. 하지만 전 여기를 좀더 어슬렁 거리다 가야 될 것 같군요."

킨케이드는 우리가 골드룸으로 가려고 사무실을 나갈 때에도, 일어나지도 않았으며 말 한 마디도 건네지 않았다.

제3장 첫 번째 비극

10월 15일 토요일 오후 11시 15분

골드룸 안에는 벌써 사람들이 몰려들기 시작했다. 여러 대의 게임 테이블에 적어도 백 명 정도의 '회원들'이 모여서 게임을 하거나 몇몇씩 둘러앉아 잡담을 나누고 있었다. 그 커다란 방에 들어서니 유쾌하고 흥겨운 분위기가 감도는 가운데 흥분과 긴장감도 감지할 수 있었다. 전통의상을 입은 일본인 사환들이 소리도 없이 여기저기 빠르게 오가면서 여러 가지 심부름을 해주고 있었다. 또 아치형의 입구 한쪽에는 제복 차림의 직원이 두 명 서 있었다. 빈틈없이 주의를 경계하고 있는 두 보초의 모습은, 어떤 사람의 움직임도 그것이 아무리 무심결의 행동일지라도 절대 놓치지 않을 태세였다. 그곳에 모인 사람들은 사교계나 재계에서 명성이 자자한 상류층 인사들이 대부분이라서, 나는 어렵지 않게 그들을 알아 볼 수 있었다.

린 루엘린은 여전히 휴게실 귀퉁이에 앉아서 연필과 노트를 가지고 씨름하느라 정신이 없었다. 주변에서 무슨 일이 일어나는지 안중에도 없어 보였다.

반스는 방을 가로질러 느릿느릿 내려가면서 몇몇 지인들과 인사를 나누었다. 그러다가 동쪽 면의 창가에 있는 척어럭 테이블에서 멈춰 서더니 칩을 좀 샀다. 그는 이 칩들을 '1'에 걸어, 다섯 번까지 매번 두 배로 딴 후에 또다시 '1'에 베팅했다. 통 안의 주사위가 '1'

이 나올 확률이 그렇게 많다는 것을 직접 보면서 나는 놀라움을 금치 못했다. 15분 후 반스는 거의 천 달러를 땄다. 하지만 그는 불만족스러운 얼굴로 그 정도 딴 것은 아무것도 아니라는 듯한 반응을 보였다.

그는 방 가운데로 다시 돌아서서 블러드굿이 진행을 맡고 있는 룰렛 테이블로 걸어갔다. 그는 의자 뒤에서 휠이 돌아가는 것을 몇 차례 지켜보다가 자리에 앉아 자신도 게임에 참여했다. 그가 앉은 자리는 휴게실의 구석과 마주 보이는 곳이었다. 그는 테이블에 자리를 잡으면서 그쪽을 흘끗 보고 잠시 동안 루엘린을 주시했다. 루엘린은 그때까지도 생각에 푹 잠겨 있었다.

룰렛 휠의 다음 게임에 대한 베팅이 끝났다. 그 판에 베팅을 한 플레이어들은 대여섯밖에 없었다. 이제 블러드굿은 공을 가운데 손가락으로 눌러서 보울(bowl;휠의 겉 부분으로 나무로 만들어진 둥그런 원통 – 역주)의 홈 안에 대놓고는, 결과를 예측할 수 없는 소용돌이 안으로 공을 밀어 넣을 자세를 취했다. 그래서 나는 그가 곧바로 공을 툭 쳐서 넣을 줄 알았으나, 무슨 이유에서인지 그러지 않았다.

"Faites votre jeu, monsieur(베팅하시지요, 무슈)."

그는 반스를 똑바로 쳐다보며 단조로운 목소리로 익살맞게 외쳤다.

반스는 얼른 고개를 돌려 블러드굿의 두툼한 입술에 살며시 떠오른 냉소적인 미소를 바라보았다.

"그렇게 직접 챙겨주니 참으로 고맙군요."

그는 짐짓 정중한 어조로 말한 뒤, 테이블의 휠 쪽으로 상체를 쭉 뻗어서 세 열로 늘어선 숫자들 위 '0'이라고 찍혀 있는 녹색 칸 위에 백 달러짜리 지폐 하나를 놓았다.

"내 시스템이 오늘밤에는 '하우스 넘버(0이나 00을 말함. – 역주)'에 걸라고 하는군요."

블러드굿은 입가에 살짝 걸려 있던 미소를 거두며 눈썹을 약간 치켜올렸다. 그리고는 능숙하게 휠을 돌렸다.

그 판의 게임은 결과가 나오기까지 한참을 기다려야 했다. 공이 엄청난 힘을 받아서 한동안 휠의 숫자 칸과 보울 가장자리 사이에서 앞뒤로 왔다갔다했기 때문이다. 마침내 공이 숫자가 적힌 칸들 중 하나에 안착했으나, 휠이 여전히 너무 빨리 돌아가고 있던 중이라 어떤 숫자인지 읽을 수 없었다. 그런데 다음 순간 공이 다시 그 칸에서 튀어나오더니 한두 바퀴를 돌고 초록색 칸에 들어가 멈추었다. 바로 '하우스 넘버'였다.

테이블 주변이 와글대기 시작하면서 반스의 것을 제외한 나머지 모든 판돈을 체크래커(check racker;룰렛 테이블에서 딜링을 원활하게 수행하도록 딜러를 도와주는 사람 – 역주)가 거둬들였다. 나는 그때 블러드굿의 얼굴을 유심히 보았으나, 그의 얼굴에서 조금의 표정 변화도 감지할 수 없었다. 그는 정말 더할 나위 없이 냉정한 크루피어였다.

"선생님의 시스템이 적중한 것 같습니다."

그가 반스에게 말하며 35개로 쌓여 있는 노란색 칩을 한 줄 밀어주었다.

"Vous vous engagez, et puis vous voyez……. Mais, qu'est-ce que vous espérez voir, monsieur(적을 아셔서 무엇이 나올지 보이셨나 봅니다……. 이제는 무엇이 나올 것 같습니까, 무슈)?"

"전혀 짐작이 가질 않는군요."

반스는 대꾸하면서 아까 걸었던 지폐와 블러드굿이 내준 칩들을 그러모았다.

"저는 뭐가 나올지 기대하며 걸지 않습니다……. 그냥 되는 대로 하지요."

블러드굿이 웃으며 말했다.

"하여튼 오늘밤은 운이 좋으시군요."

"그런 것 같군요……."

반스는 딴 것을 주머니 속에 쓱 집어넣고 테이블에서 돌아섰다.

그는 천천히 카드 게임룸 쪽으로 방향을 틀어 가다가 골드룸의 입구에서 멈추어 서더니 뱅테엉 게임이 진행되고 있는 테이블 쪽으로 발걸음을 옮겼다. 그 높다란 반원형 테이블은 휴게실에서 불과 몇 미터밖에 떨어져 있지 않았다. 통로 맞은편에 비어 있는 의자 두 개가 있었으나 반스는 서서 기다렸다. 딜러가 높고 조그만 단에 걸터앉고 나서, 오른쪽에 앉아 있던 플레이어가 자리를 뜨자 반스는 빈자리로 가서 앉았다. 그 자리에서라면 시야가 막히지 않고 루엘린을 지켜볼 수 있었던 것이다.

그가 노란색 칩 하나를 천이 깔린 테이블 위에 놓자 그에게 뒤집어진 카드 하나가 돌려졌다. 그는 카드를 슬쩍 보았다. 나는 그의 뒤에 서 있었던 터라 무슨 카드인지 볼 수 있었다. 바로 클로버 에이스였다. 다음에 그에게 돌아온 카드는 또 다른 에이스였다.

그가 고개를 돌려 말했다.

"정말 놀랍네, 반. 오늘밤에는 내게 정말 '행운'이 따라다니고 있나 보네."

그는 첫 번째로 받은 에이스 카드를 뒤집고 나머지 하나도 그 옆에 놓은 다음, 노란색 칩 하나를 더 꺼내 카드 위에 놓았다. 딜러가 '드로(draw;카드를 더 받는 것 – 역주)'를 해줄 때, 그는 제일 마지막으로 카드를 받았다. 그런데 놀랍게도 그가 받은 카드 두 장이 모두 페이스 카드(face card;그림 무늬가 있는 J, Q, K 카드 – 역주)였다. 에이스와 페이스 카드 한 장씩을 조합하면 블랙잭에서 가장 높은 패인 '내추럴'이 되는데, 반스가 한 번에 두 개의 내추럴을 건졌던 것이다. 그리고 딜러의 끗수는 19였다.

반스가 두 번째 판에 베팅을 하려는 순간, 휴게실 구석에 앉아 있던 루엘린이 결의에 찬 얼굴로 일어나더니 블러드굿이 진행하는 룰렛 테이블로 다가갔다. 그의 한 손에는 노트가 들려 있었다. 반스는 게임을 계속하지 않고 딴 돈을 챙겨서 높다란 의자에서 쓱 미끄러져 내려왔다. 그리고는 어슬렁거리며 방 한가운데로 가서 룰렛 테이블 가장자리에 쭉 놓여 있는 의자들 뒤쪽에 자리를 잡고 섰다. 루엘린이 앉아 있는 자리의 맞은편이었다.

린 루엘린은 보통 키에 마른 체격으로 날렵하고 강인해 보였다. 눈동자가 또렷하지 않고 흐릿한 푸른색이라, 민첩하게 이리저리 굴리는데도 전혀 활기차 보이지 않았다. 하지만 입매는 열정적이고 활기 넘쳐 보였다. 얼굴이 갸름한데다 좀 야위어서 그런지 나약한 듯하면서 교활해 보이는 인상을 풍겼다. 그래도 생김새는 괜찮은 편이라 어떤 여자들에게는 잘생겼다고 여겨질 만한 얼굴이었다.

그는 자리에 앉고 나서 주위를 휙 둘러보고는 블러드굿과 다른 플레이어들에게 고개를 끄덕여 인사를 했다. 하지만 그는 반스가 테이블 바로 맞은편에 있는데도 분명 반스를 보지 못한 듯했다. 그는 한동안 게임을 지켜보기만 하면서, 앞 테이블에 가죽 장정의 작은 노트를 올려놓고 당첨된 숫자들을 적었다. 그는 대여섯 차례 게임을 지켜보고 난 후, 인상을 찌푸리더니 의자에 앉은 채로 몸을 돌려 지나가고 있던 일본인 사환을 불렀다.

"스카치위스키 좀 갖다 주게. 물도 같이 가져다주고."

그가 주문했다.

주문한 술이 오길 기다리면서도 그는 계속 기록을 했다. 마침내 같은 줄의 세 숫자들이 연달아 당첨되자 그는 게임을 하려는 열의를 보였다. 그런 중에 사환이 스카치위스키를 가져왔다. 그러나 그는 퉁명스럽게 손을 휘저으며 물리고는 게임에만 열중했다.

반스와 같이 서서 그를 지켜보던 처음 30분 동안, 나는 그가 숫자를 고르는 방식에서 어떤 수리적인 순서를 쓰는지 간파해보려고 했다. 하지만 조금도 알아내지 못하고 포기하고 말았다. 나는 나중에서야 그때 루엘린이 기이한 베팅 시스템을 쓰고 있었음을 알게 되었다. 반스의 말에 따르면, 이는 완전히 상반되고 모순적인 라부세 시스템, 혹은 흔히 일컫듯 래비 시스템이라는 것이었다. 반스는 이 시스템이 몬테카를로에서 오랜 세월에 걸쳐 철저하게 검증된 것이라고 했다.

루엘린은 그때 과학적인 결격 사항을 지닌 라부세 시스템을 쓰면서도 분명 돈을 따고 있었다. 사실 그가 그렇게 계속 따는 동안, 아마추어 플레이어처럼 불합리한 방식으로 베팅을 했더라면 의외로 보다 빠른 시간 안에 더 많은 돈을 딸 수 있었을 것이다. 하지만 en plein(스트레이트 베팅;숫자가 하나씩 쓰여 있는 박스 안에 하는 베팅으로, 맞췄을 경우에는 베팅 금액의 35배를 받는다. – 역주)이나, à cheval(스플릿 베팅;8과 9, 27과 30처럼 서로 붙어 있는 숫자 사이의 선 위에 칩을 올려놓는다. 두개의 숫자 중 하나가 맞으면 베팅 금액의 17배를 받는다. – 역주), 아니면 en carré(쿼터 베팅;4개 번호가 만나는 교차점에 베팅하는 것으로 4개의 번호 중 하나가 맞으면 베팅액의 8배를 받는다. – 역주)을 해서 이길 때마다 그는 다음 판에 해당 배당금의 두 배의 비율만 걸었고, 오히려 운이 따라주지 않아 따지 못할 때만 베팅 비율을 두 배 이상으로 늘렸다. 그는 한 게임이 끝날 때마다 거의 매번, 테이블 위에 깔끔하게 그려져 있는 레이아웃(0과 00, 1~36 등 38개의 번호가 적혀진 표로, 이곳에다 베팅을 하게 된다. – 역주)과 자신의 노트에 적혀있는 숫자들을 얼른 흘끗 보았다. 그리고 내가 보기에, 그는 분명히 다른 데다 베팅하고 싶은 유혹을 모두 뿌리치면서까지 자신이 미리 정해놓은 순서를 엄격하게 따르고 있었다.

그러다 자정이 막 지나서 배당금의 두 배로 베팅을 하던 것이 최고액에 이르렀을 때, 자신이 걸었던 숫자가 당첨되면서 그는 아주 크게 땄다. 그는 노란색 칩 여섯 줄을 자기 앞으로 당겨놓고 만족감에 몸을 떨며 숨을 깊이 들이쉬고는 의자 뒤로 푹 기대앉았다. 내가 대충 계산해보니, 그는 그 판에서 일만 달러 가량을 딴 것 같았다. 그의 행운에 대한 소식이 순식간에 방 안의 다른 플레이어들에게 퍼지면서, 으레 그렇듯이 블러드굿의 테이블 주위로 호기심 어린 사람들이 몰려들었다.

나는 주변을 흘끗 둘러보며 구경꾼들의 표정을 눈여겨보았다. 빈정대는 얼굴이 있는가 하면, 부러움을 드러내거나 그냥 흥미만 보이는 등 사람들의 표정은 각양각색이었다. 하지만 블러드굿은 자신의 감정을 전혀 드러내지 않았다. 표정에서도 억양에서도 여느 때와 다른 점이라곤 찾아볼 수 없었다. 그는 오작동 없는 자동기계라도 되는 듯이 감정에 좌우되지 않으면서 기계처럼 정확하게 자신의 할 일만 하고 있었다.

루엘린은 그런 대박을 얻은 후 의자에 편히 기대어 있던 중에, 위를 흘끗 올려다보다가 반스를 보자 건성으로 고개를 숙이며 인사를 건넸다. 그때까지도 그는 휠이 돌아갈 때마다 주의 깊게 지켜 본 다음 당첨된 숫자를 노트에 기록해 가며 앞으로 베팅할 숫자들에 대해 열심히 계산하고 있었다. 그렇게 노트에 숫자들을 적어 내려가던 그가 이제 얼굴이 붉게 상기되어서는 흥분한 듯 입술을 달싹거렸다. 그리고 두 손을 눈에 띄게 떨었고, 이따금씩 흥분을 가라앉히려는 듯 길게 심호흡을 했다. 나는 그가 왼쪽 어깨를 앞으로 당기고 머리를 왼쪽으로 숙이는 모습도 한두 차례 목격했다. 협심증을 앓는 사람이 가슴의 통증을 덜려고 애쓸 때와 똑같은 자세였다.

게임이 여섯 차례 진행되고 나자 루엘린은 몸을 앞으로 당겨 앉았다. 그리고는 다시 좀 전처럼 신중하게 골라가며 베팅을 하기 시작했다. 나는 그가 이번에는 좀 새로운 변화를 주어 게임을 하고 있다는 것을 알아차렸다. 그는 이른바 '방어' 베팅을 곁들여 하고 있었다. 즉, 어떤 때는 이븐머니 베팅(고객이 베팅한 금액만큼 동일한 금액을 지불해주는 베팅으로, 지불률이 큰 베팅에 비해 딸 확률이 높다. – 역주)인, 레드-블랙 베팅(붉은색과 검정색 전부에 베팅해서 해당 색깔이 당첨번호가 되면 이긴다. – 역주)을 써서 자신이 골라놓은 숫자의 색깔에 베팅을 했다. 또 어떤 때는 레이아웃에 première douzaine(1에서 12번), milieu douzaine(13에서 24번), dernière douzaine(25에서 36번) 같이 12개 번호씩 구분되어 있는 칸에 베팅하는, 더즌 베팅을 해서 자신이 스트레이트 베팅을 하려고 골라놓았던 숫자가 들어 있는 그룹의 칸에 걸기도 했다. 그뿐 아니라 'pair and impair', 즉 이븐-아드 베팅(레이아웃의 짝수번호, 홀수번호 전부에 베팅하는 방법 – 역주)과 passe and manque, 즉 라우-하이 베팅(레이아웃에 있는 1에서 18번과 19에서 36번의 숫자 박스에 베팅하는 방법 – 역주)을 동원해서 위에서 말한 똑같은 방식으로 베팅을 하기도 했다.

"저 친구는 계획에도 없던 돌발적인 베팅을 하고 있네."

반스가 내 귀에 대고 속삭였다.

"그는 이제 소심해져서 달랑베르 시스템과 몬텐트 벨지 시스템 둘 다를 써가며 장난치고 있다네. 하지만 그렇다고 해도 전혀 문제될 게 없어. 그가 운이 좋다면 어떻게 하든 이기게 될 것이고, 운이 나쁘다면 지게 되어 있으니 말일세. 시스템이란 낙천주의자나 몽상가에게나 어울리는 것일 뿐이네. 어찌 되었든 카지노 측에서 35배의 배당금을 받으려면, 36개의 숫자나 하우스 넘버 중 하나에 걸었다가 당첨되어야 하니까. 그런데 그것은 순전히 운이라네. 그 누구라도 마음대로 낚아낼 수 없단 말이지."

하지만 그날 밤 룰렛 테이블에서 루엘린은 확실히 운이 좋았다. 잠시 후 그는 탑처럼 층층이 쌓여 있는 숫자들 중 하나에 베팅을 했다가 또 한번 이겼다. 그는 칩들을 자기 앞으로 끌어오면서 손을 굉장히 떨었다. 그래서 결국 그중 한 줄을 뒤엎었는데, 그것들을 다시 그러모으는 데만도 애를 먹어야 했다. 이번에도 그는 의자 뒤로 푹 기대며 다음 게임에는 참여하지 않았다. 그는 얼굴이 빨갛게 달아올랐고, 눈은 보기 흉하게 번쩍였으며, 이제는 안면 근육까지 씰룩거렸다. 그런데 그는 주위를 멍하니 둘러보느라 휠이 멈출 때 당첨된 숫자를 보지 못했다. 그래서 노트에 빠짐없이 기록해 넣기 위해서 블러드굿에게 물어봐야 했다.

그 순간 구경꾼들은 긴장감에 사로잡혀 있었다. 모든 대화가 멈추고 야릇한 정적마저 감돌았다. 인간이 이루 헤아릴 수 없는 확률의 법칙에 부딪쳐온 지 숱한 세월이 흐른 이래, 극히 드문 결과를 보게 되자 사람들은 넋을 잃고 말았다. 앞에 칩을 잔뜩 쌓아 놓은 채로 앉아 있는 루엘린의 모습에 말이다. 그가 몇천 달러를 더 딴다면 뱅크가 '브레이킹'될 판이었다(게임 테이블마다 게임에 사용할 총 칩의 액수에 한도가 정해져 있는데, 만약 이 칩들을 모두 잃으면 그 테이블은 클로즈(close)하고 게이머는 다른 테이블로 옮겨야 한다. 이 경우를 '브레이킹(Breaking the Bank)'이라고 한다. – 역주). 킨케이드는 룰렛 테이블에 매일 밤 4만 달러의 자본금을 준비해 두었다.

한동안 방 안에는 충격에 휩싸여 말을 잃은 사람들로 인해 돌연 침묵이 흘렀다. 다만 공이 돌아가는 윙윙 소리, 칩들의 짤랑거리는 소리, 그리고 단조로운 블러드굿의 목소리만이 간간이 침묵을 깨고 있었다. 그러던 중 킨케이드가 사무실에서 나와 룰렛 테이블로 다가

왔다. 그는 반스 옆에 서더니 잠시 냉담하게 게임을 지켜보았다.

"오늘밤은 완전히 린의 날이로군요."

그가 불쑥 내뱉었다.

"예, 예…… 정말 그렇군요."

반스는 루엘린의 모습에서 눈을 떼지 않고 말했다. 루엘린은 흥분에 휩싸인 채 파르르 떨고 있었다.

이때 루엘린이 다시 스트레이트 베팅을 잡았으나, 이번에는 칩 하나만 베팅했던 터라 크게 따지 못했다. 하지만 어떤 기준으로 돌아가는지 모르지만 지금까지 해온 방식대로라면, 이번 당첨 역시 순서상 잠시 베팅을 멈출 시점이 되었음을 의미했다. 그래서 그는 칩들을 거둬들이고 다시 한번 몸을 뒤로 기댔다. 그는 힘에 겨운 듯 숨을 내쉬었다. 마치 폐 안으로 공기를 충분히 들이마시지 못하는 사람 같았다. 그러더니 또 한번 왼쪽 어깨를 앞으로 휙 꺾었다.

그때 일본인 사환이 지나가자 루엘린이 큰 소리로 불렀다.

"스카치위스키 좀 갖다 주게."

그는 다시 주문을 한 후, 한눈에도 상당히 애를 쓰며 노트에 당첨된 숫자를 적었다.

킨케이드가 반스에게 물었다.

"저 애가 오늘밤 술을 많이 마셨습니까?"

반스가 대답해 주었다.

"좀 전에도 술을 주문했지만 마시지는 않았습니다. 제가 아는 한이게 첫 잔일 겁니다."

잠시 후 사환이 루엘린 옆에 조그만 은쟁반을 내려놓았다. 쟁반 위에는 위스키가 담긴 잔과 빈 잔, 그리고 생수병이 놓여 있었다. 블러드굿은 막 휠을 돌리고 나서 쟁반을 힐끗 쳐다보았다.

"모리!"

그가 은쟁반을 가져온 사환을 불렀다.

"루엘린 씨는 그냥 물을 드시네."

사환은 몸을 돌려 루엘린 앞쪽에 위스키 잔을 내려놓은 다음, 쟁반째 물병을 가지고 발걸음을 돌렸다. 그가 테이블 모서리를 돌아 다가오자 킨케이드가 손짓해 불렀다.

"내 방에 가면 유리병이 있네. 거기에서 따라오게."

그가 사환에게 일러주었다.

사환은 고개를 숙이고는 서둘러 심부름을 하러 갔다.

"린은 너무 일찍 술을 마셔서 탈입니다."

킨케이드가 반스에게 말했다.

"말려봐야 소용도 없지요. 바에 가면 얼마든지 있으니까요……. 멍청한 놈 같으니! 오늘밤 한 푼도 없이 다 잃고 집에 돌아갈 겁니다."

킨케이드의 예측을 증명하기라도 하듯 루엘린은 크게 베팅을 했다가 잃었다. 그가 자신의 노트를 참고하며 다음 베팅할 숫자를 고르고 있을 때, 사환이 다시 와서 옆에 물이 담긴 잔을 놓았다. 루엘린은 위스키 잔을 단숨에 비우고 나서 곧장 물을 들이켰다. 그리고는 잔 두 개를 옆으로 밀쳐놓고 다음 판에 베팅했다.

그는 또다시 잃었다. 그 다음 판에서는 두 배로 베팅을 했다가 또 잃었다. 그런 후 다시 먼젓번 베팅 액수의 두 배를 걸었으나 다시 한 번 잃었다. 그는 검은색 21번과 붉은색 5번에 걸었다가, 이번에는 이전 판의 베팅 액수를 2등분해서 붉은색 21번과 검은색 4번에 걸었다. 그러나 '11번'이 당첨되었다. 그는 이제 네 숫자에 베팅하는 방식으로 바꿔, 칩 한 줄은 17·18·20·21번에 걸고 또 한 줄은 4·5·7·8번에 걸었다. 그런데 또 '11번'이 나왔다.

블러드굿이 칩들을 긁어 들일 때, 루엘린은 몸이 굳은 채로 테이블의 초록색 천을 빤히 바라보며 앉아 있었다. 꼬박 5분 동안 그는 그 상태로 앉아서 게임에 참여하지도 않았을 뿐더러 주의도 전혀 기울이지 않았다. 한두 차례 그는 손으로 두 눈을 비비고 고개를 세차게 흔들기도 했다. 마음이 혼란스러워 정신을 차릴 수 없는 모양이었다.

반스는 앞으로 한 발짝 걸어 나가며 그를 유심히 지켜보았고, 킨케이드 역시 루엘린의 행동을 보며 심히 걱정스러워하는 것 같았다. 블러드굿도 이따금 그를 흘끗흘끗 보았지만 일시적인 관심일 뿐이었다.

이제 루엘린은 얼굴이 벌겋게 상기된 채 두 손을 들어 손바닥으로 관자놀이를 꾹꾹 누르며 심호흡을 했다. 머리가 욱신욱신 쑤시고 숨쉬기가 힘들 때면 으레 그러듯이 말이다.

갑자기 그가 상당히 곤혹스러운 몸짓으로 의자까지 넘어뜨리면서 벌떡 일어나 테이블에서 몸을 돌렸다. 양손을 옆으로 축 늘어뜨리고 비틀거리며 서너 걸음 떼었다가 다음 순간 바닥으로 털썩 쓰러졌다.

가벼운 소동이 일면서 룰렛 테이블의 루엘린 근처에 있던 남자 몇 명이 모여들어 쓰러진 그를 에워쌌다. 하지만 입구 쪽에 있던 제복 차림의 종업원 두 명이 급히 달려와 팔꿈치로 구경꾼들을 밀어제치고 루엘린을 들어올려 킨케이드의 개인 사무실로 데리고 갔다. 킨케이드는 어느새 갔는지 사무실의 문간에 서 있었다. 그는 두 사람이 까딱도 않는 루엘린을 데리고 가까이 오자 재빨리 문을 열어주었다.

반스와 나는 킨케이드가 문을 닫기 전에 얼른 뒤따라 들어갔다.

"무슨 볼일이 있어서 여길 들어오는 겁니까?"

킨케이드가 딱딱거리며 말했다.

"잠시 머물다 가겠습니다. 그냥 젊은이의 호기심 때문이라고 여겨주십시오. 굳이 이유를 아시고 싶다면요.”

반스가 차갑고 단호한 목소리로 대꾸했다.

킨케이드는 코웃음을 치고 두 종업원에게 손짓으로 나가라고 했다.

“이보게, 반. 이 친구를 저 의자에 올려놓는 걸 좀 도와주게.”

반스가 등받이가 수직인 딱딱한 의자를 가리키며 말했다.

루엘린을 들어 의자에 앉혀놓고 나자 반스는 그의 상체를 앞으로 쭉 끌어당겨 머리가 양 무릎 사이로 숙여지게 했다. 루엘린의 얼굴을 보니 혈색이라고는 찾아볼 수 없었고 죽은 사람처럼 창백했다. 반스는 맥박을 짚어본 뒤 킨케이드에게 고개를 돌렸다. 킨케이드는 책상 옆에 뻣뻣하게 서서 입가에 냉소 섞인 비웃음을 살짝 머금고 있었다.

반스가 물었다.

“스멜링솔트(탄산암모니아가 주원료로, 냄새를 맡아 정신이 들게 하는 약 – 역주) 좀 있습니까?”

킨케이드는 책상 서랍 하나를 열더니 납작한 녹색 병을 반스에게 건네주었다. 반스는 병을 받아 루엘린의 코 아래에 갖다댔다.

이때 블러드굿이 사무실 문을 열고 안으로 들어온 다음 바로 문을 닫았다.

“무슨 일입니까?”

그가 킨케이드에게 물었다. 그의 얼굴에는 놀란 기색이 드러나 있었다.

킨케이드가 성을 내며 명령했다.

“자리로 돌아가게. 아무것도 아니야……. 기절 좀 한 게 뭐 그리 대순가?”

블러드굿은 머뭇거리면서 반스에게 날카로운 시선을 던졌다가 어깨를 으쓱하고 사무실을 나갔다.

반스는 재차 루엘린의 맥박을 짚어본 다음, 그의 머리를 다시 뒤로 기대게 해서 한쪽 눈꺼풀을 들어올려 눈을 자세히 살펴보았다. 그런 후에 루엘린을 바닥으로 내려놓고, 의자 하나에서 평평한 가죽 쿠션을 가져와 머리를 받쳐 주었다.

"기절한 게 아닙니다, 킨케이드 씨."

반스가 일어나서 그를 쳐다보며 정색을 하고 말했다.

"누군가 조카분을 독살하려 한 겁니다……."

킨케이드가 쉰 목소리로 버럭 소리를 질렀다.

"당치 않은 소리!"

반스가 상당히 가라앉은 어조로 물었다.

"이 근방에 아는 의사가 있으십니까?"

킨케이드는 다 들릴 만큼 큰 소리로 숨을 들이켰다.

"옆 건물에 한 명 있습니다. 하지만……."

"부르십시오! 그리고 빨리 오라고 하십시오."

반스가 명령조로 말했다.

킨케이드는 아주 잠깐 동안 화가 나서 굳은 얼굴로 서 있었다. 그런 후 전화기가 있는 책상 쪽으로 다가가서 다이얼을 돌렸다.

잠시 후, 그는 헛기침을 하고 나서 억지로 꾸민 듯한 부자연스런 목소리로 전화 통화를 했다.

"로저스 선생님이십니까……? 킨케이드입니다. 여기에 사고가 생겼습니다. 바로 좀 와주십시오……. 감사합니다."

그는 수화기를 쾅 내려놓고 목소리를 죽여 욕설을 내뱉으면서 반스에게 돌아섰다.

"도대체 이게 무슨 일이람!"

그는 화가 치미는 듯 불평을 해댔다.

그리고는 책상 옆의 작은 탁자로 걸어갔다. 그 탁자 위에는 물을 먹을 수 있도록 갖추어진 은쟁반이 놓여 있었다. 그는 쟁반에서 유리병을 들어 크리스털 잔 하나에 대고 기울였다. 하지만 유리병은 비어 있었다.

　"빌어먹을!"

　그가 투덜댔다. 그러더니 동쪽 벽의 호두나무 판자 중 한 곳에 설치되어 있는 버튼을 눌렀다.

　"브랜디를 마시려고 하는데, 당신들도 들겠소?"

　그가 부루퉁한 얼굴로 반스를 보며 말했다.

　"그래 주신다면야 정말 감사하겠습니다."

　반스가 낮은 목소리로 말했다.

　바와 연결된 문이 열리면서 종업원 한 명이 들어왔다.

　킨케이드가 명령했다.

　"꾸브와제를 갖다 주게. 저 병도 좀 채워오고."

　그가 탁자 위의 은쟁반 쪽을 가리키며 덧붙여 말했다.

　종업원은 유리병을 집은 뒤 바로 다시 나갔다. 그는 바닥에 누워 있는 루엘린을 보고 약간 놀라긴 했으나, 그 외에는 그다지 당혹스러워하는 기색을 보이지 않았다. 과연 킨케이드가 빈틈없이 심사해서 엄격하게 뽑은 직원다웠다.

　종업원이 코냑을 가져다주자 킨케이드는 잔을 단숨에 비웠다. 반스가 아직 코냑을 홀짝이고 있을 때, 아래층 리셉션 홀에서 보았던 제복 차림의 남자 중 한 명이 노크를 한 후에 의사를 들여보냈다. 의사는 땅딸막한 몸집의 남자로, 얼굴 생김새는 어린아이만큼이나 선량해 보였다.

　"환자는 저쪽에 있습니다."

　킨케이드가 쉰 목소리로 말하며, 엄지손가락을 쭉 펴서 루엘린 쪽을 가리켰다.

"보시고 소견을 말씀해주시겠습니까?"

로저스 선생은 납작 엎드려 있는 루엘린의 옆에 무릎을 꿇고 앉으면서 뭐라고 웅얼웅얼 거렸다.

"이 시간에 저를 부르시다니 운이 좋으셨습니다……. 해산이 있던 참이었거든요. 방금 아이를 받아주고 온 겁니다……."

그는 신속하게 진찰을 했다. 먼저 루엘린의 동공을 살펴보더니 맥박을 짚어본 다음, 가슴에 청진기를 대보았다. 그리고 나서 양쪽 손목과 뒷덜미도 만져 보았다. 그는 진찰을 하면서 루엘린이 그렇게 쓰러지기 전 어떤 일들이 있었는지 몇 가지 질문을 했다. 그 모든 질문에 대답한 사람은 바로 반스였다. 그는 루엘린이 룰렛을 하면서 흥분한 기색을 보였고, 안색이 상기되기 시작했으며, 그러다 갑자기 쓰러졌다면서 그간의 정황을 설명해주었다.

"누군가 독살하려 했던 것 같습니다."

로저스 박사가 킨케이드에게 말하며 재빨리 진찰 가방을 열어 피하 주사를 놓을 준비를 했다.

"아직은 정확히 진위를 말씀드릴 수 없지만 말입니다. 이 환자는 지금 혼수상태입니다. 맥박이 약하고 빠르게 뛰며, 호흡도 얕고 가쁘게 쉬고 있습니다. 동공도 팽창되어 있고요……. 이 모두가 급성 독혈증의 증상입니다. 환자의 얼굴이 상기되었고, 비틀거리며 쓰러졌다는 말을 들어도 그렇고, 지금의 창백한 얼굴을 봐도…… 독약을 먹지 않았나 하는 생각이 듭니다……. 카페인 피하 주사를 놓아드리겠습니다. 지금 이 자리에서는 이것밖에 해드릴 수 없습니다……."

그는 육중한 몸을 굼뜨게 일으키며 진찰 가방에 주사기를 도로 던져 넣었다.

"환자를 급히 병원으로 옮겨야 합니다. 급히 치료를 받아야 합니다. 제가 구급차를 부르겠습니다……."

그는 말을 마친 후 전화기 쪽으로 어기적어기적 걸어갔다.

킨케이드가 의사 쪽으로 다가갔다. 그는 다시 냉정한 도박꾼처럼 포커페이스의 모습을 보였다.

그가 사무적인 목소리로 말했다.

"제일 가까운 병원으로 실어다 주십시오. 선생님이 아시는 가장 좋은 병원으로요. 뒷일은 제가 다 알아서 하겠습니다."

그 말에 로저스 박사는 고개를 끄덕여 보였다.

"파크엔드 병원이 좋겠습니다. 이 근방에 있으니까요."

의사는 그렇게 말하고 나서 어색한 손놀림으로 다이얼을 돌렸다.

반스가 문 쪽으로 다가갔다.

"슬슬 취기가 올라와서 저는 이만 가봐야 될 것 같습니다."

그가 점잔을 빼며 느릿느릿 말했다. 그는 사뭇 엄숙한 표정으로, 오랫동안 킨케이드에게 의미심장한 눈길을 보냈다.

"제가 재미있는 편지를 받았군요……. 안 그렇습니까? 안녕히 계십시오!"

몇 분 후 우리는 73번가로 나왔다. 밤 날씨가 으스스 떨리도록 쌀쌀했고, 차가운 가랑비까지 내리고 있었다.

반스가 차를 카지노 입구에서 서쪽으로 30미터 정도 떨어진 곳에 주차해 두었던 터라, 우리는 그쪽으로 걸어가고 있었다. 그런데 그때 스니트킨 형사와 헤네시 형사[6]가 근처의 한 건물 문간에서 걸어 나왔다.

스니트킨이 낮게 깔린 음산한 목소리로 물었다.

"아무 일도 없으셨습니까, 반스 씨?"

---

6) 스니트킨과 헤네시는 살인수사과 소속으로, 반스가 관여했던 유명한 사건들에 몇 차례 참여했다.

반스가 놀라서 외쳤다.

"깜짝이야! 두 형사가 겁도 없이 이렇게 늦은 밤에 여기서 뭐하고 있는 건가?"

스니트킨이 자초지종을 설명했다.

"히스 경사7)님 명령을 받고 여기에서 카지노 주변을 살피고 있었습니다. 경사님이 말씀하시길, 반스 씨가 이 주변에서 무슨 일이 터질 것 같다고 하셨다더군요."

"일이야 터졌지! 그런데 경사가 정말 그렇게 말했나? 거참, 놀랍군!"

반스는 당혹스러운 표정을 지으며 말했다.

"경사가 그랬다니, 거참 듬직한 친구로군……. 하지만 모두 다 처리되었네. 자네들이 이렇게 와준 것은 정말 고맙지만 더 이상 이 주변에서 어슬렁거릴 필요는 없네. 나도 지금 자러 가는 길일세."

하지만 그는 집으로 가지 않고 웨스트 11번가에 있는 마크햄의 아파트로 차를 몰았다.

마크햄은 놀랍게도 아직 잠자리에 들지 않고 있었다. 그는 응접실8)에서 우리를 진심으로 반갑게 맞았다. 우리가 난로의 연소통 앞에 자리를 잡고 앉자 반스는 묻는 듯한 시선으로 마크햄을 쳐다보며 말했다.

"스니트킨과 헤네시가 오늘밤 듬직하게 날 지켜주고 있었네. 자네 혹시 두 사람이 그렇게까지 마음을 써준 이유를 알고 있나?"

마크햄은 미소를 지으며 약간 부끄러운 기색을 보였다.

---

7) 살인수사과의 어니스트 히스 경사는 반스가 조사했던 모든 사건들에서 공식적인 수사책임자였다.

8) 그때 퍼뜩 내 뇌리를 스치는 생각이 있었으니, 이 방이 '카나리아 살인사건' 때 중대하고도 극적인 포커 게임이 벌어졌던 바로 그곳이었다.

"사실은 말이네, 반스."

그가 미안해하며 입을 열었다.

"오늘 오후에 자네 아파트를 나온 후, 나는 결국 편지에 뭔가 중요한 의미가 담겨있을지 모른다는 생각을 하게 되었네. 그래서 히스 경사에게 전화를 걸어서 편지의 내용을 기억나는 대로 다 말해주었지. 또 오늘밤 자네가 루엘린을 살펴보러 카지노에 가기로 했다는 것도 얘기했네. 아무래도 히스 경사는 편지의 내용이 조금이라도 사실일 경우를 대비해 부하 둘을 그리로 보내 가까이 있게 하는 편이 좋겠다고 생각했던 모양일세."

반스가 고개를 끄덕이며 말했다.

"이제야 알겠군. 하지만 그렇게 보디가드를 붙일 필요는 없었네. 기막히게도 편지에서 예상한 대로 되긴 했지만 말일세."

마크햄이 의자에 앉은 채로 빙 돌았다.

"정말인가!"

반스는 담배를 깊이 빨아들였다.

"그렇다네. 정말 그 편지대로 되었어. 린 루엘린이 내 눈앞에서 독살되었네."

마크햄은 벌떡 일어나 눈을 동그랗게 뜨고 반스를 쳐다보았다.

"죽었나?"

"죽은 것 같지는 않았네만 결과를 기다려 보지 않고 그냥 와서 잘 모르겠네."

반스는 생각에 잠긴 얼굴로 말했다.

"하지만 상태가 좋지 않아. 지금 파크엔드 병원에서 로저스 선생의 치료를 받고 있다네…… 어떻게 된 일인지 모르겠어. 상당히 혼란스럽군."

반스는 말을 마치고 자리에서 일어섰다.

"잠깐 기다려 보게."

그는 서재로 들어갔다. 곧 전화로 누군가와 통화하는 소리가 들렸다. 잠시 후 그가 다시 돌아왔다.

"방금 파크엔드 병원에 전화해서 아까 본 그 땅딸막한 의사와 통화를 해보았네. 루엘린은 별 차도가 없다는군……. 오히려 호흡이 느려지고 더 약해졌다고 하네. 혈압은 70 아래로 떨어져 50을 조금 웃돌고, 발작도 일으키고 있다고 하는군……. 지금 할 수 있는 모든 방법을 동원하고 있다고 하네. 아드레날린과 카페인, 디기탈리스 같은 강심제를 써보기도 하고 코를 통해 위세척도 하고 있는 모양일세. 물론 낙관적인 결과는 기대하기 어려운 상황이네. 정말 당혹스럽네, 마크햄……."

바로 그때 전화벨이 울렸고 마크햄이 가서 받았다. 잠시 후 그가 서재에서 나왔다. 얼굴이 창백했고, 이마에는 잔뜩 주름이 잡혀 있었다. 그는 중앙에 놓인 테이블로 다시 돌아왔는데, 넋이 나간 사람처럼 보였다.

그가 중얼거렸다.

"큰일 났네, 반스! 뭔가 무서운 일이 일어나고 있어. 방금 히스 경사와 통화했네. 좀 전에 경찰국으로 전화 한 통이 걸려왔다는군. 그래서 히스가 내용을 전해주려고 내게 전화를 한 걸세. 아마 편지 때문이겠지……."

마크햄은 말을 멈추고 뚫어지게 허공을 바라보았다. 반스는 그런 그를 호기심 가득한 시선으로 쳐다보았다.

"경사가 무슨 얘길 전해줬는지 제발 말 좀 해주겠나?"

마크햄은 상당히 애를 쓰는 듯한 얼굴로 반스에게 시선을 돌렸다.

"루엘린의 아내가 죽었네……. 독살되었다네!"

제4장 죽은 여인의 방

10월 16일 일요일 오전 1시 30분

반스의 눈썹이 날카롭게 치켜올라갔다.

"맙소사! 이런 일은 예상하지 못했네."

그는 입에서 담배를 떼며 걱정스런 눈길로 바라보았다.

"그런데…… 범행의 패턴이 있을 걸세. 이보게, 마크햄, 경사가 혹시 부인의 사망 시각을 말해주었나?"

마크햄이 멍한 표정으로 고개를 저었다.

"말해주지 않았네. 의사가 먼저 불려왔던 듯하네. 그 다음에 경찰국에 전화가 걸려왔고. 대략 30분 전에 살인이 일어났던 것 같아……."

"30분!"

반스는 생각에 잠긴 채 의자 팔걸이를 톡톡 두드렸다.

"루엘린이 쓰러진 바로 그 시각이란 말이지……. 그럼, 동시에, 어떻게……? 기묘해, 정말 기묘해……. 다른 정보는 없나?"

"아니, 더 이상은 없네. 히스 경사가 부하 몇 명과 함께 루엘린 저택으로 지금 막 달려가는 중일세. 도착하면 다시 전화를 할 거네."

반스는 벽난로에 담배를 집어던지고 일어섰다.

"그러면 우리도 여기 이렇게 있어서는 안 되지."

그가 마크햄을 향해 돌아서면서 이상하리만큼 엄한 어조로 말했다.

"우리도 파크 애버뉴로 가야 하네. 우리 스스로 사건의 해답을 얻기 위해서 말일세. 나는 이런 상황이 마음에 들지 않네, 마크햄. 정말 마음에 들지 않아. 사악하고 음흉한 뭔가가 있네. 비정상적인 뭔가가 행해지고 있어. 편지를 처음 읽었을 때부터 나는 그런 기미를 감지했네. 어떤 무서운 살인마가 돌아다니고 있어. 이 두 건의 독살 사건은 단지 시작에 불과할 걸세. 독살범은 온갖 범죄자 중에서도 가장 사악한 인간이네. 그자가 어디까지 갈지 아무도 모르지……. 자, 어서."

나는 반스가 그렇게 불안해하면서 고집을 부리는 걸 본 적이 없었다. 마크햄도 아무 이의 없이 반스의 차를 타고 파크 애버뉴에 있는 유서 깊은 루엘린 저택으로 가는 데 동의했다. 그는 두려운 마음에 반스의 의견에 따르기로 작정한 모양이었다.

갈색의 사암으로 지어진 저택은 애버뉴에서 몇 미터 떨어진 곳에 있었다. 커다란 철문을 중심으로 소용돌이 장식의 높다란 검은색 철책이 쳐져 있었다. 철책의 길이는 대략 15미터에 이르렀다. 그리고 마당의 가장자리는 포장이 되어 있지 않았으며, 여전히 예전의 네모진 상자 모양의 울타리가 세워져 있었다. 손질이 잘된 사이프러스 나무 두 그루가 보였고, 직사각형 모양의 조그만 화단 2개가 판석 보도 양쪽에 각각 하나씩 자리 잡고 있었다. 판석 보도는 오크나무 재질의 커다란 현관문으로 이어졌다.

우리가 루엘린 저택에 도착했을 때, 경찰들이 이미 그곳에 와 있었다. 관할 구역 경찰서에서 나온 제복 차림의 경찰관 두 명이 마당에 서 있었다. 그들은 지방검사를 알아보고 곧바로 경례를 붙이고 다가왔다.

"히스 경사와 살인수사과에서 나온 형사들이 지금 막 집 안으로 들어갔습니다, 검사님."

그들 중 한 사람이 엄지손가락으로 문간의 벨을 누르면서 마크햄에게 말했다.

큰 키에 몹시 창백한 얼굴을 한 마른 사내가 즉시 현관문을 열었다. 그는 흑백의 체크무늬 화장복을 입고 있었다.

마크햄이 그에게 말했다.

"나는 지방검사요. 히스 경사를 만나고 싶소. 내가 알기로 경사는 잠시 전에 도착했소만."

그 남자는 뻣뻣한 태도로 인사를 하고 지나치게 점잔을 빼며 말했다.

"그렇습니다, 나리."

그는 약간의 런던 토박이 사투리가 섞인 말투로 아첨하듯 말했다.

"들어오시겠습니까, 나리…… 경찰들은 2층에 있습니다. 복도 남쪽 끝에 있는 린 루엘린 부인의 방에요. 저는 집사입니다, 나리. 여기 현관을 지키라는 분부를 받았죠."

그의 마지막 말은 자신이 우리를 직접 안내하지 못하는 것에 대한 사죄의 의미였다.

우리는 집사를 지나쳐 널찍한 원형 계단을 올라갔다. 계단에는 환하게 불이 밝혀 있었다. 우리가 첫 번째 층계참에 이르렀을 때, 위쪽 복도에 서 있던 설리번 형사가 마크햄에게 인사를 했다.

"안녕하세요, 검사님. 검사님이 오셔서 경사님이 기뻐하실 거예요. 불쾌한 사건인 것 같거든요."

그렇게 말하고 그는 복도를 따라 우리를 안내했다.

저택의 남쪽 날개에서 설리번이 우리가 들어가도록 방문을 열어주었다. 우리는 방 안으로 들어갔다. 그 방은 거의 정사각형에 가까운 널찍한 방으로, 천장이 높고 고풍스런 조각으로 장식된 벽난로가 있었다. 커다란 이중 덧창에는 지난 시대의 묵직한 커튼이 길게 드리워져 있었다. 나폴레옹 제정시대 풍 가구는 모두 값비싼 진품 같아 보였다. 그리고 벽면에는 희귀한 옛 판화들이 다수 걸려 있었다. 어떤 미술관에서든 소장할 가치가 있는 작품들이었다.

우리 왼쪽으로 높다란 닫집이 있는 침대 위에 30세쯤 되어 보이는 여인이 누워 있었다. 실크 이불이 일부 젖혀져 있었고, 그녀는 양팔을 머리 위로 올린 자세를 하고 있었다. 그녀의 머리카락은 완전히 뒤로 빗어 넘겨져, 헤어네트로 감싸 목 부분에서 묶여 있었다.

바로 얼마 전에 콜드크림을 바른 듯 검푸르게 변한 그녀의 얼굴은 얼룩투성이였다. 갑작스럽게 경련과 같은 발작을 일으키다 죽은 모양이었다. 게다가 그녀는 눈을 동그랗게 뜨고 빤히 쳐다보는 상태로 죽어 있었다. 그건 매우 불쾌하고 소름끼치는 장면이었다.

히스 경사와 살인수사과의 두 형사인 버크와 길포일, 그리고 관할 경찰서에서 나온 스몰리 부서장(副署長)이 방 안에 있었다. 경사는 수첩을 들고 중앙에 놓여 있는 커다란 대리석 탁자에 걸터앉아 있었다.

대략 60세쯤 된 큰 키의 정력적으로 보이는 여인이 탁자를 향해 서 있었다. 그녀는 레이스가 달린 작은 손수건으로 눈가를 훔치고 있었다. 나는 이전에 그녀를 단 한번도 만난 적이 없지만, 때때로 신문에 난 사진에서 본 기억으로 그녀가 안소니 루엘린 부인이라는 사실을 알았다.

그녀 곁에 린 루엘린과 대단히 닮은 젊은 여자가 서 있었다. 그래서 나는 그녀가 당연히 린의 여동생인 아멜리아 루엘린이라고 생각했다. 그녀는 검은 머리카락을 가운데 가르마를 타서 귀 뒤로 빗어 넘겨 꼬아서 묶고 있었다. 그녀의 얼굴은 자신의 엄마와 마찬가지로 강인한 인상이었다. 또한 독수리처럼 무자비한 인상이 두드러졌고 거의 사람을 업신여기는 듯한 표정도 있었다. 우리가 들어서자 그녀는 냉담하면서도 무관심한 얼굴로 우리를 힐끗 쳐다보았다. 그녀에게서 다소 따분한 표정이 엿보였다. 두 여인은 모두 일본의 기모노와 비슷하게 재단한 술이 달린 실크 소재의 화장복 차림이었다.

벽난로 앞쪽에는 35세쯤 되어 보이는 호리호리한 체격의 남자가 안절부절못하며 서 있었다. 야회복을 입은 그 남자는 상아로 만든 기다란 물부리로 여송연을 피고 있었다. 우리는 그가 앨런 케인이며 의사라는 사실을 곧 알게 됐다. 그는 루엘린 양의 친구로, 루엘린 저택에서 한 블록도 떨어지지 않은 곳에 살고 있었다. 그래서 루엘린 양이 왕진을 부탁했다고 한다. 경찰에 젊은 루엘린 부인의 사망 소식을 알린 사람이 바로 케인 선생이었다. 케인은 초조한 듯 보였지만 전문가다운 진지한 태도도 엿보였다. 그는 상기된 얼굴로 체중을 한쪽 발에서 다른 쪽 발로 끊임없이 옮기며 서 있었다. 하지만 우리들 각자를 차례로 바라보며 노골적으로 평가하는 듯한 눈길을 던졌다.

우리가 들어가자 히스 경사가 자리에서 일어나 우리를 맞았다.

"검사님이 오셨으면 했습니다."

그가 눈에 띄게 안심한 태도로 말했다.

"하지만 반스 씨까지 오시리라고는 예상치 못했습니다. 카지노에 계실 거라고 생각했거든요."

반스가 낮고 진지한 목소리로 말했다.

"카지노에 갔다 왔네, 경사. 그리고 스니트킨과 헤네시 형사를 보내줘서 정말 고맙네. 하지만 나는 그들이 필요하지 않았어……."

"린!"

이름을 부르는 그 소리가 침울한 방 안의 분위기를 깨트렸다. 마치 고통 속에서 울부짖는 소리 같았다. 루엘린 부인의 입에서 터져 나온 소리였다. 그녀는 걱정으로 일그러진 얼굴을 반스에게 돌렸다.

"거기서 내 아들을 만났나요? 그 아이는 괜찮아요?"

반스는 잠시 동안 여인을 응시했다. 그녀의 물음에 어떤 답변을 해야할지 마음을 정하고 있는 듯 보였다. 잠시 뒤에 그는 다정하면 서도 결연한 말투로 정확하게 말했다.

"유감스럽게도 부인, 댁의 아드님도 독살……."

"내 아들이 죽었다고요?"

그녀의 격앙된 말에 나는 소름이 오싹 끼쳤다.

반스는 고개를 젓고 상심한 여인을 바라보았다.

"죽지는 않았습니다. 아드님은 파크엔드 병원으로 옮겨져 의사의 치료를 받고 있습니다……."

"내가 그 아이한테 가봐야 돼!"

그녀는 울부짖으며 방에서 뛰쳐나가려고 했다. 그러나 반스가 부 드럽게 그녀를 제지했다.

"아닙니다, 지금 당장은 아닙니다."

그는 단호하지만 다정한 목소리로 말했다.

"부인은 아드님에게 아무런 도움도 되지 않습니다. 게다가 부인은 지금 이곳에 계셔야 합니다. 곧 병원에서 보고가 올 겁니다. 이런 슬픈 소식을 전할 수밖에 없어 유감이지만 부인, 어차피 조만간 들 으셔야 했을 테니, 부디 앉으셔서 저희를 도와주십시오."

여인은 꼿꼿이 서서 엄격하고 의연한 태도로 턱에 힘을 주었다.

"우리 루엘린 집안이 의무를 회피했다는 소리를 들을 수야 없지."

그녀가 단호한 어조로 말했다. 그리고는 엄격한 태도로 침대 발치 에 있는 의자에 가 앉았다.

아멜리아 루엘린은 그런 엄마를 냉담한 시선으로 바라보다가 어깨를 으쓱하며 말했다.

"의무를 다하는 건 정말 고귀한 행동이죠. 의무라는 말은 평소에 '우리 루엘린 사람들'에게는 주문과도 같아요. 우리 가족의 좌우명은 'Firmitas et fortitudo(견실과 용기)'죠. 우리 집안의 문장(紋章)에 등장하는 그리핀(그리스 신화에 등장하는 몸통은 사자, 머리와 날개는 독수리인 괴물 – 역주)은…… 뒷발로 일어선 자세인지 아니면 앞발을 세우고 앉은 자센지, 것도 아니면 머리를 들고 웅크린 자세인 것 같기도 하고, 여하튼 정확히 어느 쪽인지는 잊었지만, 어쨌든 그리핀은 상상속의 동물이에요. 우리 가족의 특징을 잘 나타내는 동물이죠. 무슨 일이든 능히 할 수 있어요. 무가치한 일일지라도 말이에요."

"아마 루엘린가의 그리핀은 앞발을 세우고 앉은 자세일 겁니다."

반스는 아멜리아를 똑바로 응시하며 말을 꺼냈다.

그녀는 움찔하더니 잠시 동안 반스를 빤히 쳐다보고 나서 빈정대는 투로 대꾸했다.

"생각해보니 그 말이 옳은 것 같군요. 루엘린 사람들은 다소 경박하거든요."

반스는 그녀를 계속 주의 깊게 바라보았다. 잠시 뒤 그녀가 비틀린 미소를 지으며 그에게 다가와 물었다.

"정말로, 자식의 본보기라고 할 수 있는 사랑스런 린 오빠도 독살되었나요?"

그리고 그녀의 입가에서 미소가 사라졌다.

"누군가 솜씨 있게 빈틈없이 해치우기로 결심한 게 분명하군요. 이번에 제가 독살되었다고 해도 놀라지 않았을 거예요…… 이 집안에는 악취 나는 돈이 넘쳐나거든요."

그녀는 노기 띤 눈으로 노려보는 자신의 엄마에게 경멸 섞인 시선을 던졌다. 그리고는 탁자 가장자리에 걸터앉아 담배에 불을 붙였다.

마크햄은 초조해하며 짜증을 냈다.

"자네 일을 어서 진행하게, 경사."

그는 퉁명스럽게 명령했다.

"이 젊은 부인을 누가 발견했나?"

그는 불쾌한 얼굴로 침대를 향해 손을 흔들며 말했다.

"제가 발견했어요."

아멜리아 루엘린은 심각한 얼굴이 되었고, 흥분으로 가슴까지 오르락내리락 했다.

반스는 자리에 앉아 미심쩍은 눈길로 그녀를 살폈다.

"아아! 우리에게 그 상황을 말씀해주시면 어떨까요, 루엘린 양?"

그녀가 이야기를 시작했다.

"우리는 모두 11시쯤 잠자리에 들었어요. 딕 삼촌과 블러드굿 씨는 저녁식사를 마치고 카지노로 가셨죠. 린 오빠는 1시간 후에 뒤따라갔고요. 그리고 앨런, 여기 있는 케인 선생이죠, 앨런도 왕진을 부탁하는 전화 몇 통을 받고 린 오빠와 함께 나갔어요……"

반스가 손을 치켜들며 끼여들었다.

"잠깐만요. 저는 오늘밤 저녁식사가 얼마간 가족 모임이라고 생각했는데요. 케인 선생도 참석하셨나요?"

아멜리아는 쓸쓸한 표정으로 고개를 끄덕였다.

"예, 앨런도 여기 있었어요. 저는 다른 날 이런 기념일 모임이 어땠는지 알거든요. 보통 사소한 일로 말다툼을 하다 서로 비난을 퍼부으며 승강이를 벌이기 일쑤죠. 저는 걱정이 됐어요. 그래서 마지막 순간 케인 선생에게 저녁식사에 와 달라고 부탁했던 거예요. 그가 참석하면 가족들 간의 적대감이 누그러질지도 모른다고 생각했거든요. 물론 모건 블러드굿도 여기 함께 있었지만 사실 그는 가족의 일원이나 다름없어요. 그러니 그가 있다고 해서 우리가 다투는 꼴을 보이지 않으려고 망설이는 일은 절대 없었을 거예요."

반스가 물었다.

"그래, 오늘밤 모임에서 케인 선생이 가족 간의 적대 감정을 억누르는데 영향을 미쳤습니까?"

그녀가 대꾸했다.

"그런 것 같지 않아요. 배출시켜야 할 억압된 감정들이 너무 많았거든요."

반스는 머뭇거리다가 질문을 계속했다.

"그래서 당신의 오빠와 삼촌, 그리고 다른 사람들은 떠나고, 당신과 올케분, 그리고 어머님은 11시쯤 잠자리에 들었군요. 그 다음에 무슨 일이 일어났습니까?"

"저는 혼란스럽고 불안해서 잠을 이룰 수 없었어요. 그래서 자정쯤에 일어나서 스케치를 시작했지요. 1시간 가량 스케치를 하다가 막 잠자리에 들려던 참이었어요. 그때 올케 언니가 이성을 잃은 목소리로 소리치는 것을 들었죠. 제 방은 저택의 이쪽 날개에 있어요. 그리고 올케 방과 제 방은 짧은 통로를 사이에 두고 나눠져 있고요. 저는 주로 그곳을 옷장으로 사용하죠."

그녀는 머리를 움직여 방 뒤에 있는 문을 가리켰다.

반스가 물었다.

"당신과 올케분 사이에는 문 두 개와 통로가 있는데 정말로 올케분이 소리치는 것을 들었습니까?"

그녀가 이유를 설명했다.

"보통 때라면 올케가 소리치는 걸 들을 수 없었겠죠. 하지만 그때 저는 화장복을 걸려고 막 옷장에 들어간 참이었어요."

"그래서 어떻게 하셨나요?"

"문으로 다가가서 귀를 기울였죠. 그런데 올케가 숨이 막힌 듯 신음 소리를 내더군요. 저는 문을 열려고 했지만, 문은 잠겨있지 않았어요……."

반스가 가로막으며 물었다.

"저 문이 잠겨 있지 않은 것이 이상한 일이었습니까?"

"아니오. 사실 저 문은 거의 잠겨 있지 않아요."

"계속하십시오."

아멜리아가 말을 이었다.

"그런데 올케는 지금 모습 그대로 침대에 누워 있었어요. 그녀는 눈을 부릅뜨고, 얼굴은 끔찍할 정도로 시뻘게진 상태였어요. 그리고 몹시 경련을 일으키고 있었죠. 저는 복도로 달려 나와 엄마를 불렀어요. 엄마는 방으로 들어와서 올케를 본 뒤 이렇게 말하셨어요. '의사를 불러라, 아멜리아.' 그래서 저는 즉시 케인 선생에게 전화를 했지요. 그는 여기서 멀지 않은 곳에 살고 있으니까요. 제가 통화를 끝내기도 전에 올케는 실신을 한 듯이 보였어요. 올케는 아주 조용해졌죠……. 너무나도 조용해졌어요. 저는…… 저는 올케가 죽었다는 걸 알았어요……."

그녀는 무의식적으로 몸서리를 쳤다. 그리고 그녀의 목소리가 서서히 사라져 갔다.

"그럼, 케인 선생?"

반스가 벽난로 곁에 있는 남자를 향해 얼굴을 돌렸다.

케인은 초조한 빛을 드러내며 앞으로 나왔다. 입에서 궐련용 물부리를 떼어낼 때, 그는 손을 벌벌 떨었다.

그는 부자연스럽기는 했지만 전문가다운 태도로 위엄 있게 이야기를 시작했다.

"잠시 뒤 제가 도착했을 때는 루엘린 부인, 그러니까 제 말은, 린 루엘린 부인은 완전히 사망한 상태였습니다. 그녀는 눈을 부릅뜨고 누워 있었지요. 동공이 크게 팽창되어 있어, 망막을 확인할 수조차 없었습니다. 또 온몸에 발진이 난 상태였습니다. 사후에 체온이 상승했던 모양입니다. 양팔의 위치와 뒤틀린 안면 근육이나 목 근육이 그녀가 경련을 일으키다 질식사했다는 것을 나타냈습니다. 벨라도나(가지과(科)의 유독식물, 서양미친풀이라고 부른다. ─ 역주)에서 추출된, 즉 히오스신이나 아트로핀, 스코폴라민 같은 약물로 독살된 것처럼 보였습니다. 저는 시체를 움직이지 않았고, 루엘린 부인과 따님에게도 그녀의 몸에 손을 대지 말라고 주의를 주었습니다. 그리고 즉시 경찰서에 전화를 했습니다."

반스가 중얼거리듯 말했다.

"아주 잘하셨습니다. 그런 뒤에 당신은 저희가 도착하기를 기다리셨군요?"

"그렇습니다."

케인은 자제력을 많이 회복하기는 했지만 여전히 얼굴이 상기되어 있었고, 호흡도 거칠었다.

"또 방 안에서 아무것도 건드리지 않으셨단 말씀이죠?"

"아무것도요. 저는 줄곧 이 방에 있었습니다. 그리고 루엘린 양과 그녀의 어머님도 여기서 저와 함께 당신들을 기다리고 계셨고요."

반스는 천천히 고개를 끄덕이다 물었다.

"그런데 의사 선생. 타자기를 사용하십니까?"

케인은 다소 놀란 듯 보였다.

"예…… 사용합니다."

그는 더듬거리면서 말했다.

"의과대학에서 리포트를 작성할 때, 언제나 타자기를 사용했습니다. 하지만 잘 치지는 못합니다. 저는…… 전 이해가 가지 않는군요. 제가 타자기를 사용하는지가 이 사건에 어떤 도움이 되는지 말입니다."

"그저 의미 없는 질문이었습니다."

반스는 무심히 대꾸하고 히스에게로 시선을 돌렸다.

"검시관에게는 알렸는가?"

경사는 부루퉁한 얼굴로 검은색 여송연을 거칠게 씹어댔다.

"그럼요. 평소대로라면 사무실로 연락을 했겠지만, 전 도레무스 박사9) 댁으로 전화를 드려서 박사님과 통화를 했습니다. 오늘밤에는 연락을 하고 싶지 않았지만……."

반스가 넌지시 말했다.

"십중팔구 박사가 몹시 화를 냈겠군."

경사가 툴툴대며 되받았다.

"물론 노발대발하셨죠. 하지만 저는 마크햄 씨가 여기 오실 거라고 말씀드렸습니다. 그러자 박사님도 오시겠다고 하더군요. 곧 도착하실 겁니다."

반스는 일어서서 케인을 마주보고 섰다.

"지금은 이것으로 됐습니다, 의사 선생. 하지만 검시관이 올 때까지 남아달라고 청해야겠습니다. 당신이 그를 도울 수 있을지도 모르니까요……. 괜찮다면 아래층 응접실에서 좀 기다려 주시겠습니까?"

"그렇게 하겠습니다."

그는 경직된 태도로 인사를 하고 문 쪽으로 가며 말했다.

"할 수 있는 한 어떻게든 돕도록 하겠습니다."

의사가 방에서 나가자 반스는 두 여인을 향해 돌아서며 말했다.

"죄송스런 말씀이지만 두 분께도 이층에 계셔달라고 부탁드려야

---

9) 뉴욕 경찰국의 수석검시관 엠마뉴엘 도레무스

겠군요. 불가피한 일이라서요. 각자 방으로 돌아가서 좀 기다려주시기 바랍니다."

그는 부드럽고 정중한 어조로 말했지만 강요하는 듯한 투가 담겨 있었다.

루엘린 부인이 두 눈에 노기띤 채 자리에서 일어났다.

"왜 내 아들한테 갈 수 없다는 거죠?"

그녀가 다그치듯 물었다.

"내가 여기서 할 수 있는 일은 더 이상 아무것도 없어요. 이 사건에 대해서 아는 게 아무것도 없단 말이에요."

반스가 단호히 대꾸했다.

"부인이 아드님을 도우실 일은 없습니다. 그러나 저희들을 도와주실 수는 있습니다. 어쨌든 제가 부인께 아드님 소식을 알려드리도록 하지요."

반스는 침대용 스탠드 위에 놓여 있는 전화기로 갔다. 그리고 로저스 선생과 통화를 했다. 그는 수화기를 내려놓고서 루엘린 부인을 안심시키려고 그쪽으로 돌아섰다.

"아드님이 혼수상태에서 깨어났답니다, 부인."

그가 이야기를 전했다.

"그리고 호흡도 한층 순조로워졌고 맥박도 더 힘차게 뛴다고 합니다. 아드님은 위험한 상황에서 벗어난 것 같습니다. 상태가 악화되거나 하면 즉시 기별이 올 겁니다."

루엘린 부인은 손수건을 얼굴에 대고 흐느끼며 방을 나갔다.

아멜리아 루엘린은 즉시 방을 떠나지 않았다. 그녀는 엄마가 방을 나가고 문이 닫힐 때까지 기다렸다가 호기심 어린 얼굴로 반스를 쳐다보았다.

그녀가 생기 없는 차분한 목소리로 물었다.

"이유가 뭐죠? 케인 선생이 타자기를 사용하는지 왜 물으셨나요?"

반스는 자신을 사건으로 끌어들인 편지를 꺼내 잠자코 그녀에게 건넸다. 그는 그녀가 편지를 읽는 동안 눈을 가늘게 뜨고 그녀를 면밀히 관찰했다. 그녀는 당혹스러운 듯 얼굴을 찌푸렸다. 하지만 놀란 기색은 전혀 보이지 않았다. 그녀는 편지를 끝까지 다 읽고 난 뒤에 신중한 태도로 천천히 편지를 접어서 반스에게 되돌려주었다.

"감사합니다."

그녀는 이 한마디만 남기고 자신의 방으로 통하는 통로에 난 문 쪽으로 갔다.

"잠시만요, 루엘린 양."

그녀가 막 문손잡이를 잡으려는 순간, 반스가 그녀를 멈춰 세웠다. 그래서 그녀는 다시 방 쪽으로 돌아섰다.

"당신도 타자기를 사용하십니까?"

그녀는 무심한 태도로 고개를 끄덕였다.

"예, 갖고 있는 작은 타자기로 모든 편지를 작성하죠……. 그렇기는 하지만……."

그녀는 따분한 듯 희미한 미소를 띠고 덧붙였다.

"저는 그 편지를 작성한 사람보다 훨씬 타자에 능해요."

반스가 물었다.

"그럼 다른 가족분들도 자주 타자기를 사용하십니까?"

그녀는 냉담한 어조로 말했다.

"그럼요. 우리 가족은 모두 상당히 현대적인 사람들이라서요. 심지어 엄마도 강연 원고를 직접 타자기로 작성하시죠. 그리고 한때 작가로 활동하셨던 딕 삼촌은 두 손가락만으로 치시는데도 타자 속도가 빠르세요. 하지만 부주의로 인한 실수가 많으신 편이에요."

"올케분도 타자기를 사용하셨나요?"

그녀의 시선이 침대 쪽으로 돌아가다 주춤댔다.

"예. 올케는 린 오빠가 도박을 하러 나가면 타자기에 달라붙어 지냈어요…… 린 오빠도 타이핑에 상당히 능한 사람이에요. 한때 오빠는 상업학교에 다녔죠. 아마 오빠는 언젠가 루엘린가의 재산을 관리하게 될 거라고 생각했던 모양이에요. 하지만 엄마 생각은 달랐죠. 그래서 그 대신에 린 오빠는 나이트클럽에 드나들게 되었어요."

그녀의 태도에는 이상하리만큼 초연한 데가 있었다. 하지만 나는 당시에는 그것을 알아채지 못했다.

"그럼 블러드굿 씨만 남는……"

반스가 이야기를 시작했지만 아멜리아가 재빨리 말을 가로챘다.

"그도 타자를 칠 수 있어요."

그녀는 두 눈에 다소 노기를 담은 채 말했다. 그래서 나는 블러드굿에 대한 그녀의 태도가 호의적인 것만은 아니라는 느낌을 받았다.

"그는 관계하고 있는 슬롯머신 일과 관련된 보고서를 대부분 아래층에 있는 우리 집 타자기로 작성했어요."

반스는 눈썹을 약간 치켜올리며 가벼운 흥미를 보였다.

"아래층에 타자기가 있습니까?"

다시 그녀가 고개를 끄덕였다. 그리고 자신에게는 전혀 흥미 없는 문제라는 듯 어깨를 으쓱했다.

"늘 아래층에 있죠. 응접실에서 떨어져 있는 조그만 서재에요."

반스가 물었다.

"제가 보여드렸던 편지가 아래층에 있는 타자기로 작성된 거라고 생각하십니까?"

그녀는 한숨을 내쉬었다.

"그랬을지도 모르죠. 같은 종류의 활자에 같은 색깔의 리본으로 작성됐으니……. 하지만 그것과 같은 타자기는 얼마든지 있어요."

반스는 심문을 계속했다.

"아마도 그렇겠죠. 당신은 편지를 작성한 사람이 누구라고 생각하시나요."

아멜리아 루엘린의 얼굴이 어두워졌고, 눈에는 냉엄한 표정이 되살아났다.

"여러 가지 제안을 할 수 있겠죠."

그녀가 화를 누그러뜨린 말투로 대꾸했다.

"하지만 대답을 할 생각은 추호도 없어요."

그리고는 단호한 태도로 재빨리 문을 열고 방에서 나갔다.

"엄청 많은 걸 알아내셨군요!"

히스가 코웃음 치며 입을 열었다. 그는 지루한 심문을 비꼬는 것 같았다.

"이 집안에는 단지 속기사들 한패가 살고 있을 뿐이네요."

반스는 관대한 표정으로 히스를 응시했다.

"그렇지만 나는 많은 사실을 알게 됐네."

히스는 잇새에서 여송연을 이리저리 옮기며 얼굴을 잔뜩 찌푸렸다.

"그럴 수도 있고 아닐 수도 있겠죠."

그는 굵직한 목소리로 나직이 말했다.

"그런데 제 생각으로는, 이 사건은 도무지 사리에 맞지 않는 것 같습니다. 카지노에서 루엘린을 독살하는 동시에 집 안에서 그의 아내를 독살했으니 말입니다. 제가 보기에는 범행에 한 떼가 참여한 것처럼 보입니다."

반스가 부드럽게 대꾸했다.

"한 사람이 양쪽의 일을 다 처리할 수 있었네, 경사. 사실 나는 동일한 사람의 소행이라고 확신하고 있다네. 더욱이 그 사람이 내게 편지도 보냈을 거라고 생각하네……. 잠깐 기다리게."

그는 침대용 스탠드로 다가가 전화기를 옆으로 옮기고 조그맣게 접혀진 종이를 집어 들었다.

"병원에 전화를 걸 때 이것을 보았네."

반스가 설명해주었다.

"하지만 나는 일부러 주의를 기울이지 않았지. 여자들이 떠나고 우리들만 남을 때 보려고 말이야."

그는 종이를 펼쳐 탁자 위의 스탠드 아래로 가져갔다. 내가 서 있는 곳에서, 나는 그것이 엷은 푸른색 편지지 한 장에 타자기로 작성한 편지라는 것을 확인할 수 있었다.

"오, 이런!"

반스는 그것을 읽으면서 중얼거렸다.

"놀라워……!"

마침내 반스가 마크햄에게 종이를 건넸다. 마크햄은 곁에 서 있던 히스와 내가 편지를 볼 수 있도록 들고 읽었다. 그것은 타자기로 서투르게 작성된 짧은 편지로 다음과 같이 쓰여 있었다.

사랑하는 린.

저는 당신을 행복하게 해드릴 수 없어요. 그리고 맹세컨대, 이 집 안의 어느 누구도 날 행복하게 하려고 노력하지 않았어요. 딕 삼촌만이 이 집에서 유일하게 내게 호의적이고, 또 나를 이해해줬죠. 저는 이 집에 있고 싶지 않아요. 여기서 난 아주 불행하니까요. 저는 독약을 먹을 생각이에요.

안녕. 당신이 시도할 새로운 룰렛 게임 시스템으로, 당신이 다른 무엇보다도 간절히 원했던 거액을 따길 빌어요.

'버지니아'라는 서명도 타자기로 작성되어 있었다.

마크햄은 편지를 접어들고 입을 오므렸다. 그는 오랫동안 반스를 바라보다가 자신의 생각을 밝혔다.

"단순한 사건인 것 같군."

반스가 반박했다.

"오, 여보게. 자네! 그 편지는 사건을 더 복잡하게 만들 뿐이라네."

제5장 독살사건!

10월 16일 일요일 오전 2시 15분

그때 설리번 형사가 문을 열고 도레무스 박사를 들여보냈다. 도레무스 박사는 현실적인데다 성미가 급하며 다소 건방진 사람이었다. 그는 트위드 소재의 가벼운 외투를 입고 푸른빛이 도는 엷은 회백색 중절모자를 멋부려 한쪽으로 비스듬히 기울여 쓰고 있었다.

그는 극적인 분위기로 깜짝 놀라는 시늉을 하면서 우리에게 인사를 건넸다. 그리고는 찌푸린 얼굴로 히스 경사를 힐끗 쳐다보았다.

"식사시간에 시체를 보러오라고 전화하지 않을 때는, 일부러 자는 시간에 맞춰 나를 불러내는 겐가……? 체계가 없어, 체계가……. 이건 내게서 음식과 휴식을 빼앗으려는 음모야. 3년 전 이 자리에 앉은 이후로 난 20년은 더 늙어버렸단 말이네."

그는 꾸민 듯한 높은 목소리로 투덜대며 고약을 떨었다.

"박사님은 충분히 젊고 기운차 보이세요."

히스가 씩 웃으며 말했다. 오랫동안 함께 일했기 때문에 그는 검시관의 불평에 익숙해 있었다.

"제기랄, 살인수사과의 형사들이 날 계속 배려하지 않겠다는 말이군, 아이고!"

도레무스가 딱딱거리며 말했다.

"시체는 어디 있나?"

그는 방 안을 둘러보다가 움직임 없이 누워있는 버지니아 루엘린에게 시선이 멈췄다.

"저 여자인가, 그래? 어떻게 죽었나?"

갑자기 히스가 공격조로 말했다.

"저희야 모르죠."

도레무스는 툴툴거리다 모자와 외투를 벗어서 의자 위에 놓고 침대로 다가갔다. 10분 동안 그는 죽은 여자를 검사했다. 다시 한번 나는 그의 능력과 행동에 깊은 인상을 받았다. 냉담한 기질이나 냉소적인 태도에도 불구하고 그는 실력 있는 노련한 의사였다. 그는 여태까지 있었던 뉴욕의 검시관 중에서 가장 성실하고 세심한 검시의였다.

도레무스가 섬뜩한 일을 수행하느라 분주한 동안에, 반스는 잠깐 동안 방 안을 면밀히 살펴보았다. 그는 먼저 소탁자 쪽으로 갔다. 탁자 위에는 유리잔과 물병이 갖춰진 작은 은쟁반이 놓여 있었다. 카지노의 킨케이드 사무실에 있던 것과 모양이 유사했다. 그는 유리잔 두 개를 집어 들어 조사했다. 두 개 모두 물기 하나 없었다. 다음에 그는 유리 물병의 마개를 열어 유리잔 위로 뒤집어 보았다. 비어 있었다. 반스는 쟁반에 물병을 도로 내려놓으면서 얼굴을 찌푸렸다. 그리고는 탁자에 딸린 작은 서랍의 안쪽을 조사한 뒤 욕실 문 쪽으로 갔다. 욕실은 방의 뒷부분에 있었는데, 반쯤 문이 열려 있는 상태였다.

그는 마크햄 곁을 지나가면서 작은 목소리로 말했다.

"오늘밤에는 공통적으로 마실 물이 충분히 준비되어 있지 않았네. 킨케이드의 물병도 비어 있었는데, 린 루엘린의 물병 또한 비어 있어. 정말 의심스럽군……. 그런데 침대 곁에 있는 저 탁자의 서랍에는 손수건 한 장과 필시 솔리테르(혼자서 하는 카드놀이 – 역주) 게임에 사용할 카드 한 벌, 연필과 종이철, 립스틱, 독서용 안경밖에는 들어있지 않네……. 이를테면, 치명적인 물건은 전혀 보이지 않는단 말이지."

나는 반스를 따라 욕실로 들어갔다. 반스가 방 안을 조사하기 시작했을 때, 나는 그가 마음속에 뭔가 명확한 생각을 갖고 있다는 것을 알았다. 무관심한 듯 나른한 태도를 보이는 그의 모습이 그러한 사실을 분명히 뒷받침하고 있었다. 그는 언제나 엄청난 흥분 상태에 있는 순간에 그런 태도를 취했다.

욕실은 상당히 넓고 완전히 현대식으로 갖춰져 있었다. 남쪽 건물 쪽으로 작은 창문 두 개가 나 있었고, 깔끔하게 정돈된 채 모든 물건이 제자리에 가지런히 놓여 있었다. 반스는 전등의 스위치를 켜고 날카로운 눈길로 욕실을 훑어보았다. 창문턱 하나에 작은 향수 분무기와 입욕제 용기가 놓여 있었다.

반스는 분무기의 둥근 부분을 눌러 뿜어 나오는 액체의 냄새를 맡으며 말했다.

"덜린의 Fleur-de-lis(붓꽃향)이네, 반. 금발미녀에게 딱 어울리는 향이지."

그는 입욕제 용기 위에 라벨을 읽었다.

"역시 덜린의 Fleur-de-lis(붓꽃향)이네. 틀림없이 아주 똑같군. 아아, 너무나도 많은 여성들이 향수를 지나치게 사용해서 자신들의 고유한 체취와 향이 어우러지지 못하게 하는 실수를 범한다니까……."

그는 약장을 열고 안을 들여다보았다. 일상적인 용품들만이 들어 있었다. 클렌징 크림과 피부 영양크림, 핸드 로션 한 병, 화장수, 텔컴파우더와 배스파우더, 방취제, 치약, 치실, 체온계, 그리고 평범한 약품들이 구색 갖춰 죽 늘어서 있었다. 요오드제와 아스피린, 중탄

산소다, 캠퍼(의약품으로 쓰이는 정제한 장뇌(樟腦) – 역주), 도벨 물약 (Dobell's solution;석탄산과 붕사, 중탄산소다, 글리세린이 혼합된 액제로, 코와 목구멍 질환에 분무한다. – 역주), 인후염용 노란색 혼합약, 글리세린, 아르지올(은과 단백(蛋白)의 혼합물로 국소 방부제 – 역주), 암모니아 방향제, 벤조인(방부용 약제), 마그네시아유(제산제), 브로마이드 정제(신경안정제), 컵 모양의 마개가 있는 별다를 것이 없는 세안수(洗眼水), 약품 처리된 알코올 등의 약품들이었다.

반스는 각각의 용품을 찬찬히 조사하느라 상당한 시간을 들였다. 마침내 그는 상표가 인쇄되어 있는 자그마한 파란색 병을 집어 들었다. 그리고 정성들여 외알 안경을 조절하고 작은 글씨로 적혀 있는 처방법을 읽어 내려갔다. 그리고 나서 병을 자기 주머니에 집어 넣고 약장 문을 닫고 침실로 다시 돌아갔다.

도레무스 박사가 침대의 움직이지 않는 시체 위로 막 이불을 덮고 있었다. 그는 짐짓 호전적인 태도로 히스를 향해 시선을 돌렸다.

"그래, 이게 어떻다는 건가?"

그는 양손을 펼쳐 묻는 듯한 몸짓을 해보이며 성난 어조로 다그쳤다.

"이 여자는 죽었네. 자네가 알고 싶은 게 그거라면 말일세. 내가 이런 거나 알려주려고 새벽 2시에 잠자리에서 끌려 나왔단 말인가!"

히스는 여송연을 잇새에서 천천히 떼어내고 검시관을 노려보며 말했다.

"알겠습니다, 박사님. 박사님 말씀대로 이 여자는 죽었습니다. 그러면 이 여자는 죽은 지 얼마나 됐습니까, 또 어떻게 죽었습니까?"

"그런 질문이 나올 줄 알았네."

도레무스는 한숨을 내쉬고 전문가답게 진지한 태도로 돌아가 이야기를 시작했다.

"제기랄, 경사, 이 여자는 죽은 지 대략 두 시간쯤 되었네. 그리고 독살되었고……. 이제, 내가 자네한테 이 여자가 어떻게 독살되었는지 알려주기를 바라겠지."

그렇게 말하고는 심술궂은 눈초리로 경사를 노려보았다.

반스가 두 사람에게 다가가서 도레무스에게 진지한 어조로 말했다.

"왕진을 왔던 의사 말이 그녀가 벨라도나에서 채취된 독물로 인해 사망했을 거라고 했습니다만."

도레무스가 되받아쳤다.

"의과대학 3년생만 돼도 그 정도는 알 거요. 벨라도나로 독살된 게 맞습니다……. 그 의사는 여자가 죽은 뒤 체온이 상승하는 시점에 여기 도착했겠군요. 그것을 감지할 수 있는 알맞은 때 말입니다."

반스가 고개를 끄덕였다.

"그녀가 사망하고 나서 10분 이내에 이곳에 도착했다더군요."

"그럼 제 말이 맞군요."

도레무스는 외투를 입고 정성들여 모자를 한쪽으로 비스듬히 기울여 썼다.

"모든 증상들이 벨라도나로 독살됐다는 걸 보여주고 있습니다. 부릅뜬 눈하며, 팽창된 동공, 좁쌀 크기의 발진, 체온의 급격한 상승, 경련의 증상, 질식 등등……."

"예, 예, 물론 그렇죠."

반스는 욕실 약장에서 집어온 병을 꺼내서 검시관에게 건네주며 물었다.

"이런 약이 사망의 원인이 될 수 있을까요?"

도레무스는 라벨에 인쇄되어 있는 처방법을 꼼꼼히 살펴보았다.

"일반적인 비염 치료제군요. 가정 의약품이죠."

그는 약병을 탁자의 스탠드 불빛 아래 대고는 눈을 가늘게 뜨고 보았다.

"분말로 된 캠퍼."

그가 큰 소리로 읽어 주었다.

"벨라도나 뿌리에서 추출한 분비액, 1/4 미님(액량의 최소 단위로 드램의 1/60, 1드램은 0.0037리터 - 역주), 염산키니네……. 이 약이 확실히 사인(死因)이 될 수도 있겠군요. 충분한 양을 복용했다면 말입니다."

반스가 지적했다.

"약병이 비어 있습니다. 처음에 100알 정도는 들어 있었을 텐데 말입니다."

도레무스 박사는 계속 라벨을 찬찬히 살펴보면서 고개를 끄덕였다.

"1/4 미님씩, 100알이면 25미님이었겠군요……. 그 정도의 벨라도나면 누구든 기절시킬 수 있을 만큼 충분한 양입니다."

도레무스가 반스에게 병을 돌려주었다.

"답이 나왔군요. 당신은 모든 정보를 갖고 있으면서 왜 한밤중에 나를 깨운 겁니까?"

반스가 조용한 목소리로 말했다.

"박사, 우리는 그저 주변을 조사했을 뿐입니다. 그러다가 보다시피 이 빈 약병을 찾아냈고요. 그래서 이 약품이 사망의 원인이 되지 않았을까 생각해 봤던 겁니다."

도레무스가 문으로 가면서 말했다.

"제가 보기에도 그런 것 같습니다. 그러나 당신의 질문은 부검을 해보고 나서야 정확하게 대답할 수 있을 겁니다."

마크햄이 큰 소리로 퉁명스럽게 말했다.

"우리가 원하는 게 바로 그거요, 박사. 최대한 서두르면 우리가 검시보고서를 언제쯤 받아볼 수 있겠소?"

도레무스는 이를 악물었다.

"이런! 내일은 일요일입니다. 요즘처럼 이렇게 바쁘게 돌아가다가는 머지않아 말라죽고 말 겁니다. 내일 아침 11시면 어떻겠습니까?"

마크햄이 말했다.

"더할 나위 없이 만족스럽소."

박사는 주머니에서 작은 종이철을 꺼내 뭔가를 적어 내려갔다. 쓰기를 다 마친 그는 종이를 찢어서 경사에게 건네며 말했다.

"자네가 시체를 옮겨도 된다는 허가서일세."

경사는 종이 조각을 주머니에 집어넣었다.

"시체는 박사님보다 먼저 시체보관소에 도착해 있을 겁니다."

히스가 중얼거리듯 말했다.

"훌륭하구먼."

도레무스는 히스에게 심술궂은 눈길을 던졌다.

"그럼 이제 나는 돌아가서 자야겠네. 자네가 오늘밤 수많은 시체를 찾게 되더라도 내일 아침 9시까지는 나를 다시 볼 생각하지 말게."

그는 우리 모두에게 작별인사로 손을 흔들고 서둘러 방을 나갔다.

검시관이 나가고 문이 쾅 닫히자 마크햄이 엄숙한 얼굴로 반스에게 시선을 돌렸다.

"어디서 병을 찾았나, 반스?"

"저쪽 욕실에서. 내가 거기서 찾아낸 유일한 물건이었네. 어떤 개연성이 있을 것이라 여겨지는 물건은 말이네."

마크햄이 말했다.

"자네가 발견한 유서와 관련이 있는 것으로 생각되는군. 어쩐지 이 끔찍한 사건이 간단히 설명될 듯도 해."

반스는 한동안 생각에 잠겨 마크햄을 응시했다. 그리고는 담배를 한 모금 길게 빨고 나서 고개를 숙인 채 생각에 잠겨 방 안을 서성이다가 다시 제자리로 돌아왔다.

"나는 잘 모르겠네, 마크햄."

반스가 거의 혼잣말하듯 중얼거렸다.

"자네가 침대에 누워 있는 저 여인의 죽음에 대한 그럴듯한 설명이 이 약병이라고 믿는 것도 당연하다고 생각하네. 하지만 병원에 있는 가엾은 젊은이는 어떻게 된 건가? 그에게 타격을 준 건 벨라도나가 아니었네. 게다가 그는 자살에 대한 충동이 전혀 없었던 게 틀림없어. 오늘밤 그는 돈을 따려고 도박을 하고 있었네. 그리고 그의 어리석은 시스템이 효력을 발휘하고 있었고. 그런데 그렇게 한창 잘 풀리던 중에 죽어갔단 말인가……. 아냐, 아니야. 텅 빈 비염 약병은 너무 단순하잖나. 그런데 이 사건은 전혀 단순하지 않거든. 진실이 없는 거짓 단서들로 가득 차 있단 말이네. 뭔가 치밀하고 복잡한 요인이 감춰져 있어……."

"하지만 자네가 그 병을 찾아내지……."

마크햄이 말을 시작했다. 그러나 반스가 도중에 말을 가로막았다.

"우리들 눈에 띄라고 미리 갖다 놓았을지도 모르네. 사건 유형에 너무나도 꼭 들어맞질 않나. 내일 아침에 도레무스 박사가 검시 보고서를 제출하면 대강 알게 되겠지."

마크햄이 짜증스레 물었다.

"왜 단순한 사건을 불가해한 사건으로 조작하려 드는 건가?"

"여보게, 마크햄!"

반스는 꾸짖는 듯한 어조로 말했다. 그리고 나서 벽난로 선반 위에 걸려 있는 18세기 판화 작품 하나에 정신이 팔린 듯 한동안 말 없이 서 있었다.

그동안 히스는 공공복지부에 전화를 걸어 시체를 실어갈 자동차 를 보내달라고 했다. 그는 통화를 끝낸 뒤에 관할 경찰서에서 나온 스몰리 부서장에게 말했다. 부서장은 방 한구석에서 조용히 모든 진 행 상황을 지켜보고 있었다.

"더 이상 아무 일도 없습니다, 부서장님. 마크햄 씨도 여기 계시 고, 또 도레무스 박사님이 부검을 하실 때까지는 통상적인 업무 처 리만 하면 되니까요. 그러니 부서장님은 밖에서 임무를 수행하는 부 하 2명만 남겨두고 돌아가셔도 될 것 같습니다."

"경사, 자네가 그렇다면이야."

스몰리 부서장은 모두와 악수를 하고 눈에 띄게 안심한 태도로 방을 나갔다.

마크햄이 말했다.

"우리도 가는 게 좋겠네. 물론 자네가 사건을 맡게, 경사. 아침에 우선적으로 경감과 그 문제에 대해 합의해 보겠네."

반스가 끼여들었다.

"이보게, 마크햄. 서둘러 떠나지 말게나. 나는 몇 가지 사실을 알 아낼 수만 있다면 좀더 버틸 작정이네. 오늘밤 여기에 있기만 한다 면……."

마크햄이 조바심을 내며 물었다.

"이를테면, 자네가 알고 싶은 게 뭔가?"

반스는 판화에서 몸을 돌려 비통한 얼굴로 죽은 여자를 응시했다.

"안개 낀 냉랭한 밤공기 속으로 나가기 전에 케인 선생과 몇 마 디 더 나눠보고 싶네."

마크햄은 얼굴을 찡그렸다. 하지만 그는 내키지는 않지만 동의의 뜻으로 결국 고개를 끄덕였다.

"그는 아래층에 있네."

그리고는 복도로 앞장서 나갔다.

우리가 응접실에 들어갔을 때, 케인 선생은 신경질적으로 방 안을 왔다갔다하고 있었다.

"공식적인 사인이 뭡니까?"

그는 반스가 입을 열 틈도 없이 질문을 던졌다.

"당신이 내린 진단을 검시관이 그저 확증했을 뿐입니다, 의사 선생."

반스가 그에게 알려주었다.

"내일 아침 우선적으로 부검이 실시될 겁니다……. 그런데 의사 선생, 당신이 루엘린 가족의 주치의인가요?"

그가 대답했다.

"그렇다고는 말씀드릴 수 없습니다. 루엘린 가족에게 정기적으로 진료하는 누군가가 있는지 의문이군요. 그들은 의사의 관리를 그다지 필요로 하지 않습니다. 아주 건강한 가족들이거든요. 이따금 제가 소소한 병에 대한 처방을 해주기는 하지만 전문가로서보다는 오히려 친구로서 권하는 겁니다."

반스가 물었다.

"그럼 최근에 가족들 중 누구에게든 처방을 해주신 적이 있습니까?"

케인은 잠시 생각에 잠겼다.

"중요한 처방은 전혀 없었습니다."

한참만에 그가 대답했다.

"며칠 전에 루엘린 양에게 철분제인 블라우드 환약과 스트리키니네(신경 흥분제)를 권했고……."

반스가 그의 말을 잘랐다.

"루엘린 씨에게 타고난 병이 있습니까? 격렬한 흥분상태에서 그를 쓰러뜨릴 원인이 될 만한 질병 말입니다."

"아, 아니오. 그가 심장비대증을 앓고 있긴 합니다만. 그로 인해 혈압증가가 필연적이죠. 대학 시절 심한 운동을 한 탓에 그런 것 같습니다."

"협심증?"

케인이 고개를 가로저었다.

"그렇게 심각한 것은 아닙니다. 하지만 언젠가는 상태가 악화될 겁니다."

"지금까지 루엘린 씨에게 약제를 처방한 적이 있습니까?"

"1년 전쯤에 니트로글리세린 1/200 그레인(형량(衡量)의 최저 단위로 0.0648그램 – 역주)이 든, 니트로글리세린 정제를 처방해 주었습니다. 그게 전부입니다."

"니트로글리세린…… 니트로글리세린이라고 했습니까?"

반스의 울적한 눈빛에 순간적으로 흥미가 일면서 생기가 돌기 시작했다.

"아주 의미심장하군요……. 그럼 루엘린 씨의 부인을 위해서 왕진을 했던 적이 있습니까?"

"에, 한두 번쯤이요."

케인이 궐련용 물부리를 부주의하게 흔들어대면서 대답했다.

"그녀는 시력이 다소 약합니다. 그래서 제가 평범한 안약을 추천했지요……. 제 경험에 비추어 추천했던 겁니다."

그가 거만한 목소리로 덧붙였다.

"연한 푸른빛 눈에 아주 엷은 금발머리를 가진 여인들은, 눈과 피부, 그리고 머리칼이 거무스름한 여인에 비해 상대적으로 시력이 약하지요. 아시겠지만 색소를 형성하는 효소의 결핍으로……."

반스가 애교 있는 미소를 지으며 끼여들었다.

"안과학 이론을 너무 깊숙이 얘기하지 않으셔도 됩니다. 몹시 늦은 시각 아닙니까……. 젊은 루엘린 부인에게 그밖에 어떤 처방을 해주셨나요?"

"정말 그게 전부입니다."

케인은 냉정을 잃지 않으려고 필사적으로 노력했다. 하지만 그는 점점 불안해하고 있었다.

"몇 달 전 그녀의 한쪽 손에 가벼운 홍반이 나타나서 어떤 연고를 권했습니다. 그리고 지난주에 그녀가 코감기로 괴로워할 때, 일반적인 비염 치료제를 가르쳐 주었습니다. 그 외에는 생각나는 게 없습니다."

반스는 꿰뚫는 듯한 시선을 그 남자에게 던졌다.

"비염 치료제요? 부인에게 몇 알씩 복용하라고 일러주셨습니까?"

케인은 애써 무관심한 얼굴로 대답했다.

"에, 일반적인 복용량대로요. 매 두 시간마다 한두 알씩 복용하라고 했습니다."

반스는 냉정하고 차분한 목소리로 말했다.

"아시다시피 대부분의 비염 치료제에는 벨라도나가 들어 있습니다."

"예, 그렇죠. 물론……."

케인의 눈이 갑자기 휘둥그레졌다. 그는 몹시 겁먹은 눈빛으로 반스를 응시했다.

"하지만…… 하지만 사실……."

그는 더듬거리며 말하다가 갑자기 중단했다.

"저희가 루엘린 부인의 약장에서 빈 약병 하나를 찾았습니다. 100

정짜리 약병이더군요."

반스는 그에게서 시선을 떼지 않고 그 사실을 알려주었다.

"그리고 당신이 내린 진단에 의하면 루엘린 부인은 벨라도나 중독으로 사망했잖습니까."

케인은 놀라서 입이 딱 벌어졌고 얼굴도 창백해졌다.

"오, 하느님!"

그가 중얼거렸다.

"그녀는…… 그녀는 그렇게 하지 않았을 겁니다."

그는 눈에 띄게 몸을 벌벌 떨었다.

"그런 일은 없었을 겁니다. 제가 그녀에게 아주 분명히 말해주었으니까요……."

반스가 위로하며 말했다.

"누구도 그 상황의 책임이 당신에게 있다고 비난할 수는 없습니다. 루엘린 부인은 이성적이고 신중한 환자였나요?"

"네, 무척."

케인은 입술을 혀로 적셨다. 그는 감정을 억제하려고 애썼지만 성공하지 못했다.

"그녀는 언제나 제 지시를 무조건 철저히 따랐습니다. 일전에 그녀가 제게 전화를 했던 게 기억나는군요. 그녀는 2시간이 경과하기 전에 약을 복용해도 되는지 물었습니다."

반스는 무심한 태도로 물었다.

"그럼 안약은요?

케인이 진지하게 대답했다.

"저는 그녀가 제 충고를 따랐을 거라고 확신합니다. 물론 전적으로 해가 없는 안약이었지요."

"그래, 안약에 대해서는 어떻게 충고를 해주셨습니까?"

"저는 그녀에게 매일 밤 잠자리에 들기 전에 안약으로 눈을 씻어야 한다고 말해주었습니다."

"루엘린 부인의 손에 바르라고 권했던 연고의 성분은 뭐였습니까?"

케인은 깜짝 놀란 듯 보였다.

"글쎄요, 모르겠는데요."

그는 불안정한 모습을 보이며 대답했다.

"흔히 있는 단순한 연화제였죠. 어느 약국에서나 판매하는 특허 매약(賣藥)이었습니다. 아마 산화아연이나 라놀린이 함유됐을 겁니다. 그 안에 뭔가 해로운 성분이 들어있다고는 도저히 생각할 수 없는데요."

반스는 정면에 보이는 창가로 걸어가서 밖을 내다보았다. 그는 당혹스럽기도 하고 혼란스럽기도 한 모양이었다.

"당신이 린 루엘린 씨와 그의 부인에게 준 의료적 도움은 그게 전부입니까?"

그는 천천히 방 한가운데로 되돌아오면서 물었다.

"그렇습니다!"

케인은 떨리는 목소리로 말하고 있었지만, 목소리에는 자신의 대답이 틀림없는 진실이라는 것을 강조하려는 어투가 담겨 있었다.

반스는 잠시 동안 젊은 의사에게 시선을 고정하다가 말했다.

"이것으로 됐습니다. 오늘밤은 여기서 더 이상 하실 일이 없습니다."

케인은 안도의 한숨을 크게 내쉬고 문으로 갔다.

"안녕히 계십시오, 여러분."

그는 미심쩍은 눈초리로 반스를 바라보며 말했다.

"제가 도움이 될 일이 있다면 뭐든 말씀하십시오."

그리고는 문을 열고 머뭇거렸다.

"제게 검시 결과를 알려주신다면 정말 감사하겠습니다."

반스는 멍하니 인사를 했다.

"기꺼이 그렇게 하도록 하겠습니다, 의사 선생. 그리고 밤늦도록 불편을 끼쳐드린 점 사과드립니다."

케인은 잠시 동안 움직이지 않았다. 그래서 나는 그가 무언가 이야기를 할 모양이라고 생각했다. 하지만 그는 갑자기 방을 나가버렸다. 이윽고 우리는 그가 집사의 도움을 받아서 외투를 걸치는 소리를 들을 수 있었다.

반스는 한동안 탁자를 향해 서 있었다. 그는 정면을 뚫어지게 응시한 채 상감 세공한 나무 탁자를 손가락으로 쓰다듬고 있었다. 그러다가 시선 변화 없이 자리에 앉아서 일부러 아주 천천히 담뱃갑을 꺼냈다.

마크햄은 심문이 진행되는 동안 문 가까이에 서서 반스와 의사를 열심히 지켜보고 있었다. 이제 그는 방을 가로질러 벽난로 쪽으로 와서 대리석 선반에 기대섰다.

"반스, 나는 자네가 무슨 생각을 하고 있는지 알 것 같네."

그는 진지하게 자신의 의견을 말했다.

반스는 그를 쳐다보다가 한숨을 푹 내쉬었다.

"정말인가, 마크햄?"

그는 낙담한 태도로 고개를 설레설레 흔들었다.

"자네가 나보다 훨씬 통찰력이 뛰어나나 보네. 내가 무슨 생각을 하고 있는지 알려주면 내 팅야오(Ting-Yao;중국 송나라시대 백자 가마 터가 있던 곳 - 역주) 화병을 주겠네. 너무나 혼란스러워. 모든 일이 꼭 들어맞질 않나. 완벽한 모자이크처럼 말일세. 그런데 그것이 날 두렵게 만드는군."

그는 머릿속에 자리 잡은 불쾌한 생각을 떨쳐버리려는 듯 살며시 몸을 떨었다. 그리고 문으로 가서 집사를 불렀다.

집사가 나타나자 반스가 말했다.

"루엘린 양에게 응접실로 오시면 고맙겠다고 전해주게. 루엘린 양은 자신의 방에 있을 걸세."

집사가 계단을 향해 복도를 따라가자 반스는 벽난로 쪽으로 움직여 마크햄 곁에 섰다.

"우리가 떠나기 전에 알아내고 싶은 대수롭지 않은 문제가 몇 가지 있네."

반스가 설명했다. 그는 불안하고 걱정스러운 듯 보였다. 나는 반스의 그런 모습을 여태까지 본 적이 없었다.

"마크햄, 이제까지 내가 자네를 도와 해결했던 어떤 사건들에서도 이처럼 끔찍이도 교활한 인간의 존재가 강하게 느껴진 적이 없었네. 오늘 저녁 벌어진 비극적인 사건에서 한번도 그 모습을 드러내지는 않았지만 말일세. 하지만 나는 이 사건에 그런 존재가 있다는 걸 알 수 있네. 이 극악무도한 음모의 본질에 영향을 미치는 존재가 우리를 보고 히죽 웃으며 공공연히 도전하고 있다는 것을 말이야. 이 치밀한 계획의 모든 요소들은 외관상으론 진부하고 명백하다네. 하지만 나는 그 요소들이 진실에서 빗나가도록 만드는 단서라는 생각이 들어."

그는 잠시 말없이 담배를 피다가 입을 열었다.

"그것이 이 사건의 교묘한 부분이네. 범인은 우리가 단서를 따르도록 할 의도조차 없으니 말일세……."

그때 계단을 내려오는 조용한 발자국 소리가 들렸다. 잠시 뒤 아멜리아 루엘린이 응접실 문간에 나타났다.

제6장 밤중에 들린 비명소리

10월 16일 일요일 오전 3시

그녀는 술이 달린 화장복을 새틴 소재의 편안한 검은색 파자마로 갈아입은 상태였다. 그리고 나는 그녀가 연지와 립스틱, 그리고 분을 새로 발랐다는 증거 몇 가지도 포착했다. 그녀는 양각으로 무늬를 넣어 상아로 만든 물부리로 담배를 피고 있었다. 그래서 그녀가 상아색 문틀에 둘러싸여 우리 앞에 서자, 그 모습이 상당히 인상적으로 보였다. 어찌된 일인지 나는 슬로아가(Zuloaga, 1870-1945;에스파냐의 화가 - 역주)의 극적인 포스터 작품 중 하나가 떠올랐다.

"신경과민이긴 하지만 품위 있는 크라이튼한테 당신의 구두 소환장을 받았답니다. 그래서 이렇게 왔어요. 사실 저희 집 집사 이름은 스미스예요."

그녀는 익살맞고 경박한 투로 이야기했다.

"그래, 이제 우리가 어디쯤 서 있는 건가요?"

"저희는 서 있는 걸 그다지 좋아하지 않습니다, 루엘린 양."

반스는 의자 쪽으로 움직이면서 엄숙하고 냉정한 말투로 대답했다.

"아주 기쁜 말이네요."

그녀는 의자에 앉아 다리를 꼬았다.

"터무니없는 소란 때문에 전 몹시 지쳤거든요."

반스는 그녀와 마주보며 앉아 물었다.

"올케분이 자살했을지도 모른다는 생각은 들지 않았나요, 루엘린 양?"

"맙소사, 아니요!"

그녀는 어이없는 듯 상체를 앞으로 구부려, 묻는 듯한 얼굴로 반스를 바라보았다. 갑자기 그녀에게서 냉소적인 태도가 사라졌다.

"그러면 올케분께 자살할 만한 이유가 전혀 없다고 확신하시는 건가요?"

반스는 조용한 어조로 심문을 계속했다.

"올케는 어느 누구보다도 자살할 이유가 없었을 거예요."

아멜리아 루엘린은 생각에 잠긴 채 반스의 시선을 외면했다.

"우리 모두는 자살할 만한 이유를 찾아낼 수 있어요. 하지만 올케는 걱정거리가 전혀 없었어요. 부족함 없이 살았죠. 이렇게 안락하고 물질적으로 풍요로운 생활을 한 적은 여태까지 한번도 없었을 걸요."

그녀의 말에서 명백한 신랄함이 느껴졌다.

"올케는 결혼 전에 린 오빠를 썩 잘 알았어요. 그러니 사전에 모든 면에서 이해득실을 따져봤을 게 틀림없죠. 우리 가족은 올케를 별로 마음에 들어 하지 않았어요. 그런 사실을 감안한다면 우리가 올케한테 꽤 친절하게 대했다고도 볼 수 있죠. 특히 엄마가요. 이러니저러니 해도 린 오빠는 언제나 엄마의 사랑스런 아들이었으니까요. 엄마는 오빠가 보아뱀을 집에 들였다고 해도 친절하고 정중하게 대했을 거예요."

반스가 말을 꺼냈다.

"알다시피 그런 환경에서도 사람들은 때때로 자살을 합니다."

그녀가 어깨를 으쓱했다.

"맞는 말씀이에요. 하지만 올케는 자살을 하기에는 너무 용기가 없었어요. 설사 올케가 불행했다 하더라도 말이에요."

그녀는 악의에 가득 찬 목소리로 말했다.

"게다가 올케는 이기적이고 허영심이 강했……."

반스가 말을 가로챘다.

"이를테면, 무엇에 대한 허영심이죠?"

"모든 것에 대해서요."

그녀는 손가락 끝으로 바닥에 담뱃재를 털었다.

"올케는 특히 외모에 대한 허영심이 강했어요. 무대에 서는 사람처럼 늘 화장을 했죠."

"그럼 자살할 가능성이 전혀 없는 것 같습니까?"

반스는 괴이할 정도로 끈질기게 물어댔다.

"올케분이 아주 불행했다면……."

그녀는 반스의 나머지 질문을 예상한 듯 단호한 어조로 부정했다.

"없어요! 이 집에서의 생활이 참을 수 없을 정도로 불행했다고 해도 자살을 택하지는 않았을 거예요. 차라리 다른 남자와 달아났겠죠. 아니면 무대로 돌아가거나……. 뭐, 그것도 딴 남자와 달아나기 위한 우회적인 방법일 테지만요."

반스가 혼잣말하듯 말했다.

"당신은 별로 관대하지 못하군요."

"관대?"

그녀는 불쾌하다는 듯 웃었다.

"아마 그럴 거예요. 하지만 적어도 저는 아주 바보는 아니죠."

"저희가 자살의 이유를 쓴 유서를 찾았다고 말씀드리면 어떻게 하시겠습니까?"

반스가 부드럽게 물었다.

그녀의 눈이 휘둥그레졌다. 그리고 깜짝 놀란 눈길로 반스를 뚫어 져라 바라보았다.

"전, 믿지 않아요!"

그녀가 격렬한 어조로 반박했다.

"하지만 루엘린 양, 말씀드린 그대로입니다."

반스가 상당히 진지한 어조로 말했다.

잠시 동안 아무도 입을 열지 않았다. 아멜리아 루엘린은 반스에게 서 시선을 거둬 허공을 보았다. 그녀는 입술을 꽉 다물었고 얼굴에 교활하면서도 냉엄한 표정이 떠올랐다. 반스는 그녀를 면밀히 지켜 보았다. 하지만 겉으로는 그런 기색을 내비치지 않았다. 마침내 그 녀가 의자에서 몸을 움직이며 꾸민 듯한 천진한 말투로 입을 열었 다.

"아무도 알 수 없는 일이죠, 그렇죠? 제가 아주 뛰어난 심리학자 는 아니지만 말이에요. 저는 올케가 자살을 했다고는 생각지 않아 요. 그렇지만 아주 극적이군요. 린 오빠도 자살을 기도했던 건가요? 동반자살이나, 뭐 그런 거였나요?"

반스가 무심히 대꾸했다.

"오빠분이 그랬던 거라면 아무래도 실패하신 것 같군요. 병원에서 전해들은 마지막 소식에 의하면 말입니다."

그녀가 메마른 어조로 말했다.

"오빠의 성격과 전적으로 일치하네요. 린 오빠는 유능한 사람이 아니거든요. 오빠는 언제나 목적을 달성하지 못해요. 지나치게 엄마 의 간섭을 받다보니 그럴 테지만요."

반스는 그녀의 태도에 언짢아했다.

"그 문제는 잠시 접어두도록 하죠."

그는 처음 듣는 날카로운 어조로 말했다.

"지금 당장은 사건의 진상에 더 관심을 기울여야 하니까요. 당신의 삼촌, 그러니까 킨케이드 씨가 올케분을 대하는 태도가 어떠했는지 좀 알려주시겠습니까? 우리가 발견한 짧은 편지에는 킨케이드 씨가 특히 올케분에게 친절히 대했던 걸로 나와 있던대요."

그녀는 거만한 태도를 다소 누그러뜨리며 말했다.

"사실이에요. 딕 삼촌은 언제나 올케를 마음에 들어 하셨죠. 아마도 딕 삼촌은 린 오빠의 아내로서 올케를 가엾게 여기신 것 같아요. 아니면 올케가 자신과 같은 모험가라 관심을 기울이셨을지도 모르는 일이고요. 아무튼 두 사람 사이에는 어떤 유대감이 있는 듯했어요. 그래서 저는 때때로 이런 생각까지 했죠. 딕 삼촌이 올케가 돈을 더 많이 쓸 수 있도록 하려고, 린 오빠가 가끔 카지노에서 돈을 따도록 만드는 건 아닐까 하고요."

"아주 흥미로운 얘기네요."

반스는 새 담배에 불을 붙이고 말을 이었다.

"그 말씀을 들으니 다른 질문이 떠오르는군요. 언짢게 생각지 않으셨으면 합니다만, 사실 좀 개인적인 질문이라서 말이지요. 하지만 답변이 저희에게 큰 도움이 될 것 같군……."

그녀가 끼여들었다.

"구구하게 설명하지 않으셔도 돼요. 저는 털끝만큼도 비밀이 없는 사람이에요. 그러니 뭐든 물어보세요."

반스가 중얼거리듯 말했다.

"무척 당당하시군요. 실은 저희가 알고 싶은 건 가족 구성원들의 정확한 재정 상태입니다."

"고작 그거예요?"

그녀는 정말로 깜짝 놀란 것처럼 보였다. 심지어 실망한 듯 보이기까지 했다.

"대답은 아주 간단하죠. 외할아버지인 아모스 킨게이드 씨가 돌아가시면서 저희 엄마에게 재산의 대부분을 남겨주셨어요. 외할아버지는 엄마의 사업 수완을 대단히 신뢰하셨나 봐요. 하지만 딕 삼촌은 그다지 신뢰하지 않으셨죠. 그래서 삼촌에게는 얼마 되지 않는 재산만을 물려주셨어요. 그리고 손자인 린 오빠와 저는 너무 어려서 개별적으로 유산을 받지 못했어요. 그러나 외할아버지는 엄마가 우리의 생활을 책임질 거라고 생각하셨던 모양이에요. 그렇게 해서 딕 삼촌은 어느 정도 자신을 스스로 보살펴야 했고, 엄마는 올드 아모스의 재산 관리인이 되셨지요. 린 오빠와 저는 아낌없이 베푸는 엄마에게 전적으로 의지해 살아가고 있고요. 엄마는 우리에게 용돈을 상당히 많이 주시는 편이거든요……. 이게 질문에 대한 대답 전부예요."

반스가 질문을 던졌다.

"그럼, 당신 어머님이 돌아가시는 경우에는 어떻게 유산이 배분되나요?"

그녀가 말했다.

"그건 엄마만이 대답하실 수 있는 문제예요. 하지만 제 생각으론 린 오빠와 저에게 나눠주실 거 같네요. 물론 린 오빠한테 대부분 주시겠지만요."

"당신 삼촌은요?"

"아, 엄마는 삼촌에게 불만이 많으세요. 엄마가 삼촌에게 조금이라도 유산을 상속할 의향이 있을지 꽤나 의심스럽군요."

"당신 어머님이 당신이나 오빠보다 더 오래 사실 경우에는 유산이 어떻게 되는 겁니까?"

"딕 삼촌한테 가겠죠. 삼촌이 살아 계신다면요. 엄마는 배타적 성향이 강하세요. 그러니 우리 집안의 재산이 외부인의 수중에 떨어지는 것보다 딕 삼촌이 물려받는 편을 더 좋아하실 거예요."

"그럼 당신과 오빠 둘 중 한 사람이 당신 어머님보다 먼저 죽는다면 남아있는 자녀가 모든 재산을 상속받는 건가요?"

아멜리아 루엘린이 고개를 끄덕였다.

"제 생각에는 그래요."

그녀는 차분하고 솔직한 어조로 대답했다.

"하지만 엄마가 어떤 계획이나 생각을 갖고 계신지는 누구도 알수 없는 일이죠. 게다가 여태껏 우리 가족 사이에서 그런 문제가 논의된 적은 한번도 없었어요."

"그럼요, 그렇겠죠."

반스는 잠시 동안 담배를 피다가 자리에서 몸을 조금 들썩였다.

"묻고 싶은 게 한 가지 더 있습니다. 당신은 정말 지극히 편견이 없는 분 같군요, 그렇지 않습니까. 지금은 몹시 심각한 상황입니다. 그러니 어떤 사실이나 제언이 우리의 수사에 도움이 될지 모르는 일이지요……."

"무슨 말씀인지 알겠어요."

아멜리아는 충분히 이해한다는 듯 부드럽게 이야기했다. 나는 지금까지 그녀가 그런 투로 말할 수 없을 거라고 생각하고 있었다.

"당신한테 도움이 될 수 있는 문제라면 뭐든 망설이지 말고 물어보세요. 사실 저도 몹시 혼란스럽거든요. 올케를 좋아하지는 않았지만……. 아무튼 아무리 적대시하는 사람이라도 올케처럼 죽음을 맞는 걸 보고 싶진 않았을 거예요."

반스는 그녀에게서 시선을 옮겨 자신의 담배 끄트머리를 물끄러미 바라보았다. 나는 그 순간 반스의 속마음을 알아내려고 애썼지만 헛일이었다. 그는 자신이 마음속으로 어떤 생각을 하고 있는 건지 전혀 내색하지 않았다.

반스가 입을 열었다.

"제 질문은 린 루엘린 부인에 관한 겁니다. 질문은 간단합니다. 올케분이 당신이나 당신 오빠보다 오래 살았다면 당신 어머님의 유언에 어떤 영향을 미쳤을까요?"

아멜리아 루엘린은 반스의 질문을 곰곰이 생각하는 듯했다.

한참만에 그녀가 말문을 열었다.

"잘 모르겠어요. 저는 유산 상속 문제를 그런 관점에서 생각해 본 적이 한번도 없었어요. 그렇지만 저는 엄마가 올케를 첫 번째 수취인으로 정했을 거라고 생각해요. 십중팔구 엄마는 딕 삼촌에게 유산이 돌아가는 걸 막을 수만 있다면 지푸라기라도 붙잡고 싶은 심정일 테니까요. 더욱이 엄마는 린 오빠에게 거의 병적인 애착을 갖고 계시죠. 그 점이 결정에 영향을 미쳤을 거예요. 이러니저러니 해도 올케는 린 오빠의 아내니까요. 린 오빠와 그리고 오빠와 관련된 무엇이든 엄마에게 최우선이에요."

그녀는 호소하는 듯한 눈길로 쳐다보았다.

"제가 도움이 됐기를 바라요."

반스가 일어섰다.

"정말이지 큰 도움이 됐습니다. 사실 저희는 지금 어둠 속에서 이리저리 헤매고 있는 형편이라서요. 자, 오늘은 이것으로 됐습니다……. 그런데 당신 어머님과 이야기를 좀 나눴으면 합니다만. 어머님께 응접실에서 뵈었으면 한다고 전해주시겠습니까?"

"그러죠."

그녀는 피곤한 표정으로 일어서서 문 쪽으로 갔다.

"엄마는 기뻐하실 게 틀림없어요. 엄마의 궁극적인 인생 목표는 모든 사람들의 일에 관여해 혼란의 중심이 되는 거니까요."

그녀가 천천히 방을 나갔고 우리는 계단을 올라가는 그녀의 발자국 소리를 들었다.

"묘한 아가씨야."

반스는 생각을 소리내어 말하는 것처럼 자신의 의견을 밝혔다.

"극단적인 성향을 함께 갖고 있어…… 강철같이 차가우면서도 아주 감상적이야. 상반되는 두 성향이 대뇌에서 끊임없이 대립하다 보니…… 마음을 정하지 못하는 것 같네. 그녀는 심리적 경계선상에서 살고 있어. 다시 말해, 감정과 이성이 다투고 있단 얘기네. 기묘하게도 이 사건 전체를 상징하는 성격이기도 하네…… 여하튼 우리는 나침반도 없으니 진로를 파악할 도리가 전혀 없군."

그는 생각에 잠긴 얼굴로 쳐다보았다.

"그렇게 생각지 않나, 마크햄? 우리가 선택할 수 있는 길은 여러 갈래네. 그런데 그 길 모두가 우리를 잘못된 곳으로 이끌지도 모르겠어. 어딘가 숨겨진 길이 있을 텐데. 우리가 선택해야 할 길이 바로 그것인데……"

그는 응접실 뒤쪽으로 걸어갔다.

"루엘린 부인을 기다리는 동안, 내 일에나 몰두해야겠네."

반스가 가벼운 어조로 말했다.

응접실 뒤쪽 벽에는 벨루어(벨벳 모양의 플러시천의 일종 – 역주) 소재의 커튼이 드리워져 있었다. 그 커튼 뒤편으로 벽 중앙에 커다란 미닫이문들이 있었다. 반스는 미닫이 문 하나를 옆으로 밀어 열었다. 그는 손으로 벽을 더듬어 가며 방 안으로 들어갔다. 그리고 잠시 뒤 불빛이 방 안에 가득 차면서 조그만 서재가 모습을 드러냈다. 반스는 잠시 동안 주위를 두리번거리며 서 있었다. 그러다가 강낭콩 모양의 낮은 책상으로 가서 앉았다. 책상 위에는 타자기가 놓여 있었다. 그는 타자기에 종이를 끼우고 타이핑을 하기 시작했다. 잠시 후 타자기에서 종이를 빼내 면밀히 살펴보고는, 그것을 접어서 재킷의 안쪽 가슴주머니에 집어넣었다.

응접실로 돌아오다가 그는 늘어서 있는 책꽂이 앞에 잠시 멈춰섰다. 그리고 가지런히 꽂혀 있는 책들을 대충 훑어보았다. 그가 책들을 살펴보고 있는 동안 루엘린 부인이 여왕 같은 오만한 태도로 응접실로 들어왔다. 반스는 그녀가 들어오는 소리를 들었는지 즉시 응접실로 돌아와서 우리와 자리를 함께 했다.

그는 고개를 숙여 인사하고 중앙 탁자 옆에 있는 실크 커버가 덮인 커다란 의자 하나를 가리키며 그녀에게 앉으라고 권했다.

"신사 양반들, 무슨 이유로 날 보자고 했나요?"

루엘린 부인이 물었다. 그녀는 의자에 앉으려고도 하지 않았다.

반스는 그런 태도나 질문을 무시하고 말했다.

"부인, 저쪽에 있는 조그만 방에 아주 흥미 있는 의학서적들을 갖고 계시더군요."

그는 손으로 미닫이문 쪽을 가리켰다.

루엘리 부인이 머뭇거리다 입을 열었다.

"놀랄 만한 일은 전혀 아니에요. 고인이 된 내 남편은 의사는 아니었지만 의학연구에 대단히 관심이 많았으니까요. 게다가 남편은 몇몇 과학 잡지에 가끔 글을 쓰기도 했어요."

"부인, 제가 보니 일반적인 학술 서적 사이에 독물학에 관해 꽤 권위 있는 서적들이 몇 권 있더군요."

반스가 어조의 변화 없이 계속 말을 이었다.

루엘린 부인은 공격적인 몸짓으로 턱을 치켜들고, 불쾌한 듯 어깨를 움츠리고는 문 가까이 있는 등받이가 높은 의자 끄트머리에 위엄 있는 태도로 걸터앉았다.

그녀가 대답했다.

"그럴 거예요. 당신은 그 책들이 오늘밤 벌어진 비극과 어떤 연관이 있을 거라고 생각하는 건가요?"

그녀의 질문에는 경멸감이 담겨 있었다.

반스는 그 주제를 더 이상 거론하지 않았다. 대신 그녀에게 질문을 던졌다.

"며느님이 자살할 만한 이유를 알고 계십니까?"

잠깐 동안 그녀는 얼굴의 근육 하나 움직이지 않았다. 그러나 두 눈은 음울한 생각에 잠긴 것처럼 갑자기 어두워졌다. 이윽고 그녀가 고개를 들었다.

"자살이라고요?"

그녀는 흥분을 억누르는 듯한 어조로 물었다.

"며늘애의 죽음을 그런 식으로 생각해보진 않았지만, 지금 당신의 말을 듣고 보니 그런 설명이 논리적일 거라는 생각이 드네요."

그녀는 천천히 고개를 끄덕였다.

"며늘애는 이 집에서 몹시 불행해했으니까요. 그 아이는 새로운 환경에 적응하지 못했어요. 몇 번이나 내게 죽고 싶다고 말했지요. 하지만 나는 며늘애의 그런 말에 중요한 의미를 부여하지 않았어요. 왜들 비유적으로 그런 표현들을 생각 없이 쓰곤 하잖아요. 그래도 나는 가여운 며늘애를 행복하게 해주려고 할 수 있는 한 무엇이든 다 했는데."

반스는 동정심이 담긴 목소리로 나직하게 말했다.

"딱하게 됐군요. 그런데 부인, 틀림없이 비밀을 지켜드릴 테니 저희에게 유언장의 대체적인 내용을 좀 알려주실 순 없으시겠습니까?"

그녀는 깜짝 놀란 듯 노기 띤 눈길로 반스를 노려보았다.

"그건 절대 말할 수 없어요! 정말 불쾌한 질문이군요. 내 유언장은 내 자신 외에는 어느 누구도 관여할 문제가 아니에요. 오늘 벌어진 끔찍한 상황과 내 유언장은 조금도 관련이 없어요."

반스가 부드러운 어조로 응수했다.

"저는 유언장이 이 사건과 관련이 없다고 확신하지 못하겠습니다. 유언장을 바탕으로 사건을 추리해 나갈 수도 있을 테니까요. 이를테면, 잠재적 수취인들 중 한 사람이 상속받을 것이 확실한 다른 상속인들의 유산을 가로채려 할 가능성을 추측해볼 수 있지 않나요? 그러니까 다른 상속인들의 부재시(不在時)에 말입니다."

루엘린 부인이 벌떡 일어섰다. 그녀에게서 팽팽한 긴장감이 감돌았다. 그녀는 악의에 찬 눈길로 반스를 노려보았다.

그녀는 차갑고 날카로운 목소리로 쏘아붙였다.

"내 동생을 암시하는 거요, 신사 양반?"

반스가 재빨리 이의를 제기했다.

"오, 이런, 루엘린 부인! 저는 아무도 염두에 두지 않았습니다. 하지만 부인은 오늘밤 가족 중 두 사람이나 독살되었다는 사실의 의미를 제대로 이해하지 못하시는 것 같군요. 그리고 이 사건과 관계가 있을 법한 모든 요인을, 심지어 동떨어진 요인일지라도 조사하는 것이 저희들의 의무라는 점 또한 알지 못하시는 것 같습니다."

"하지만 당신 스스로 며늘애가 자살했을 가능성을 제시했잖아요."

여인은 자리에 다시 앉으면서 누그러진 목소리로 반박했다.

"그런 뜻으로 드린 말씀이 아니었습니다, 부인."

반스가 오해를 바로잡았다.

"저는 단지 부인께서 그런 가설을 타당하다고 여기시는지 어쩐지 여쭤봤을 뿐입니다……. 그럼 반대로, 부인은 아드님이 자살을 기도했을 거라고 생각하십니까?"

"아니요, 절대 아니에요!"

그녀는 단정적인 어조로 되받았다. 그리고 나서 곧 두 눈에 심란한 빛이 떠올랐다.

"그런데…… 모르겠어요. 장담할 수 없어요. 그 애는 언제나 몹시 감정적이었으니까요. 아주 흥분을 잘했죠. 대수롭지 않은 사소한 일에도 어쩔 줄 몰라 했어요. 아들애는 아주 사소한 문제도 골똘히 생각했고, 또 문제를 크게 부풀려 떠들곤 했어요……."

반스가 말했다.

"개인적으로 저는 아드님이 자살을 기도하려 했다고는 생각지 않습니다. 저는 아드님을 지켜보고 있었습니다. 아드님이 갑자기 쓰러졌을 때 말이지요. 그때 아드님은 크게 따고 있던 상황이었고, 돌아가는 룰렛 휠에만 열중해 있었습니다."

여인은 아들의 건강 상태 외에는 흥미가 없는 것처럼 보였다.

그녀가 간곡한 어조로 물었다.

"그 애가 무사할 거라고 생각하나요? 내가 그 아이한테 가는 걸 막지 말아야 했어요. 그 애가 어떤지 다시 물어봐 줄 수 없겠어요?"

반스는 즉시 일어서서 문 쪽으로 갔다.

"전화를 해보겠습니다, 부인."

우리는 반스가 복도에서 전화로 이야기하는 소리를 들었다. 조금 후 그가 응접실로 다시 돌아왔다.

"루엘린 씨는 위험한 고비를 넘긴 게 분명하답니다. 로저스 선생은 퇴근하고 없었지만, 당직중인 내과의사 말이 루엘린 씨가 평화롭게 잠들어 있다고 하더군요. 그리고 이제 맥박도 거의 정상으로 돌아왔다고 합니다. 그 내과의는 루엘린 씨가 내일 아침이면 퇴원할 수 있을 거라고 생각한답니다."

여인은 안도감에 탄성을 내질렀다.

"아아, 감사합니다! 이제 잠을 청할 수 있겠어요……. 내게 무엇이든 더 묻고 싶은 게 있나요?"

반스가 고개를 끄덕이며 말했다.

"아마 부인과는 상관없는 질문처럼 들릴 겁니다. 하지만 부인의 답변이 이 불행한 사태의 어떤 측면을 명백하게 해줄지도 모르겠습니다."

그는 루엘린 부인을 정면으로 쳐다보았다.

"이 집안에서 블러드굿 씨는 정확히 어떤 위치에 있습니까?"

여인은 눈썹을 치켜올리고 질문에 대답하기까지 꼬박 30초 동안 반스를 마주보았다. 그런 뒤에 그녀는 단조롭고 이상하리만큼 초연한 어조로 이야기를 시작했다.

"블러드굿은 내 아들과 아주 친한 선후배 사이예요. 두 사람은 함께 대학을 다녔죠. 게다가 그는 며늘애가 결혼해서 우리 집안에 들어오기 전부터 수년간 그 애를 잘 알고 지냈다고 하더군요. 내 동생, 그러니까 킨케이드 말이에요. 동생은 오랫동안 블러드굿의 열렬한 팬이었어요. 그 젊은이의 장래성을 한눈에 알아보고, 그가 현재의 위치에 오를 수 있도록 훈련을 시켰지요. 블러드굿은 우리 집에 허물없이 자주 드나들어요. 물론 업무상으로도 들르고요."

그녀가 설명을 덧붙였다.

"저어, 내 동생은 여기 살아요. 실제로 이 집의 절반은 동생 몫이니까요."

반스가 물었다.

"킨케이드 씨의 거처가 정확히 어디입니까?"

"3층 전체를 사용하고 있어요."

반스가 계속해서 물었다.

"블러드굿 씨와 따님이 어떤 관계인지 여쭤 봐도 될까요?"

여인이 재빨리 반스를 힐끗 보았다. 하지만 그녀는 망설이지 않고 질문에 솔직하고 분명하게 대답했다.

"블러드굿은 아멜리아에게 관심이 퍽 많아요. 딸애한테 청혼도 한

결로 알고 있어요. 하지만 내가 아는 바로는, 아멜리아는 그에게 확답을 주지 않았어요. 어떤 때는 딸애가 그를 좋아한다는 생각이 들기도 하지만, 또 어떤 때는 그를 지긋지긋해하는 것 같기도 해요. 그런 걸 보면, 아멜리아가 전적으로 그를 신뢰하는 건 아니라는 생각이 들어요. 게다가 딸애는 늘 그림에 대해 생각하죠. 그러니 결혼이 자신의 작업에 걸림돌이 된다고 생각하는지도 모르겠어요."

반스가 불쑥 물었다.

"두 사람의 결혼에 찬성하시나요?"

"찬성하지도 반대하지도 않아요."

그녀가 말했다. 그리고는 입을 꽉 다물었다.

반스는 약간 얼굴을 찌푸리고 생각에 잠긴 눈길로 그녀를 주시했다.

"케인 선생도 따님에게 관심을 갖고 있나요?"

"그럼요. 케인도 아멜리아에게 상당한 관심을 보이는 걸로 알고 있어요. 다소 서툰 방식으로 나타내는 관심이긴 하지만 말이에요. 그런데 분명한 건, 아멜리아가 그를 전혀 좋아하지 않는다는 거예요. 딸애는 끊임없이 그를 이용하죠. 하지만 그 점에 있어서 아멜리아는 조금도 양심의 가책을 느끼지 않아요. 앨런 케인은 때때로 딸애에게 대단히 위안이 되는 존재예요. 게다가 그는 상당한 명문가 출신이지요."

반스가 느릿느릿 자리에서 일어서더니 고개 숙여 인사했다.

"더 이상 질문이 없습니다."

그는 단호하면서도 공손한 태도로 말했다.

"도움을 주셔서 감사합니다. 그리고 부인에게 아무리 하찮은 일이라 할지라도 저희에겐 매우 중요할 수 있다는 사실을 알아주셨으면 합니다."

루엘린 부인은 가슴을 펴고 거만한 태도로 일어서서 말 한마디 없이 방에서 나갔다.

마크햄은 그녀가 들리지 않는 곳으로 멀어지자 공격적인 태도로 자리에서 벌떡 일어나 반스와 마주 섰다.

"이만큼 했으면 충분하네."

그의 말투에는 짜증 섞인 비난이 담겨 있었다.

"이런 부질없는 집안 얘기는 모두 아무짝에도 쓸모가 없네. 자네는 단지 괜한 걱정거리를 만들어내고 있을 뿐일세."

반스는 체념한 듯 한숨을 쉬었다.

"뭐, 할 수 없지! 돌아가세. 자정이 지난 지도 한참 됐으니."

우리가 복도로 나가자 설리번 형사가 계단을 내려왔다.

"경사님은 시체를 실어갈 차를 기다린다고 합니다. 그리고 나서 모두에게 잠자리에 들어도 좋다고 말할 생각이랍니다."

그가 마크햄에게 알려주었다.

"저는 집에 자러 가는 길입니다. 검사님도 안녕히 가십시오…….
안녕히 가세요, 반스 씨."

그리고는 쿵쿵거리며 어둠 속으로 사라졌다.

창백한 얼굴의 집사가 우리가 코트 입는 일을 도와주었다. 집사는 피곤한데다 졸린 듯 보였다.

"자네는 히스 경사에게서 명령을 받게나."

마크햄이 그에게 지시했다.

집사는 고개 숙여 인사를 하고 우리에게 문을 열어주려고 문간 쪽으로 갔다. 그러나 그가 문에 이르기도 전에 열쇠 돌아가는 소리가 들리고 다음 순간, 킨케이드가 현관으로 뛰어 들어왔다. 그는 우리들을 흘끗 보고는 곧 멈춰 섰다.

"이게 어찌된 일입니까?"

그가 날카로운 어조로 다그쳤다.

"대체 경찰들이 밖에서 뭘 하는 겁니까?"

마크햄이 말했다.

"저희는 직무수행중입니다. 오늘밤 이곳에서 비극적인 일이 일어났습니다."

갑자기 킨케이드의 얼굴 근육에서 긴장이 풀어졌고, 냉엄하면서도 침착하고 무미건조한 표정이 나타났다. 그는 순식간에 속을 알 수 없는 무표정한 도박꾼이 되어버렸다. 반스가 말했다.

"조카며느님이 사망하셨습니다. 독살되었지요. 그리고 아시다시피, 린 루엘린 씨도 오늘밤 독살될 뻔하지 않았습니까……."

킨케이드가 잇새 사이로 말했다.

"린은 어떻게 되든 상관없소! 나머지 이야기는 뭡니까?"

"지금 당장 저희가 알고 있는 사실은 이것뿐입니다. 루엘린 부인이, 카지노에서 남편이 쓰러지는 것과 거의 동시에 사망했다는 사실 말입니다. 검시관이 벨라도나가 사인이라고 하더군요. 살인수사과의 히스 경사가 이층에서 시체보관소로 루엘린 부인의 시체를 실어갈 차량을 기다리고 있습니다. 내일 부검 후에 뭔가 좀더 밝혀지기를 저희들은 바라고 있습니다. 그건 그렇고, 마지막 통화에 의하면 조카분은 위험한 상태에서 벗어났다고 합니다……."

바로 이때 깜짝 놀랄 만한 소리가 대화를 중단시켰다. 2층 어딘가에서 여인의 비명소리가 들려왔다. 그 뒤로 문이 열렸다가 쾅 닫히면서 희미하게 신음소리가 새어나왔다. 그때 우리 바로 위에서 복도를 따라 달려오는 묵직한 발소리가 들렸다. 이유를 알 수는 없지만 나는 온몸의 피가 얼어붙는 듯했다. 우리 모두는 계단을 향해 뛰어갔다.

느닷없이 히스가 위쪽 층계참에서 모습을 드러냈다. 복도의 강렬

한 불빛 아래 나는 그의 눈이 흥분으로 휘둥그레져 있는 걸 볼 수 있었다. 히스는 허둥거리며 우리에게 팔을 휘둘렀다.

"이리 올라오세요, 마크햄 씨."

그가 쉰 목소리로 도움을 청했다.

"뭔가…… 뭔가 일이 벌어졌어요!"

제 7장 또다시 일어난 독살사건

　　　　　　　　　　　10월 16일 일요일 오전 3시 30분

　우리가 위층의 계단 꼭대기에 이르렀을 때, 히스는 이미 북쪽 끝의 열려진 방문을 향해 복도를 따라 쿵쿵대며 멀어져 가고 있었다. 우리는 재빨리 그를 뒤따라갔으나 경사의 널찍한 등에 가려 아무것도 볼 수 없었다. 결국 방 안에 들어서고 나서야 경사가 우리를 놀라게 하면서까지 불렀던 이유가 뭔지 알 수 있었다. 그 방은 복도와 마찬가지로 불이 환하게 밝혀져 있었다. 안소니 루엘린 부인의 침실이 틀림없었다. 버지니아 루엘린의 방보다는 컸지만, 가구는 비교도 안 될 만큼 적었다. 썰렁하다 싶을 정도로 너무나 간소하게 꾸며져 있어서 방주인의 성격과 품격이 고스란히 드러나는 듯했다.

　루엘린 부인은 문 바로 안쪽 벽에 기대서서, 일그러진 얼굴에 레이스가 달린 손수건을 대고 꾹 누르고 있었다. 두 눈은 충격과 두려움에 휩싸여 휘둥그레진 채 바닥에서 시선을 떼지 못했다. 그녀는 구슬픈 신음소리를 내며 와들와들 떨고 있었고, 우리를 쳐다볼 생각조차 하지 않았다. 자신의 눈앞에 펼쳐진 광경에 넋이 나가고 말을 잃은 듯했다.

　그녀가 서 있는 곳에서 몇 발짝 앞을 보니 짙푸른 카펫 위에 아멜리아 루엘린이 쓰러진 채 축 늘어져 꼼짝 않고 있었다.

　처음에 루엘린 부인은 손가락을 들어 그쪽을 가리키기만 했다. 그러다 잠시 후에는 안간힘을 써가며 두려움에 짓눌린 쉰 목소리로 입을 열었다.

"딸애는 자기 방으로 가려던 참이었어요. 그런데 갑자기 비틀거리면서 두 손으로 머리를 감싸 쥐더니 그 자리에서 쓰러졌어요."

그녀는 경직된 태도로 다시 딸을 가리켰다. 쓰러져 있는 딸의 모습이 우리 눈에는 안 보인다고 생각해서 알려주기라도 하려는 사람 같았다.

반스는 어느새 아멜리아 옆에 무릎을 꿇고 앉아 있었다. 그는 그녀의 맥을 짚어본 다음 숨소리를 듣고, 또 눈도 살펴보았다. 그런 후 손짓을 해서 히스를 옆으로 불러놓고는 맞은편에 있는 침대를 가리켰다. 두 사람은 그녀를 들어 맞은편 침대로 옮겨서 머리가 침대 한쪽 가장자리에 걸쳐져 아래로 처지도록 눕혔다.

반스가 명령하듯 말했다.

"스멜링솔트 좀 주십시오. 그리고 경사는 집사를 좀 불러주게."

루엘린 부인은 몸을 홱 움직여 화장대로 가서 녹색 병 하나를 꺼냈다. 좀 전에 카지노에서 킨케이드가 반스에게 주었던 것과 모양이 똑같았다.

"따님의 코 아래에 갖다 대고 계십시오. 너무 가까이 대서 피부에 닿으면 화상을 입을 수 있으니 주의하십시오."

그는 루엘린 부인에게 말하고 나서 문 쪽으로 고개를 돌렸다.

문간에 집사가 나타났다. 그의 얼굴에는 피로한 기색은 없고, 깜짝 놀라 정신이 바짝 든 표정이었다.

"케인 선생에게 전화를 좀 넣게."

반스가 단호한 어조로 말했다.

집사는 얼른 전화기가 놓여 있는 조그만 탁자로 가서 다이얼을 돌리기 시작했다.

킨케이드는 방으로 들어오지 않고 문가에 서서 굳은 얼굴을 한 채 꼼짝도 하지 않고 안을 들여다보고 있었다. 단지 두 눈만이 상황을 파악하느라 움직이고 있었다. 이제 그의 눈길은 침대 쪽으로 옮겨졌다. 하지만 그 시선은 꼼짝없이 누워 있는 조카에게가 아니라 누나에게 차갑게 쏠려 있었다.

"어떻게 된 겁니까, 반스 씨?"

그가 딱딱한 어조로 물었다.

"독살입니다."

반스가 담배에 불을 붙이면서 낮은 목소리로 말했다.

"확실히 린 루엘린 씨와 마찬가지로 독살을 당한 겁니다. 무서운 일이군요."

반스는 천천히 위를 올려다보더니 계속 말을 이었다.

"놀랍지 않으십니까?"

킨케이드가 시선을 내리깔며 노려보았다.

"무슨 의도로 그런 질문을 하는 겁니까?"

하지만 케인 선생과 전화가 연결되는 바람에 반스는 그와 통화를 하러 갔다.

"아멜리아 루엘린 양이 중태에 빠져 있습니다. 당장 와주십시오. 피하 주사기와 카페인, 디기탈리스, 아드레날린도 챙겨 오십시오. 아시겠지요……? 좋습니다."

그는 수화기를 제자리에 내려놓고 응접실로 다시 나왔다.

"다행히도 케인 선생이 아직 잠자리에 들지 않았더군요. 몇 분 후면 도착한답니다."

그는 말을 마치더니 자신의 외알 안경을 조절한 다음 킨케이드를 주시했다.

"제 질문에 답해주시겠습니까?"

킨케이드가 고함을 치려다가 생각을 바꿨는지 턱을 치켜들면서 입을 열었다.

"당신 말대로입니다!"

그는 반스의 시선을 정면으로 마주보며 퉁명스럽게 말했다.

"당신만큼이나 놀랍단 말입니다."

"그럼 제가 전혀 놀라지 않았다고 말씀드린다면 더더욱 놀라시겠군요."

반스는 혼잣말하듯 중얼대고 나서 두 여인이 있는 쪽으로 갔다. 그는 루엘린 부인에게 스멜링솔트를 받아들고서 아멜리아의 맥을 다시 짚어보았다. 그런 뒤 침대 가장자리에 걸터앉아 곁에 있던 루엘린 부인에게 손짓했다.

반스는 그녀가 불쾌하지 않도록 조심스러운 어조로 물었다.

"무슨 일이 있었는지 제게 빠짐없이 말씀해주시겠습니까? 의사 선생이 오기 전에 어떻게 된 일인지 들어보고 싶습니다."

그녀는 의자에 털썩 주저앉더니 허리를 꼿꼿이 세우고 퍼진 옷자락을 끌어 모았다. 이야기를 시작했을 때, 그녀의 목소리는 차분하고 침착했다.

"아까 아멜리아가 이 방에 들어오더니 당신이 나를 만나보고 싶어한다고 말했어요. 그리고는 내가 지금 앉아 있는 이 의자에 앉았지요. 이 방에서 나를 기다리고 있겠다고 하더군요. 내게 할 말이 있다면서요……."

반스가 물었다.

"그게 다 입니까? 사실 부인은 바로 내려오지 않으셨잖습니까. 그동안 제가 타자를 좀 치기도 했으니까 말입니다."

루엘린 부인은 입술을 꽉 다물었다. 그리고는 쌀쌀맞은 말투로 덧붙여 말했다.

"꼭 알아야겠다면 말하지요. 나는 저쪽에 있는 화장대로 가서 얼굴에 분을 바르고 머리를 매만졌어요. 사실 시간을 끌고 있었던 거죠. 마음을 가다듬느라 말이에요……. 당신과의 면담이 괴로울 거라고 예상했으니까요."

"그러면 부인이 그렇게 마음의 준비를 하고 있는 동안 따님은 뭘 하고 계셨습니까? 혹시 무슨 말이라도 하지 않았습니까?"

"그 애는 한 마디도 하지 않았어요. 담배에 불을 붙여 피고 있었죠……."

"그것뿐입니까? 담배를 피우는 것 말고는 전혀 움직이지도 않았단 말입니까?"

"다리를 꼬았다거나 두 손을 포갰을지도 모르죠. 직접 본 건 아니지만요."

그녀는 빈정대며 맥 빠지게 하는 말만 늘어놓았다. 그리고는 곧바로 덧붙여 말했다.

"참, 맞아요. 딸애는 침대 옆에 있는 탁자로 몸을 숙여 저 병에서 물을 따라 마셨어요."

그 말에 반스는 고개를 끄덕였다.

"그럴 만도 하지요. 따님은 신경이 곤두서고 혼란스러웠을 겁니다. 그래서 담배를 많이 피웠을 테죠. 그러다 보니 갈증이 났을 테고요. 그래요, 당연히 물을 마실 수밖에 없었겠죠……."

그는 일어나서 루엘린 부인이 앉아 있는 의자와 침대 사이에 놓인 탁자로 갔다. 그리고 탁자 위의 보온병을 유심히 살펴보았다.

"비어 있군요."

그가 말했다.

"목이 굉장히 말랐나 봅니다. 분명 그랬을 테죠. 안 그랬다면
……."

그는 침대 가장자리에 다시 앉더니 뭔가를 곰곰이 생각하는 듯했다.

"비어 있어요."

그는 방금 한 말을 되풀이하고는 생각에 잠긴 얼굴로 고개를 끄덕였다.

"거참 이상하군요. 오늘밤에는 가는 곳마다 물병들이 모조리 비어 있으니 말입니다. 카지노에서도, 린 루엘린 부인의 방에서도 마찬가지였습니다. 그런데 이제 이 방도 비어 있으니. 물 구경하기가 참 힘들군요……."

그는 얼른 루엘린 부인을 쳐다보았다.

"루엘린 부인, 따님의 방은 어느 쪽에 있습니까?"

"저 좁은 복도로 나가서 맨 끝이에요. 층계를 올라와서 바로 나오는 문이죠."

그녀는 반스를 유심히 쳐다보았다. 그 시선에는 호기심이 드러나 있었지만 분명 반감도 섞여 있었다.

반스가 히스에게 말했다.

"경사, 루엘린 양의 방에 가서 물병을 좀 살펴보고 오게."

히스는 지체 없이 바로 나갔고, 잠시 후에 돌아왔다.

"비어 있습니다."

그는 당황스러운 표정으로 느릿느릿 말했다.

반스는 일어나더니 전화기가 놓인 탁자로 가서 그 위의 재떨이에 담배를 비벼 껐다. 그는 멍한 얼굴로 한동안 그렇게 담뱃불만 끄고 있었다.

"암, 당연히 그랬을 테지. 그럴 거라 예상했네. 아까도 말했다시피, 물 구경하기가 참 힘들군. 어딜 가나 물이라곤 없는데, 마실 물은 많다……. 이게 어찌된 노릇이지? 늙은 선원(영국의 시인 콜리지의

시, 「노수부의 노래」에 나오는 인물. 신천옹을 죽인 저주로 태평양의 뜨거운 태양 아래 꼼짝 못하고 정지한 채 '사방이 바다이지만 마실 물은 한 방울도 없는' 처지에 놓이게 된다. – 역주)의 경우와 정반대가 아닌가…….."

그는 고개를 들어 다시 루엘린 부인을 마주 보았다.

"누가 물병을 채워놓습니까?"

"하녀가 하죠, 당연히."

"언제 채워놓습니까?"

"저녁식사 후 잠자리에 들러 내려갈 때요."

"물 채워 넣는 걸 잊어버린 적은 없었습니까?"

"한 번도 없었어요. 애니가 워낙 빈틈없이 일을 잘하는데다 착실해서요."

"예, 그렇군요. 아침에 애니와 얘기를 좀 해봐야겠습니다. 그냥 절차상 필요해서요. 그건 그렇고, 루엘린 부인, 그 뒤의 일도 얘기해주십시오. 따님께서 담배에 불을 붙였고, 물을 따라 마셨으며, 부인께서는 친절하게도 저희의 부름에 응해주셨습니다. 그 다음에 부인께서 이 방으로 다시 돌아온 뒤에는 무슨 일이 있었습니까?"

"아멜리아는 여전히 이 의자에 앉아 있더군요."

그녀는 반스에게서 시선을 떼지 않고 말했다.

"담배도 계속 피우고 있었지요. 하지만 두통이 심하다고 투덜댔고 얼굴도 굉장히 새빨갰어요. 머리 전체가 욱신욱신 쑤시고 귓속이 울린다고 하더군요. 또 어지럽고 기운이 없다고도 했어요. 나는 그 말을 대수롭지 않게 여겼지요. 그냥 딸애가 신경이 곤두서고 심란해서 그런 거라고요. 그래서 가서 자는 게 좋겠다고 말했어요. 아멜리아도 몸이 불편하다면서 그래야겠다고 했죠. 그리고 며늘애에 대해 몇 마디 횡설수설 하다가 일어나서는 두 손으로 관자놀이를 꾹 누른 채 문 쪽으로 걸어갔어요. 그런데 문에 거의 다가갔을 때 몸이 휘청하더니 그대로 바닥에 쓰러졌어요. 나는 딸아이에게 가서 흔들어도 보고 말도 시켜봤어요. 그러다가 소리를 지른 것 같아요. 오늘밤에는 자꾸 끔찍한 일들만 일어나는 것 같아서 순간적으로 자제력을 잃었던 거지요."

그녀는 히스를 가리키며 말을 이었다.

"그리고 이 양반이 내 비명소리를 듣고 달려왔고, 즉시 당신들을 부르러 갔던 거예요. 여기까지가 내가 말해줄 수 있는 전부예요."

반스가 낮은 목소리로 말했다.

"그 정도면 충분합니다. 정말 감사합니다. 상당히 많은 것을 알려주셨습니다. 듣고 보니 아드님이 기절하던 때의 모습과 똑같군요. 정말 비슷합니다. 차이점이라고 해봐야 아드님은 도시의 서쪽에 있었고, 따님은 동쪽에 있었다는 것뿐이지요. 사실 아드님이 더 심한 타격을 받았습니다. 따님보다 숨이 더 얕았고, 맥박도 더 빨랐으니까요. 하지만 증상은 똑같습니다. 아드님도 무사히 살아났잖습니까. 그러니 따님도 치료를 받으면 아드님보다 한결 수월하게 회복될 겁니다……."

그는 천천히 담뱃갑을 꺼내 신중한 태도로 레지 한 개비를 뽑았다. 담배에 불이 붙자 그는 천장에 완벽한 고리 모양의 푸른 연기를 만들어 보냈다.

"아드님의 회복 소식에 실망할 사람이 누구일지 궁금하군요. 정말 궁금해요……. 일이 흥미롭게 돌아가고 있습니다. 흥미롭지만 가슴 아프기도 하군요. 너무나 가슴 아픈 일입니다."

그는 어느덧 침울한 얼굴이 되더니 생각에 빠져들었다.

어느새 방 안에 들어와 있던 킨케이드는 이제, 참나무 목재를 암모니아 가스로 그을려서 만든(오래된 것처럼 보이게 하기 위한 것으로,

고급 가구 제작에 쓰임. - 역주) 중앙 탁자 가장자리에 조심스럽게 걸터앉았다.

"독살이라고 확신하십니까?"

그가 냉담한 눈빛으로 반스를 응시하면서 물었다.

"독살이요? 예, 확신합니다. 물론 단순히 쇼크 증세로 볼 수도 있습니다만 그렇게 보기에는 무리가 있습니다. 단순히 정신적 쇼크를 받아서 쓰러지거나 기절했을 경우에는 고개를 젖혀주고 스멜링솔트를 쓰면 환자가 반응을 보이게 되어 있으니까요. 그런데 지금 아멜리아 양은 아무런 반응도 보이지 않고 있잖습니까. 조카분이 쓰러졌을 때와 마찬가지지요. 뭐, 한 가지 차이점이 있긴 하네요. 린 씨가 더 많은 양의 독을 먹었다는 것 말입니다."

킨케이드의 얼굴에는 아무런 감정도 드러나 있지 않았다. 그는 입술을 거의 움직이지 않은 채 다시 말을 꺼냈다.

"그런데 어이없게도 내가, 그 애에게 내 방에 있던 물병의 물을 주었잖습니까."

반스가 고개를 끄덕였다.

"그렇습니다. 저도 그 점에 주목했습니다. 당신으로서는 큰 실수를 하신 셈이지요. 그러니까 ex post facto(과거로 소급하여) 봤을 경우에 말입니다."

그렇게 얘기를 나누고 있는데, 집사가 문가에 나타났다.

그는 바로 반스에게 말했다.

"실례하겠습니다, 나리. 이런 말을 한다고 저를 주제넘다고 생각하지 않으시리라 믿습니다. 나리가 물병에 대해 질문하시던 소리를 듣고, 저는 뭔가를 해야겠다는 생각이 들었습니다. 그래서 애니를 깨워 물병에 대해 물어보고 왔습니다. 애니는 오늘밤 평상시와 다름없이 저녁식사가 끝난 직후에 방들을 정리하면서 물병을 다 채워놓왔다고 합니다."

반스는 감탄스럽다는 표정으로, 바싹 여윈데다 창백하기까지 한 집사의 얼굴을 쳐다보았다.

그가 큰 소리로 말했다.

"아주 잘했네, 스미스! 참으로 고맙네."

"감사합니다, 나리."

그때 초인종 소리가 들렸다. 집사가 서둘러 나갔고, 잠시 후에 케인 선생이 안내를 받으며 들어왔다. 그는 여전히 야회복 차림이었고, 손에는 작은 진료가방을 들고 있었다. 그는 아까 봤을 때보다 안색이 훨씬 더 파리했으며 눈 밑도 거무스름했다. 그는 아멜리아 루엘린이 의식을 잃고 누워 있는 침대로 곧장 향했다. 얼굴 가득 근심스런 표정이 어려 있었는데, 내가 보기에는 직업상이라기보다 개인적인 감정 같았다.

"기절 증상들을 보이고 있습니다."

반스가 옆에 서며 말했다.

"맥박이 약하고 빠르게 뛰며, 숨소리가 얕고, 얼굴이 창백하고, 뭐 et cetera(기타 등등) 입니다. 강력한 흥분제(중추 신경을 자극하여 신경 계통 및 뇌와 심장의 기능을 활발하게 하는 약 – 역주)를 놔줘야 합니다. 우선 카페인 3그레인을 주사하고, 그 다음에 디기탈리스를 놓아 주십시오. 아드레날린은 주사하지 않아도 될 것 같습니다……. 아무 것도 묻지 말고 빨리 주사를 놓으십시오, 의사 선생. 안심하고 제 말대로 하십시오. 제가 오늘밤에 이런 일을 한번 겪은 터라 잘 아니까요."

케인 선생은 반스의 지시대로 따랐다. 나는 그때 내색은 하지 않았지만 의사가 조금 안쓰러웠다. 반스의 강한 기세에 눌려 그가 한없이 나약하게만 보여서 절로 연민이 느껴졌다.

케인 선생이 욕실에 들어가 피하주사를 준비하는 동안, 반스는 아멜리아 루엘린의 팔에 바로 주사를 놓을 수 있도록 준비를 갖춰놓았다. 카페인이 투약되고 나자 반스는 우리 쪽으로 돌아섰다.

"저희들은 아래층에서 기다리는 게 좋겠습니다."

"나도 말인가요?"

루엘린 부인이 오만하게 물었다.

"그러는 편이 좋을 것 같습니다."

반스가 말했다.

부인은 탐탁지 않은 얼굴로 마지못해 받아들이고는 우리보다 앞서 문가로 갔다.

잠시 뒤 케인 선생이 우리가 모여 있는 응접실로 왔다.

"주사의 효과가 있었습니다."

그는 감격하여 목소리까지 약간 떨면서 반스에게 말했다.

"맥박이 진정되었고, 안색도 거의 정상으로 돌아왔습니다. 이제 몸도 조금씩 움직이고, 말도 하려고 합니다."

반스가 일어났다.

"잘됐군요…… 따님을 재우십시오, 루엘린 부인…… 그리고 의사 선생께서는 잠시 곁에서 지켜봐 주십시오."

그는 문 쪽으로 가며 말을 이었다.

"저희는 아침에 다시 오겠습니다."

우리가 밖으로 나가려고 할 때, 린 루엘린 부인의 시신을 실어갈 스테이션왜건(접거나 뗄 수 있는 좌석이 있고 뒷문으로 짐을 실을 수 있는 자동차 - 역주)이 도착했다. 가랑비는 이미 멈춰 있었으나, 밤공기는 아직도 축축하고 차가웠다.

"끔찍한 사건이네."

반스가 차에 시동을 걸고 도심으로 향하면서 마크햄에게 말했다.

"극악무도한 일이 벌어지고 있어. 세 사람이 독약을 마셨고, 한 사람은 정말 죽고 말았잖나. 살아난 두 사람도 지금 치료를 받고 있는 상태고. 다음에는 누구 차례일까? 우리가 왜 여기에 온 거지, 마크햄? 도대체 알아낸 게 뭐지? 그 집안에서 계속 시간만 헛되이 보내는 건 아닌지 모르겠네. 자꾸 그런 생각이 들어 괴롭다네. 하지만……."

그는 한숨을 쉬었다.

"도무지 모르겠네. 대체 어느 길로 가야 할지 모르겠어. 수많은 장애물들이 우리 앞길을 혼란스럽게 방해하고 있으니 말일세. 그나마 장애물이 없는 길이 딱 하나 있긴 하네만, 그 길은 사건을 위장하기 위한 거짓과 진실들이 한데 뒤섞여 있잖은가. 그 길로 따라갔다가는 지금까지 보지 못했던 가장 사악한 범죄에 맞닥뜨리게 될 걸세……."

마크햄은 침울하면서도 어리둥절한 표정으로 말했다.

"나는 자네가 지금 무슨 말을 하는 건지 못알아듣겠네. 물론 나도 뭔가 불길한 일이 일어날 것 같은 기분이 들긴……."

반스가 말을 가로챘다.

"허, 그보다 훨씬 더 심각하네. 그러니까 이 사건은 보통 사악한 범죄가 아니라는 얘기네. 마지막에 가서 우리가 끔찍한 짓을 저지르도록 꾸며져 있기 때문이지. 다시 말해, 이 섬뜩한 교향곡의 마지막 부분은 우리가 무고한 사람에게 유죄를 선고하는 것이란 말일세. 거대한 속임수를 축으로 해서 모든 것이 치밀하게 짜여져 있네. 이를테면, 우리가 겉보기에 그럴듯하고 명백한 진실을 쫓게 되도록 짜여 있다는 걸세. 하지만 여기에 속아 넘어가서는 안 되네. 거짓 수법을 쓰는 교활한 범죄 중에서도 가장 극악무도한 사기극이라는 걸 알아야 한단 말이네."

마크햄이 애써 덤덤한 어조로 말했다.

"자네 이 사건을 너무 심각하게 생각하고 있군. 어쨌든 린 루엘린 이나 그의 여동생 모두 지금 회복중이잖나."

"그거야 그렇지."

반스가 시무룩한 얼굴로 고개를 끄덕였다. 그의 눈은 쇄석(碎石)으 로 포장된 반짝이는 도로에 계속 고정되어 있었다.

"계산 착오가 있었던 거네. 하지만 이 일로 사건을 파악하기가 훨 씬 더 어려워져 버렸어."

"하지만 때마침 일어났던 몇 가지 일들로 보아……."

마크햄이 입을 열었으나 반스가 성급히 말을 잘랐다.

"이보게! 그게 바로 이 사건에서 가장 가증스런 부분일세. 그 일 들은 말 그대로 '우연히' 일어난 것들이네. 전부 다 우연히 일어났을 뿐 의도적인 일들이 아니란 말일세. 어디를 봐도 그런 일들로 어지 럽게 얽혀 있지. 우선 케인은 전에 버지니아 루엘린에게 비염 치료 제를 처방했네. 그런데 공교롭게도 그 약에는 그녀를 끔찍한 죽음으 로 몰고 갔다고 볼 수 있는 성분이 들어 있었어. 아멜리아 루엘린 역시 버지니아가 비명을 지를 때 우연히도 옷장 안에 들어가 있다 가 그녀의 죽음을 목격하게 되었네. 도시의 반대편에 있던 린 루엘 린과 그의 아내가 거의 같은 시간에 독살되었던 점은 또 어떤가. 그 리고 아멜리아는 엄마 방의 물병에서 물을 따라 마셨네. 게다가 오 늘밤에는 저녁식사 시간에 가족들 모두 집에 있었지. 즉, 다들 욕실 과 물 쟁반에 손을 댔을지도 모른다는 의심을 받을 수가 있다는 말 일세. 이 밖에도 사건과 관련된 우연한 일들은 얼마든지 있네. 먼저, 우리가 봤던 물병들은 죄다 비어 있었어. 그리고 킨케이드는 린에게 자기 사무실의 물병에 있던 물을 마시게 했는데, 10분 후 그 친구는 쓰러져 버렸네. 또 나는 우연히 편지 한 통을 받았다가 린이 기절하는 모습을 직접 목격하게 되었고. 그리고 케인은 저녁식사 직전에 식사 초대를 받았지. 게다가 우리가 그 집에 있을 때 아멜리아가 독살되었고, 바로 그 순간에 킨케이드가 집에 도착했네. 내게 온 편지에는 뉴저지 주 클로스터의 소인이 찍혀 있었고. 또……."

"잠깐, 반스. 좀 전에 클로스터 소인에 대한 얘기는 뭔가?"

"클로스터 외곽에 킨케이드가 사냥 때 쓰는 산막이 있는데, 그가 그곳에서 오랜 시간을 보내서 한 말이었을 뿐이네. 하지만 이맘때면 이미 사냥철이 지나 산막을 닫아놓았으리라 생각하네. 사냥철은 대개 9월이니까 말일세."

마크햄이 허리를 꼿꼿이 펴며 몸을 앞으로 당겨 앉았다.

"맙소사, 반스! 자네 여태 암시적으로 던져본 말들이 아니……."

반스가 꾸짖듯 말했다.

"이런, 오, 이보게! 지금까지 한 말 중에 암시적인 말은 하나도 없었네. 정신 분석가들의 말로 그냥 자유연상이라는 것에 좀 빠져 있었을 뿐이지……. 내가 지금까지 그런 말을 했던 것은 바로 이 한 가지를 강조하기 위해서였네. 즉, 세상은 모름지기 진실되고 성실하게 살아야 하는데, 이 사건에는 진실성이나 성실성은 눈곱만큼도 없단 말이네. 정말이지 지독히도 비극적인 일이 아닐 수 없어. 꼭두각시들의 드라마가 펼쳐지고 있는 셈이니 말일세. 꼭두각시들은 모두 철저하게 준비된 무대에 올려져서 조종당하고 있네. 속임수라는 한 가지 목적을 위해서 말이네."

마크햄이 절망감이 밴 목소리로 중얼거렸다.

"악마나 할 짓이지 인간이 할 짓이 아니군."

"바로 그거네. 분명 마왕이나 할 짓이네. 그렇게 생각하니 좀 위로가 되는군. 하지만 이런 생각이 무슨 소용이 있겠나."

마크햄이 말을 꺼냈다.

"어쨌든…… 린 루엘린 부인의 일만이라도 그 음모에서 배제할 수 있잖나. 그녀는 자살……."

반스가 고개를 설레설레 저었다.

"천만에! 그녀의 죽음이야말로 가장 교활하게 꾸며졌다네. 이 음모에서 가장 난해한 사건이란 말일세. 마크햄, 그녀는 분명 자살을 한 게 아니야. 버지니아 루엘린 같은 여자가 그런 상황에서 그런 식으로 자살을 할 리가 없어. 그녀는 배우였고 허영심도 강했네. 아멜리아도 말하지 않던가. 그런 여자가 얼굴 가득 콜드크림을 바르고 머리에 헤어네트를 뒤집어 쓴 채로, 이 세상에서의 마지막 모습을 그렇게 추하게 보여주려 했겠는가? 오, 당치않네, 마크햄. 아니야. 그녀는 지극히 평범한 평상복을 대충 걸치고 잠자리에 들었네. 어느 모로 보나 내일을 고대하는 듯한 모습이었어. 비록 그녀가 내일이란 걸 고약하게 맞게 되었지만 말일세……. 그리고 독이 몸에서 작용하기 시작했을 때 왜 그토록 고통스럽게 소리를 질렀겠는가?"

마크햄이 반박했다.

"하지만 그녀가 남긴 편지가 있잖나. 편지는 자살을 입증하기에 충분하네."

반스가 응수했다.

"편지가 눈에 띄는 곳에 있었더라면 자살의 증거로서 더 그럴 듯했을 걸세. 하지만 감춰져 있었어. 그러니까 접힌 채 전화기 밑에 놓여 있었단 말일세. 사실 편지는 우리가 발견하도록 짜여 있었네. 그러니 정작 당사자는 편지가 있는지조차 모른 채 죽어야 했지."

마크햄이 아무 말이 없자, 반스가 잠시 사이를 두었다가 말했다.

"그러니까 우리는 거기에 적혀 있는 대로 믿어서는 안 되네. 편지는 믿을 수 없단 말일세. 다시 말해, 의심을 해보고 조사해봐야 한다는 얘기네. 그래서 편지를 작성한 후, 우리가 찾아주길 기대하며 전화기 아래 갖다놓은 사람이 누구인지를 알아내야 하네."

"세상에, 반스!"

마크햄의 목소리는 자동차의 윙윙거리는 소리에 파묻혀 거의 들리지 않았다.

"어떻게 그런 어처구니없는 생각을 다 하나!"

"모르겠나, 마크햄?"

이때 마크햄의 집 앞에 다다랐고, 반스가 차를 급정지시켰다.

"그 편지와 내가 받았던 편지는 서투르게 타이핑된 방식이 완전히 똑같았네. 분명 둘 다 같은 사람이 작성했을 걸세. 구두점이나 가장자리 여백 처리까지도 똑같았으니까. 그렇다면 잠시 생각해보게나. 자살을 앞두고 마음이 괴로운 여자가 내게 그런 편지를 작성해서 보냈을 것 같나……? 그래서 말인데……."

그는 주머니 속으로 손을 집어넣었다. 그리고는 자신이 받은 편지와 버지니아 루엘린의 방에서 발견한 편지, 그리고 루엘린 저택에서 직접 몇 줄 타이핑한 종이를 꺼내어 마크햄에게 내밀었다.

"자, 이것들을 대조해주겠나? 자네의 영리한 부하 중 한 명에게 확대경으로 자세히 살펴보고, 과학적인 테스트도 좀 해보라고 하게. 이 세 장의 글이 같은 기계로 작성되었다는 공식적인 확인이 나오길 바라 마지않네."

마크햄은 그 종이들을 받아 들었다.

"이런 걸 대조하는 거야 일도 아니지."

그는 반신반의하는 눈빛으로 반스를 쳐다보며 말했다. 그리고는 차에서 내려 잠시 길가에 서 있었다.

"내일 무슨 계획이라도 세워 두었나?"

반스가 한숨지으며 말했다.

"오, 물론이네. 인생이란 이리저리 떠도는 것이로다. 그러다가 결국에는 모두 제자리로 돌아오리라. 한 세대가 가도 해는 다시 떠오르도다. 모든 것이 다 헛되어 바람을 잡으려는 것이로다(전도서 1장 1절에서 14절의 내용을 조금씩 인용한 것임. - 역주)."

마크햄이 간청조로 말했다.

"제발 전도서 얘기일랑 집어치우게. 아무튼 내일은 어떻게 할 건가?"

"10시에 자네를 데리러 와서 루엘린 저택으로 가려 하네. 자네도 거기에 가야 하고. 그게 자네의 본분이기도 하잖나. 자네는 '시민의 종복(從僕)'이 아닌가. 안됐네 그려……."

그는 쾌활하게 말했으나 표정으로 보아 꾸민 어조임이 느껴졌다. 분명히 마크햄도 그 점을 눈치 채고는 반스의 말에 의미심장한 뜻이 담겨있음을 알았을 것이다.

"나는 린과 아멜리아 남매가 회복되면 두 사람의 벗이 되어줄 아량이 있네. 사실 조사할 것도 좀 있고. 이를테면, 그들은 생존자가 아닌가. 그것도 자네의 amicus curiæ(법정 고문)이 영웅적인 행동을 한 덕분에 말일세. 한 마디로 내 덕분에 살아났다는 얘기지."

마크햄은 마지못해 인정했다.

"누가 뭐래나. 그럼, 10시에 보세. 하지만 린과 아멜리아 남매를 심문해서 자네가 어디에 도달하게 될지 모르겠군."

"내 가는 길 다 알지 못하……."

마크햄이 투덜거렸다.

"됐네, 됐어. 자네는 한 걸음씩 나아가도 만족하겠지(반스가 뉴먼 추기경의 기도문 구절을 인용해서 대꾸하자, 마크햄이 그 다음 구절을 빗대어 말한 것임. 참고로 이 기도문은 찬송가 '내 갈 길 멀고 밤은 깊은데'의 가사이기도 함. - 역주). 알겠네, 알겠어. 자네의 충실한 기독교관에 지긋지긋해하는 사람도 있다는 걸 알아줬으면 좋겠네……. 잘 가게.

어서 가버리게, 보기 싫으니까."

"그럼 잘 있게, 이 한심한 친구야."

반스는 자동차의 속도를 높여 미끄러운 도로를 무섭게 질주하며 6번 애버뉴로 향했다.

제8장 약 장

10월 16일 일요일 오전 10시

오전 정각 10시에 반스는 마크햄의 아파트 앞에 차를 세웠다. 날씨가 다소 맑아졌다고는 하지만 여전히 공기는 차가웠고 하늘도 흐릿했다. 마크햄은 로비에서 우리를 기다리고 있었다. 그는 잔뜩 찡그린 얼굴로 두 눈에 걱정스런 빛을 담은 채 안절부절못하고 서성대고 있었다. 오늘 아침신문들은 모두 버지니아 루엘린의 죽음에 관해 섬뜩한 헤드라인을 달고 짤막한 기사를 실었다. 신문들은 히스 경사의 애매하고 간단한 성명을 인용했고, 지면의 절반을 가족사에 할애했다. 린 루엘린이 카지노에서 지독한 쇼크 상태에 빠졌던 일도, 아멜리아 루엘린이 집에서 쓰러진 일도 언급되지 않았다. 경사가 재치 있게 두 사건의 언급을 피한 게 틀림없었다. 그렇다고 해도 기사는 충분히 깜짝 놀랄 만한 내용이었다. 상세한 설명이 결여된 탓에, 기사에는 불명확한 내용이 덧붙여지고 공공연한 억측이 난무했다. 대개 자살로 사건을 해석했으며 유서가 강조되었다. 기사 어디에도 경찰에서 그런 내용을 공표했다고 나오지 않았지만 말이다. 기사와 함께 버지니아 루엘린과 루엘린 부인, 킨케이드의 사진들이 꽤 많이 곁들여져 있었다. 보도로 나올 때, 마크햄은 구겨진 신문들을 겨드랑이에 끼고 있었다.

"내 친구 유스티니아누스 황제(비잔틴제국의 황제로, '로마법대전'을

제8장 약 장 131

완성했다. - 역주)로군!"

반스가 마크햄에게 인사를 건넸다.

"몹시 놀랐다네, 아주 기쁘기도 하고. 자네가 이렇게 일어나서 돌아다니고 있으니 말일세. 그런데 아침식사는 했나? 시민의 의무에 헌신하려는 모습이 참으로 감동적이군!"

"나는 일요일 아침에 우리의 전문가 중 한 사람을 깨워야 했네. 그리고 자네가 건네준 타이핑된 편지와 종이를 과학 수사 연구소로 보내서 그에게 조사하라고 했지. 게다가 스웨커[10]를 침대 밖으로 끌어내서 사무실에 출근하라고 명령했네."

마크햄은 자신의 전매특허인 불쾌한 심기를 드러내며 툴툴거렸다.

반스는 조롱 섞인 얼굴로 감탄스럽다는 듯 고개를 흔들었다.

"자네가 이른 아침부터 바쁘게 움직인 이야기를 들으니 기가 팍 죽는군."

우리가 루엘린 저택에 도착하자 집사가 문을 열어주었다. 현관 안쪽의 널찍한 홀에서 히스가 무뚝뚝한 얼굴로 뭔가 참견을 하고 있는 모습이 보였다. 스니트킨과 설리번 또한 답답한 듯 담배를 뻐끔뻐끔 피면서 지루한 표정으로 그곳에 서 있었다.

마크햄이 물었다.

"뭐, 새로운 일이라도 있나, 경사?"

히스가 짜증 섞인 목소리로 말문을 열었다.

"새로운 일을 말하라고 하신다면, 검사님. 전 3시간을 자고 나서 여느 때처럼 기자들과 실랑이를 벌였습니다. 그리고 여기서 아무 데도 가지 않았고요. 검사님께 소식이 오기를 기다리면서 어슬렁거리고 있었지요."

---

10) 스웨커는 마크햄의 비서였다.

그는 여송연을 다른 쪽으로 옮겨 물었다.

"모두 집 안에 있습니다. 노부인은 8시 30분에 아래층으로 내려와 응접실과 분리되어 있는 책들이 있는 방에 틀어박혀 있었……."

반스가 히스에게 몸을 돌렸다.

"허, 과연! 그런데 그곳에 얼마나 머물렀나?"

"한 30분쯤이요. 그런 뒤 2층으로 도로 올라갔지요."

"젊은 숙녀에 관해 뭐 보고할 내용은 없나?"

"그녀는 상태가 아주 좋아진 것 같습니다. 걸어다니기도 하고, 이야기하는 소리도 들렸거든요. 케인 선생이 30분 전에 도착했지요. 그는 지금 그녀와 함께 이층에 있습니다."

"오늘 아침에 킨케이드를 보았나?"

히스가 씩씩거리며 말했다.

"물론 봤지요. 아침 일찍 환한 얼굴로 내려오던데요. 제게 마실 것까지 갖다 주려고 했습니다. 그리고 외출할 거라고 말하더군요. 그래서 그에게 지방검사님의 지시가 있을 때까지 꼼짝 않고 기다려야 한다고 말했지요."

반스가 물었다.

"그가 항의하던가?"

"전혀요. 그는 상관없다고 하더군요. 오히려 기뻐하는 것처럼 보였습니다. 자신은 전화로 일을 수행할 수 있다고 말하고는 진 리키(진과 탄산수에 라임 과즙을 탄 음료 – 역주) 한 잔을 가져오라고 지시하고 위층으로 올라갔습니다."

"그의 통화 내용을 들었으면 좋았을 텐데."

반스가 작은 소리로 말했다.

"들으셨어도 조금도 도움이 되지 않았을 겁니다."

히스는 넌더리가 난다는 듯한 몸짓을 하면서 낙심한 얼굴로 말했다.

"제가 여기서 통화를 엿들었지요. 킨케이드는 브로커의 집으로 전화를 했고, 블러드굿이라는 친구와 카지노의 지배인과 통화를 했습니다. 사업과 관련된 내용뿐이더군요. 여자한테 건 전화조차 없었죠."

반스가 무심히 물었다.

"시외 통화는 없었나?"

히스는 입에 물고 있던 여송연을 떼어내면서 반스에게 날카로운 눈길을 던졌다.

"예……. 한 통화 있었습니다. 클로스터 지역번호를 말하더군요……."

"아아!"

"하지만 연결되지 않았죠. 그래서 그냥 전화를 끊었습니다."

반스가 말했다.

"아주 실망스럽군. 자네 그 번호를 기억하나?"

히스는 의기양양한 태도로 싱글거리며 말했다.

"물론이죠. 전 번호를 모조리 알아냈습니다. 클로스터 바로 외곽에 있는 킨케이드의 산막 번호였습니다."

반스는 감탄스럽다는 듯 고개를 끄덕거렸다.

"훌륭하네! 그밖에 또 다른 일은 없었나, 경사?"

"그 젊은이가 20분쯤 전에 갑자기 나타났습니다……."

"린 루엘린 말인가?"

히스는 무심한 얼굴로 고개를 끄덕였다.

"안색이 좋아 보이지는 않았지만, 말씀하셨던 것처럼 환자 같아 보이지는 않았습니다. 발걸음이 기운찬데다, 저와 스니트킨에게 싸움을 걸려고까지 했으니까요."

경사가 심술궂은 미소를 지었다.

"그는 소식을 듣지 못한 모양입니다. 하지만 제가 이곳에서 얻은 정보에 의하면, 어차피 그는 관심도 갖지 않았을 겁니다. 저는 그에게 아무것도 발설하지 않았지요. 단지 친절하고 상냥한 말투로, 올라가서 어머니와 이야기하는 게 좋겠다고만 말했죠……. 이게 지금까지 있었던 흥미 있는 일 전부입니다."

반스는 낙심한 얼굴로 고개를 가로저었다.

"오늘 아침에는 그다지 도움이 되지 못하는군, 경사. 기대가 컸는데. 그렇지만……."

그는 마크햄을 쳐다보면서 수심에 잠긴 표정으로 한숨을 내쉬었다.

"우리는 일벌레 역할을 할 운명인가 보네, 친구. 쉴새없이 애써 일하는 일벌레들 말일세. 린이나 아멜리아와 이야기를 나눠봐야 하겠지. 하지만 먼저 버지니아의 방을 한 번 더 슬쩍 들여다봐야겠어. 어쩌면 간밤에 우리가 무언가를 빠트리고 보지 못했을지도 모르니."

그는 계단 쪽으로 걸어갔고, 마크햄과 나도 뒤따라갔다.

우리가 꼭대기 층계참에 다가가자 버지니아 루엘린의 방 쪽에서 히스테리 상태의 목소리가 들려왔다. 하지만 무슨 말을 하고 있는 건지 도무지 알아들을 수 없었다. 그런데 위층 복도에 발을 들여놓았을 때, 그 비극적인 장면이 우리 앞에 완전히 드러났다. 복도 끄트머리의 열려진 문을 통해서 루엘린 부인이 침대 가까이 등받이가 높은 의자에 앉아 있는 모습이 보였다. 그리고 그녀 앞에 무릎을 꿇고 있는 린 루엘린의 모습도 보였다. 그는 흥분한 얼굴로 어머니를 쳐다보면서 그녀의 두 팔을 꽉 붙들고 있었다. 여인은 앞으로 고개를 숙인 채 아들의 어깨 위에 손을 올려놓고 있었다. 모자는 둘 다 옆모습만 보였고, 분명히 계단 꼭대기에 서 있는 우리의 존재를 알아차리지 못한 듯했다.

린 루엘린이 격한 감정 속에서 흐느끼는 말소리가 이제 뚜렷하게 들려왔다.

"……여보, 여보."

그는 울부짖고 있었다.

"어머니가 하지 않았다고 말씀하세요! 오, 하느님, 어머니가 한 게 아니라고요! 제가 어머니를 사랑하는 거 아시잖아요. 전 이런 걸 원치 않았어요……! 그렇게 하시지 말았어야 했어요, 그렇잖아요, 어머니……?"

고통에 찬 남자의 음성에서 나는 한기가 느껴졌다.

반스는 우리가 복도에 있다는 사실을 알리려고 크게 헛기침을 했다. 그 소리에 모자가 우리 쪽으로 재빨리 고개를 돌렸다. 린 루엘린은 얼른 일어서 우리의 시야 밖으로 자리를 옮겼다. 우리가 복도를 따라가 방 안에 들어섰을 때, 그는 우리에게 등을 보인 채 북쪽 창가에 서 있었다. 루엘린 부인은 자리에서 일어나지 않았으나 허리를 꼿꼿하게 펴고 앉았고, 우리가 문지방을 넘어서자 엄격한 태도로 형식적으로 인사를 건넸다.

반스가 고개 숙여 인사하며 말했다.

"방해해서 죄송합니다, 부인. 하지만 히스 경사의 말로 미루어 저희는 이 방이 비어 있다고 생각했습니다. 그렇지 않았다면 저희의 방문을 미리 알려드렸을 겁니다."

여인이 침울한 어조로 대꾸했다.

"상관없어요. 아들이 이 방에 와보고 싶어했어요. 마음이 울적해서 그런 거겠죠. 저 애는 지금 막 며늘애가 죽었다는 얘기를 들었거든요."

린 루엘린은 창가에서 몸을 돌려 우리를 마주보고 섰다. 눈은 충혈됐고 눈꺼풀도 빨개져 있었다. 그는 눈물 자국을 닦아냈다.

"이런 모습을 보여드려서 죄송합니다, 여러분."

그는 반스를 향해 인사를 하며 변명했다.

"너무나 충격적인 소식이라서. 그 소식 때문에…… 그 소식 때문에 혼란스럽습니다……. 게다가 오늘 아침에는 몸도 좀 불편하고요."

반스가 동정심이 담긴 목소리로 맞장구쳤다.

"그럼요, 그렇죠. 이해할 수 있습니다. 비극적인 일이지요. 어젯밤에 저 역시 카지노에 있어서 당신이 지독한 쇼크 상태에 빠지었다는 걸 잘 알고 있습니다. 여동생분도 지난밤에 집에서 비슷한 경험을 했지요. 두 분 모두 회복되셔서 다행입니다."

루엘린은 건성으로 고개를 끄덕이고는 멍한 눈길로 주위를 둘러보았다.

"전…… 전 이해가 되지 않습니다."

그가 입속말로 말했다.

"그래서 저희가 최선을 다해 해결하려고 이렇게 온 겁니다. 잠시 후에 당신과 이야기를 좀 나눴으면 합니다만. 그동안 다른 장소에서 좀 기다려주시겠습니까? 저희가 먼저 조사할 게 몇 가지 있어서요."

반스가 말했다.

"응접실에서 기다리겠습니다."

그는 힘에 겨운 듯 문으로 걸어가다가 어머니 옆을 지나칠 때, 잠시 멈춰 서서 날카로우면서도 호소하는 듯한 눈길을 보냈다. 그녀는 의미 없는 차가운 시선으로 아들의 눈길을 되받았다.

그가 방을 떠나자 루엘린 부인이 평가하는 듯한 눈길을 반스에게 돌렸다.

"린은 지난밤에 일어난 비극들을 초래한 장본인이 나라고 비난했어요."

그녀가 찡그린 얼굴에 우울한 미소를 띠며 말했다.

반스는 이해한다는 듯 고개를 끄덕였다.

"유감스럽게도 저희도 아드님이 부인께 하는 말을 우연히 들었습니다. 모쪼록 부인, 오늘 아침에 아드님의 몸 상태가 좋지 않다는 사실을 유념하십시오."

여인은 반스가 하는 말을 듣지 않는 듯했다.

그녀가 변명하듯 말했다.

"물론, 그렇죠. 린이 자기가 한 말 속에 담긴 그런 무서운 암시들을 정말로 믿고 있는 건 아닐 거예요. 가엾게도 그 아이는 끔찍이도 괴로워하고 있어요. 모든 일들이 그 애에겐 크나큰 충격일 테니까요. 아들애는 무작정 사건의 원인을 밝히려 하고 있어요. 그래서 아마 내게 책임이 있을 거라는 막연한 두려움을 갖게 된 걸 거예요. 내가 그 아이에게 도움이 될 수 있으면 좋을 텐데. 그 애는 정말 고통스러워하고 있어요."

그녀의 이야기에서 드러나는 깊은 상심에도 불구하고, 목소리에서는 엄하면서도 꾸민 듯한 말투가 느껴졌다.

잠시 동안 반스는 그녀를 뚫어지게 쳐다보았다. 그는 생각에 잠긴 회색 눈동자로 그녀를 내려다보았다.

그가 입을 열었다.

"부인의 심정은 충분히 이해가 갑니다. 그런데 아드님이 왜 부인을 의심하는 걸까요?"

루엘린 부인은 대답을 망설였다. 그러다가 갑자기 고통스러운 결정을 내린 사람처럼 안면근육이 뻣뻣하게 경직되더니 말을 시작했다.

"당신에게 솔직하게 말하는 편이 낫겠군요. 나는 아들애의 결혼을 강하게 반대했죠. 며늘애가 마음에 들지 않았거든요. 아들한테 어울리는 아이가 아니었어요. 그래서 아마 내 그런 생각을 아들한테 지나치게 솔직하게 이야기했던 것 같아요. 그 점에 있어서 내 감정을 충분히 억제하지 못했던 게 새삼 걱정이 되네요. 하지만 내 아들의 행복과 직결된 그런 중요한 문제를 그냥 모른 체할 수는 없었어요."

그녀는 입술을 굳게 다물었다가 말을 계속 이었다.

"아들애가 내 태도를 오해했을지도 모르겠어요. 내가 의도했던 것보다 훨씬 더 진지하게 내 이야기를 받아들였을지도 모르잖아요. 내 감정을 실제보다 과대평가했을 수도 있단 말이에요."

반스는 신중한 태도로 고개를 끄덕였다.

"무슨 말씀인지 알겠습니다."

그가 나직이 말했다. 그리고 여인에게서 시선을 떼지 않은 채 바로 덧붙였다.

"부인과 아드님은 사이가 유별나게 가까운 편인가요?"

"그래요."

그녀가 다소 얼빠진 눈길로 반스를 힐끗 보면서 고개를 끄덕였다.

"그 애는 늘 내게 의지했어요."

"모성고착(母性固着)의 사례에 해당하는 것 같군요."

반스가 넌지시 말했다.

"그럴지도 모르겠어요."

그녀가 바닥을 내려다보다가 잠시 후에 말을 꺼냈다.

"그 때문에 당연히 아들애가 나를 두려워하고 의심하는 걸 거에요."

반스는 벽난로 쪽으로 걸어갔다.

"예, 그게 한 가지 이유가 될지 모르지요. 하지만 지금 당장 그 가능성에 대해 조사하지는 않을 생각입니다. 아마 차차 하게 되겠지요. 그동안에……."

여인이 자리에서 힘차게 일어섰다.

"내 방에 있을 테니 날 다시 만나고 싶으면 그리로 오세요."

그리고는 성난 몸짓으로 성큼성큼 방을 나가 문을 닫고 사라졌다.

반스는 깊은 생각에 잠긴 채 생기 없는 눈길로 담배 끄트머리를 주시했다.

"그런데 저렇게 세세하게 말하는 속내가 뭘까? 자신에 대해서는 조금도 걱정을 하지 않잖나. 게다가 아들이 무릎까지 꿇고 앉아 안절부절못하며 이성을 잃은 모습에 우리가 깜짝 놀라는 걸 오히려 기뻐하는 것처럼 보이니. 궁금해지는군……. 마음이 편치 않고 혼란스럽네, 마크햄."

그는 고개를 들고 꿈꾸는 듯한 눈길로 방 안을 둘러보았다.

"뭐, 새로운 거라도 찾을 수 있을지 살펴보세나. 뭐든 말일세. 사소한 암시를 주는 거라도 좋네. 사건의 전체적인 배경이 분명치 않고 흐릿해. 그럴 듯한 계략이 전혀 보이질 않는군. 정말이지, 마크햄, 난 도무지 모르겠네. 사고(思考)가 전혀 쓸모없지 뭔가. 하지만 어딘지 미심쩍은 데가 있어……."

그는 화장대 쪽으로 어슬렁거리며 걸어가 죽 놓여 있는 화장품들을 대충 훑어보았다.

"일상적인 물건뿐이야."

그가 맨 위 서랍을 열어 안을 들여다보면서 중얼거렸다.

"게다가 상당히 정리가 잘되어 있어. 아이쉐도우, 마스카라, 아이브라우 펜슬, 온갖 장신구 등등. 그런데 지난밤에는 사용한 흔적이 전혀 없네. 내가 전에도 말했지만, 이건 갑작스런 죽음을 암시하는 거네. 계획적인 죽음이 아니고 말일세."

그는 서랍을 닫고 벽난로 쪽으로 가다가 벽에 매달린 작은 책꽂이 앞에 멈춰 섰다.

"온통 천박한 프랑스 소설 일색이군. 이 젊은 부인은 문학적 취향이 고상하지 못했어."

그는 고풍스런 중국제 시계를 조사했다.

"적당히 흠집이 나 있군. 그래도 보관을 썩 잘했는데."

그리고는 벽난로로 몸을 기울였다.

"아무것도 없군."

반스는 애석하다는 듯한 얼굴로 투덜댔다.

"심지어 담배꽁초 하나 없네."

그는 각각의 가구와 장식물을 주의 깊게 살피며 계속해서 방을 죽 돌아보았다. 그러다가 침대 발치에 멈춰 섰다.

"여기에는 우리에게 도움이 될 만한 것이 하나도 없네, 마크햄."

그는 낙담한 표정으로 잠시 담배를 피우다가 열의 없는 태도로 방의 뒤쪽으로 향했다.

그가 한숨지으며 말했다.

"욕실을 다시 한번 살펴봐야겠어. 그저 예방차원에서 말이네
……."

그는 욕실로 가서 내부를 다시 점검하고 약장을 조사하면서 한동안 시간을 보냈다. 그가 침실로 다시 돌아왔을 때, 그의 두 눈에는 근심스런 빛이 담겨 있었다.

"정말 이상하네."

그가 딱히 누구에게라고 할 것 없이 혼잣말하듯 말했다. 그리고는 바로 마크햄을 쳐다보았다.

"간밤에 내가 욕실을 조사한 뒤, 누군가 약장에서 약병들 몇 개의 위치를 바꿔놓았어. 내 장담할 수 있네."

마크햄은 그 말에 강한 인상을 받은 것 같지는 않았다.

"왜 그렇게 생각하는 건가?"

마크햄이 조급하게 물었다.

"그리고 설사 그렇더라도 그게 뭐 대수인가?"

반스가 대꾸했다.

"두 가지 질문에 다 대답할 수 없네. 하지만 뭐라고 해야 할까? 지난밤에 나는 약장 안의 약병이나, 약상자, 튜브 용기에 든 약품 등의 대강의 배치 상태를 아주 명확하게 보아두었어. 사람들이 마음속에 피카소의 작품을 깊이 새겨 넣는 것처럼, 약품이 놓인 각도나 교차면과의 균형을 이룬 정확한 배치를 기억해두었단 말이네. 그런데 지금 전체적인 윤곽이나 각도의 균형과, 관계가 그때와 똑같지 않아. 간밤의 기준에 약간의 변형이 생겼단 말이네. 강제로 어떤 흔적을 제거하거나 혹은 어떤 선의 모양을 두드러지게 해놓은 듯해. 그림에 가필을 하거나 수정을 하는 것처럼 말일세. 하지만 약장에서 사라진 약품이 하나도 없는 것은 분명하네. 내가 약품을 일일이 확인해 보았어."

그는 담배를 깊이 빨았다.

"그렇지만 뭔가 두드러지게 부족한 것 같기도 하고, 위치가 바뀐 것 같기도 하고…… 그렇다네. 어딘가에 크레용 자국이 추가되거나 혹은 조금 지워진 것처럼 말이지."

"아주 심오하게 들리는군."

마크햄이 투덜거렸다.

반스가 맞장구쳤다.

"그럴 거네. 아마 그럴 거야. 아무튼 전혀 마음에 들지 않네. 내 미적 감각을 지독히도 혼란시키는군."

그는 어깨를 으쓱하고 침대 머리맡으로 다시 갔다.

그는 생각에 잠긴 채 침대 옆에 소탁자를 내려다보며 잠시 서 있었다. 소탁자 위에는 재떨이와 실크 갓을 씌운 전기스탠드가 놓여 있었다. 그때 그가 탁자의 작은 서랍을 천천히 잡아당겼다.

"이런!"

별안간 그가 서랍 안으로 손을 뻗어 철색 연발 권총을 꺼내며 말했다.

"지난밤에는 이것이 여기 없었네, 마크햄. 놀랍군!"

그는 권총을 세심히 조사했다. 그리고 나서 그대로 제자리에 돌려놓았다.

마크햄은 이제 한결 활기가 넘쳐보였다.

"어젯밤에 총이 거기 없었던 게 확실한가, 반스?"

"그렇다네. 분명히 없었네. 잘못 보았을 리 없어."

마크햄이 어리둥절한 얼굴로 조바심치며 물었다.

"그렇다 할지라도 그 총이 이번 독살사건들과 무슨 관련이 있겠나?"

반스가 차분한 어조로 인정했다.

"모르겠네. 그래도 학구적인 관심이 생기는걸…… 우리 아래층에 내려가서 불운한 린과 이야기를 나눠보는 게 어떻겠나."

제9장 고통스러운 면담

10월 16일 일요일 오전 10시 30분

우리가 응접실로 들어가니 린 루엘린은 낮고 푹신한 의자에 팔다리를 쭉 펴고 앉아서 파이프 담배를 피우고 있었다. 그는 우리를 보자 안간힘을 쓰며 간신히 일어나서 힘에 겨운 듯 중앙 탁자에 기대섰다.

"어떻게 된 일 같습니까?"

그가 까칠한 목소리로 물어보며 흐릿한 눈동자를 굴려서 우리를 한 사람씩 쭉 훑었다.

"아직은 전혀 모르겠습니다."

반스가 그를 보는 둥 마는 둥하면서 정면의 창가로 걸어갔다.

"사실 당신을 만나면 저희에게 도움이 되지 않을까 하는 기대를 갖고 있었습니다."

루엘린은 팔을 살짝 움직이며 요구에 고분고분 응하겠다는 몸짓을 취했다.

"뭐든 도와드리겠습니다. 하지만 제가 얼마나 도움이 될지 의문이군요. 간밤에 제게 무슨 일이 있었는지조차도 모르겠으니 말입니다. 돈을 엄청 많이 따고 있었던 것 같은 기억은 나지만요."

그의 어조가 쓸쓸해지더니 입가에 냉소가 떠올랐다.

"얼마나 따셨습니까?"

반스가 창가에서 돌아서지 않은 채 문득 생각난 듯 불쑥 물었다.

"3만 달러 넘게 땄습니다. 오늘 아침에 삼촌께서 저를 위해 그 돈을 금고에 보관해두셨다고 하더군요."

그는 얼굴에 잔뜩 힘을 주더니 다음 말을 이었다.

"하지만 그 놈의 뱅크를 브레이크하지 못한 게 한입니다."

"그런데……."

반스가 방의 중앙으로 돌아와 탁자 옆에 앉으며 운을 뗐다.

"어젯밤 위스키나 물을 마시면서 맛이 좀 특이하다고 느끼지는 않으셨습니까?"

"아니, 그런 것은 못 느꼈습니다."

그는 한 치의 망설임 없이 곧바로 대답했다.

"저도 오늘 아침에 그 점이 생각나서 기억을 더듬어 보았습니다. 하지만 물을 마실 때, 적어도 제 느낌상으로는 맛에 아무런 이상이 없었습니다……. 제가 그때 상당히 흥분해 있긴 했지만요."

그가 끝에 한 마디 덧붙였다.

"지난밤에 동생분이 어머님 방에서 물을 따라 마셨습니다."

반스가 말을 계속했다.

"그리고 쓰러진 후에 당신과 똑같은 증상을 보였습니다."

린 루엘린이 고개를 끄덕였다.

"알고 있습니다. 정말 어찌된 영문인지 모르겠습니다. 악몽을 꾸고 있는 것만 같습니다."

"그러게 말입니다."

반스가 그의 말에 동감을 표했다. 그런 후 잠시 말을 끊었다가 그를 힐끗 쳐다보았다.

"저기, 루엘린 씨, 부인께서 자살했을 수도 있다고 생각하십니까?"

루엘린이 소스라치게 놀라며 몸을 휙 돌리더니 눈을 동그랗게 뜨고 반스를 노려보았다.

"자살이라뇨? 말도 안 됩니다. 있을 수 없는 일이에요. 아내는 자살할 이유가 전혀 없었……."

그가 갑자기 말을 멈췄다. 그리고는 감정을 억누르는 듯한 부자연스러운 목소리로 다시 말을 시작했다.

"하지만 장담할 순 없겠죠. 정말 그랬을지도 모르는 일이니까요. 지금까지 그런 쪽으로는 전혀 생각해보지 않았지만……. 그럼 당신들은 정말로 자살이라고 생각하시는 겁니까?"

"그런 내용이 담긴 편지를 발견했습니다."

반스가 조용히 말했다.

루엘린은 잠시 아무 말이 없었다. 그는 불안정한 걸음으로 앞으로 몇 발짝 걸어갔다. 그런 다음 다시 돌아와서, 아까 우리가 들어올 때까지 앉아 있던 의자에 털썩 주저앉았다.

마침내 그가 입을 열었다.

"제가 좀 읽어볼 수 있을까요?"

반스가 퉁명스럽게 말했다.

"지금은 가지고 있지 않습니다. 나중에 보여드리지요. 타자기로 작성한 편지인데 당신 앞으로 되어 있더군요. 부인께서는 편지에, 이 집에서 사는 게 불행하다는 글을 남기셨습니다. 삼촌께서 잘해주셨다는 얘기도 있더군요. 그리고 당신이 룰렛에서 거액을 딸 수 있기를 바란다고 씌어 있었습니다. 떠나기 전에 마지막으로 필요한 말만 간략하게 남겨놓은 편지더군요. 반듯하게 접혀서 전화기 밑에 놓여 있었지요."

루엘린은 꼼짝도 하지 않았다. 그는 정면을 똑바로 응시한 채 한마디도 하지 않았으며 아무런 표정도 짓지 않았다. 그래서 그가 무슨 생각을 하는지 도통 알 수 없었다.

결국 반스가 다시 말을 꺼내어 물었다.

"혹시, 권총을 가지고 계십니까, 루엘린 씨?"

루엘린은 몸을 뻣뻣이 세우며 앉더니, 이내 의아한 표정을 지으며 반스를 쳐다보았다.

"예, 가지고 있습니다만……. 그런 건 뭣 땜에 물으시는지 모르겠군요."

"그러면 권총은 대개 어디에 보관하십니까?"

"침대 옆에 있는 탁자의 서랍에 넣어둡니다. 강도가 들어 크게 놀란 일이 두세 번 있어서요."

"간밤에 탁자 서랍을 봤을 때는 권총이 없던데요."

"그랬을 겁니다. 실은 제가 가지고 나갔거든요."

루엘린은 얼굴을 찡그린 채 아직도 어리둥절해하며 반스를 유심히 쳐다보았다.

"외출하실 때 항상 권총을 가지고 나가십니까?"

반스가 물었다.

"아닙니다. 가지고 나가는 경우는 드뭅니다. 하지만 카지노에 갈 때는 대개 가지고 나갑니다."

"왜 유독 카지노에 갈 때만 그렇게 챙겨 가시는 겁니까?"

루엘린이 바로 대답을 하지 못하고 머뭇거렸다. 그의 두 눈에 증오심이 드러나면서 이글이글 타오르는 게 보였다.

"거기서 제가 무슨 일을 당할지 몰라 불안해서입니다."

마침내 그가 앙 다문 잇새로 말했다.

"삼촌과 저 사이에는 이제 더 잃을 애정도 남아 있지 않습니다. 삼촌은 제 돈을 뺏고 싶어하고, 저는 삼촌의 돈을 뺏고 싶어하지요. 툭 터놓고 말씀드리자면, 저는 삼촌을 믿지 않습니다. 결국 어젯밤의 일이 삼촌에 대한 저의 그런 의심이 맞았는지 틀렸는지를 증명해줄 수 있을 겁니다. 하여튼 제게는 어젯밤에 일어난 일에 대해 추측되는 바가 있습니다."

반스가 냉담하게 대꾸했다.

"지금은 그 추측을 듣지 않겠습니다, 루엘린 씨. 저도 여러 추측을 하고 있습니다. 하지만 그런 추측들을 진실로 혼동해서는 안 되지요……. 그러면 지난밤 카지노에 갈 때 권총을 가지고 나갔다가 오늘 아침에 탁자 서랍에 도로 넣어두셨군요. 맞습니까?"

루엘린이 저돌적으로 말했다.

"예! 말씀하신 그대로입니다."

이번에는 마크햄이 질문을 던졌다.

"총기소지 허가는 받으셨습니까?"

"물론입니다."

루엘린이 다시 의자 뒤로 푹 기대앉으며 답했다.

반스는 다시 자리에서 일어나 그를 내려다보며 서 있다가 물었다.

"블러드굿 씨는 어떻습니까? 당신이 불안해하는 이유에 그 사람도 포함됩니까?"

"삼촌도 못 믿지만 블러드굿이라고 해서 조금이라도 더 믿음이 가는 건 아닙니다. 그런 뜻으로 물으신 거라면요."

루엘린은 주저 없이 바로 대꾸했다.

"그는 삼촌이 시키는 대로 하죠. 삼촌이 시키는 일은 뭐든 다 할 친구입니다. 그는 워낙 냉정해서, 마음먹고 부정한 계획을 세운다면 얼마든지 목적을 이룰 수 있을 겁니다."

반스가 이해한다는 듯 고개를 끄덕였다.

"예, 정말 그럴 것 같더군요. 그리고 무슨 뜻으로 하신 말씀인지도 알겠습니다. 그런데 어머님께 듣자 하니, 블러드굿 씨는 동생분과 결혼하고 싶어한다던데요."

"맞습니다. 왜 안 그렇겠습니까? 그에게는 정말 좋은 결혼 상대가 아닙니까?"

"어머님께서는 동생분이 몇 차례 청혼을 받았지만 매번 거절했다고 하더군요."

"괜히 그러는 겁니다."

그의 목소리에는 빈정거리는 투가 살짝 배어 있었다.

"동생은 예술에 대한 열정이 그다지 깊지 않습니다. 잠시 인생이 지겨워서 관심을 쏟는 것뿐이지요. 하지만 언젠가는 그런 따분함에서 헤어나오겠죠. 그리고는 결국 블러드굿과 결혼할 겁니다. 동생은 겉으로는 냉담하게 굴지만 내심 블러드굿을 좋아하고 있습니다."

그는 잠시 말을 끊었다가 비웃음을 머금고 이어 말했다.

"두 사람, 정말 잘 어울리는 한 쌍이 될 겁니다."

반스가 낮은 목소리로 말했다.

"그렇군요. 그러면 케인 선생은……?"

"아아, 그 친구는 동생에게 아무것도 아닙니다. 아멜리아를 진심으로 좋아하지만 언제까지나 동생의 노예 신세를 면치 못할 겁니다. 케인은 평생 제 동생을 폴라 탱커리로 삼아 케일리 드러믈 역이나 할 운명입니다(두 사람은 영국의 극작가 피네로가 쓴 연극 「두 번째 탱커리 부인」에 나오는 인물들이다. 폴라 탱커리는 어두운 과거가 있는 여주인공으로, 오브리 탱커리의 동료들의 반대를 무릅쓰고 그의 두 번째 부인이 된다. 케일리 드러믈은 오브리 탱커리의 친구로 이 두 사람이 평탄하게 살 수 있도록 자신이 할 수 있는 모든 일을 헌신적으로 한다. - 역주). 그런데 동생은 그걸 상당히 즐기고 있습니다. 참으로 이기적이죠."

반스가 말했다.

"비정상적인 집안이군요."

루엘린은 그 말에 성을 내지 않았다. 다만 적의를 드러내며 이렇게 말했다.

"딱 들어맞는 표현입니다. 정말 정상적인 것과는 거리가 멀지요. 돈 많은 오래된 집안들이 으레 그렇듯, 저희도 증오심을 품거나 음모를 꾸미는 것 말고는 인생에 아무런 목적이 없습니다."

반스는 애처로움이 담긴 듯한 멍한 눈길로 그를 쳐다보았다. 하지만 그 눈길에는 호기심도 어려 있었다.

"독물에 대해 좀 아십니까?"

그가 난데없는 질문을 던졌다.

린은 듣기 거북하게 낄낄 웃어댔다. 그런 질문을 받고도 전혀 당혹스러워하지 않는 것 같았다.

"아니오."

그가 서슴없이 대답했다.

"하지만 저희 집 주변에는 독물에 대해 꽤나 많이 알고 있는 사람이 있긴 합니다."

반스가 손을 대충 휘둘러 가리키며 말했다.

"저쪽의 조그만 서재에 보니, 독물에 대해 상당히 자세히 다룬 책이 몇 권 있더군요."

루엘린은 놀라서 벌떡 일어섰다.

"설마요! 독물에 관한 책들이라니……. 저희 집에 말입니까?"

그는 눈을 부릅뜬 채 잠시 반스를 주시했다. 두 눈 속에는 놀라움과 두려움이 섞여 있는 듯했다. 그러다가 도로 의자에 털썩 주저앉아 파이프를 만지작거렸다.

"제 얘기를 듣고 놀라셨습니까?"

반스가 유난히 상냥한 목소리로 말했다.

"아니, 아닙니다. 놀라지 않았습니다."

루엘린이 거의 들리지 않을 만큼 작은 목소리로 대답했다.

"처음에만 잠깐 놀란 것 같습니다. 가슴이 철렁 내려앉을 만한 뭔가가 생각나서요. 그러다가 곧 아버지가 과학 분야에 호기심이 많으셨다는 것이 기억났습니다……. 아마도 오래 전 아버지가 보시던 책들일 겁니다……."

루엘린이 생각에 잠기면서 이맛살을 찌푸렸다. 그러다 이제는 더 심각한 생각에 빠졌는지 두 눈까지 가늘어졌다. 불쾌한 의혹들이 연이어 머릿속을 지나가는 듯 거의 경직된 채로 꼼짝도 하지 않았다.

반스는 보지 않는 척하면서 잠깐 동안 슬그머니 그를 살펴보다가 입을 열었다.

"지금은 이것으로 됐습니다, 루엘린 씨."

그가 공손한 어조로 나가도 좋다는 말을 했다.

"올라가보셔도 됩니다. 당신의 도움이 또 필요해지면 알려드리겠습니다. 오늘은 집에 계시면서 쉬시는 게 좋을 것 같군요. 괜히 독물학 서적 얘기를 꺼내서 혼란스럽게 해드려 죄송합니다."

루엘린은 이미 일어나서 문가까지 가 있었다.

"저를 혼란스럽게 하셨다니 천만의 말씀입니다."

그가 멈춰 서며 말했다.

"그리고 아시겠지만 케인은 의사이고, 블러드굿은 대학 때 화학 학사 학위도 땄습니다. 또 삼촌은 여행기를 몇 권 쓰셨는데, 그중 한 책에는 동양의 독물에 관한 내용이 한 장 전체를 차지하고……."

"예, 예, 지금 무슨 말씀을 하시려는지 잘 알겠습니다."

반스가 듣기 거북하다는 듯 그의 말을 끊었다.

"당연히 그 분들은 책을 참고하지 않아도 독에 대해 잘 아실 테죠. 그러니 어제 발생한 일에 그 책들이 자료로 쓰였다면, 사건의 수사망은 당신과 당신 어머니, 그리고 동생분으로 범위가 좁혀질 수 있습니다. 그런데 당신과 동생분 모두 사건의 희생자였습니다. 결국 그 책들을 악용했을 만한 사람은 당신 어머님 한 사람만 남게 되는 셈이죠……. 당신 머릿속에 대충 이런 생각들이 떠올랐던 거겠죠……. 아닙니까?"

루엘린은 공격적인 태도를 취하며 꼿꼿이 섰다.

"아니오, 그런 생각은 결단코 하지 않았습니다!"

그가 강경하게 반박했다.

"그럼 제가 잘못 생각했군요."

반스가 이상하게도 동정심이 섞인 어조로 중얼거렸다.

"그건 그렇고, 루엘린 씨, 제가 당신께 물어보려고 했던 게 있었습니다. 혹시 오늘 아침에 무슨 목적으로든 약장에 손을 대신 적이 있으신지요?"

루엘린은 생각에 잠긴 얼굴로 고개를 가로저었다.

"아니오……. 손대지 않았습니다."

"제 말에 마음 쓰지 마십시오. 누군가 약장을 건드렸기에 그냥 물어본 겁니다."

반스는 다시 자신이 앉았던 의자로 돌아왔고, 루엘린은 어깨를 으쓱하고는 응접실을 나갔다.

마크햄이 물었다.

"저 친구를 어떻게 생각하나, 반스?"

반스는 생각에 잠긴 얼굴로 한숨지으며 말했다.

"그는 지금 괴로워하고 있네. 머릿속이 끔찍한 생각들로 가득 차 있으니까. 그리고 자기 엄마에 대해 지독히도 걱정하고 있네. 슬픈 일이야……."

"루엘린이 어젯밤 일에 대해 추측되는 바가 있다고 했잖나. 왜 그 얘기를 하라고 다그치지 않았나?"

"그랬다면 그의 지금 심정이 어떠한지만 드러나게 됐을 테고, 결

국 아주 가슴이 아팠을 걸세. 그래, 아주 가슴 아팠을 거야. 나는
지금도 슬픔으로 마음이 터질 지경이네. 더 이상은 감당할 수 없단
말일세, 마크햄. 마음 같아서는 여기서 멀리 떠났으면 좋겠어. 밖에
나가 햇볕을 쬐고 싶네. 산타클로스도 보고 싶고. 진짜 유럽산 가자
미도 먹고 싶어. 베토벤의 현악4중주 C단조도 들었으면 좋겠네
……."

제 *10*장 검시 보고서

10월 16일 일요일 오전 11시 15분

히스 경사가 문간에 나타났다.

"그 젊은 의사가 방금 내려왔습니다. 만나보시겠습니까, 반스 씨?"

반스는 망설이다가 고개를 끄덕였다.

"그러지, 그에게 이리로 와 달라고 전해 주겠나, 경사?"

히스가 사라지고 잠시 뒤에 케인 선생이 거실로 들어왔다. 그는 충분한 수면을 취하지 못한 사람처럼 지쳐 보였고, 안색도 초췌해 보였다. 하지만 그의 눈빛에 보이던 긴장감이나 불안감은 사라지고 없었다. 우리에게 인사를 건넬 때, 태도는 거의 유쾌해 보이기까지 했다.

반스가 물었다.

"오늘 아침 환자의 상태는 어떻습니까?"

"거의 정상이나 다름없습니다, 반스 씨. 간밤에 여러분들이 돌아가신 뒤 저는 여기에 두어 시간쯤 더 머물렀습니다. 제가 떠날 때 루엘린 양은 평화롭게 잠이 든 상태였지요. 물론 오늘 아침도 그녀는 기운이 없고 몹시 불안한 상태입니다. 하지만 맥박이나 호흡, 혈압은 정상으로 돌아왔습니다."

"약물에 관해서 뭔가 의견이 있으십니까? 지난밤 루엘린 양의 몸

카지노 살인사건

에 이상을 초래했던 약물이 무엇인지에 대해서 말입니다."

반스가 질문을 던졌다.

케인 선생은 입을 오므리고 허공을 쳐다보았다.

"아니오."

한참만에 그가 대답했다.

"하지만 물론 그 문제에 대해서 많이 생각해 보았습니다. 그녀의 증상은 흔히 볼 수 있는 허탈 상태였습니다. 특이한 점은 전혀 없었지요. 치료를 한 사람으로서 말씀드리자면, 그런 상태를 초래하는 약물은 수없이 많습니다. 누구든 바르비투르산염이 함유된 다양한 특허 매약 수면제를 과용하면 그런 결과를 가져올 수 있었을 겁니다. 하지만 아시다시피, 이 자리에서 아무렇게나 제 생각을 말씀드리고 싶지 않습니다. 병원에 돌아가는 대로 그 문제에 대해서 좀더 조사를 해볼 생각입니다."

반스는 더 이상 그 주제를 거론하지 않았다. 그는 의사를 돌아가게 하고는 집사를 데려오도록 했다.

스미스는 변함없이 침착해 보였으나, 여전히 안색이 창백했다.

반스가 말했다.

"루엘린 양에게 우리가 몇 마디 나누고 싶다고 전해 주게. 루엘린 양의 방이든 아니면 여기 응접실이든, 편하실 대로 하시라고 하게."

집사가 알겠다는 듯 고개를 숙여 보이고는 응접실을 나갔다. 잠시 뒤 그가 되돌아와서, 자신의 방에서 우리를 만나겠다는 루엘린 양의 말을 전했다. 그래서 우리는 이층으로 올라갔다.

그녀는 정성들여 수를 놓은 일본식 파자마를 입은 채 긴 안락의자에 누워 있었다. 그녀 옆에는 붉은색 옻칠을 한 자그마한 둥근 탁자가 놓여 있었다. 그 탁자 위는 담배를 필 수 있도록 완벽하게 준비되어 있었고, 또한 미술 잡지 두세 권과 아르키펭코(1887~1964;러시아 태생의 미국 조각가 – 역주)의 모조품인 추상적 형태의 은백색 작은 조상(彫像)도 놓여 있었다. 그녀는 고개만 까딱거려 우리에게 인사를 건네고 냉소적인 미소를 지었다.

"케인 선생에게 얘기를 들었어요. 당신 덕에 제가 '시체로 검시당할 위기'를 간신히 모면했다는 말을요."

반스가 진지하게 대답했다.

"이렇게 좋아진 모습을 뵈니 저희도 기쁠 따름입니다."

그녀가 씁쓸한 어조로 말했다.

"하지만 누군가는 제가 회복한 일을 그렇게 너그러운 관점에서 받아들이지 않을 것이 틀림없어요."

그녀는 어깨를 약간 으쓱하고는 얼굴을 찌푸렸다.

"어쩐지 제가 보르지아가를 방문한 손님(1962년 발표된 레이첼 카슨 여사의 「침묵의 봄」, 11장 '보르지아가의 손님들'을 인용한 것임. '침묵의 봄'은 평화롭고 아름다운 한 시골 마을이 어느 날부터 갑자기 원인 모를 질병과 죽음으로 고통 받게 된다는 암시적 우화로 시작된다. 11장에서는 오염된 식품을 통해 소량이지만 서서히 오랜 기간 체내에 누적되는 화학물질의 영향을 다루고 있다. – 역주)이 된 기분이에요. 오늘 아침에 토스트를 먹고 커피를 마시면서 정말 몹시 두려웠거든요."

반스는 이해가 된다는 듯 고개를 끄덕였다.

"하지만 당신이 더 이상 불안해할 필요가 있을지 의문이군요. 간밤에는 뭔가 일이 잘못되었던 거니까요. 독살자는 동시에 뜻밖의 사건이 발생해 틀림없이 길을 잃었을 겁니다. 그러니 범인이 자신의 방향을 새로 잡고 다른 작전 계획을 세우기 전에, 우리가 상황을 확실히 지배할 수 있으리라고 생각합니다. 이제 우리는 적어도 사건이 어떻게 일어날지 정도는 알고 있으니까요."

아멜리아 루엘린은 어리둥절한 눈길로 쳐다보았다. 그녀의 얼굴에서 냉소적인 표정이 모두 사라지고 없었다.

그녀가 말했다.

"지금 그 말은 털어놓는 얘기 이상으로 당신이 뭔가를 알고 있으시다는 것처럼 들리는데요."

"예, 그렇습니다. 꽤 많이 알고 있지요. 하지만 충분할 정도는 아닙니다. 아직도 앞으로 더 나아가야 합니다. 늘 희망을 잃지 않아야죠……. 그런데 오빠분을 만나보셨습니까? 완전히 회복하셨더군요. 당신보다 심한 쇼크 상태를 겪었는데."

그녀가 생각에 잠긴 채 대답했다.

"예. 저희 두 사람은 실패작이에요. 아시다시피, 저희는 상당히 비슷해요. 항상 누군가를 실망시킨다는 점에서요."

반스가 말했다.

"이번 사건에서 저는 어떤 일이 있어도 당신을 실망시키지 않을 거라 생각합니다. 그런데 제가 당신의 옷장을 슬쩍 들여다보고 약간의 실험을 좀 했으면 하는데 괜찮겠습니까?"

"슬쩍 들여다보고 실험하는 거 좋죠. 그렇게 하세요."

그녀는 거의 즐거운 듯한 태도로 자신의 왼쪽에 있는 문을 향해 팔을 흔들었다.

반스는 옷장 쪽으로 가서 그 문을 열었다. 거기는 그녀가 전날 밤에 우리에게 설명했듯이 저택의 남쪽 날개에 위치한 두 개의 독립된 방을 연결시키는 구식의 통로였다. 오른쪽에는 신발 수납 선반과 작은 장이 있었고, 왼쪽에는 옷과 화장복 등이 한 줄로 죽 걸려 있었다. 통로 중간 지점에 백조 목형의 수도꼭지 두 개가 달린 대리석 상판의 세면기가 여전히 남아 있었다. 임시방편으로 옷장으로 사용하는 통로의 반대편 끄트머리에 다른 문 하나가 눈에 들어왔다. 반스는 그쪽으로 가서 문을 열었다. 우리는 버지니아 루엘린이 비극적인 죽음을 맞았던 커다란 침실을 빈틈없이 볼 수 있었다.

반스는 우리 쪽으로 다시 돌아와서 나를 바라보며 말했다.

"반, 이쪽 문을 닫은 뒤, 저쪽 방에 가서 저 문도 닫고 침대 옆에 서 있게. 그 다음에 아주 큰 소리로 나를 부르게. 내가 저쪽 문을 두드리는 소리가 들리면 똑같은 크기로 다시 부르게."

나는 옷장을 통해 건너편 방으로 갔다. 그리고 버지니아 루엘린이 죽어 누워 있었던 침대 옆에 서서 큰 소리로 소리쳤다. 잠시 후 나는 반스가 문을 두드리는 소리를 들었다. 그래서 다시 큰 소리로 외쳤다. 그때 반스가 문을 열었다.

"다 끝났네, 반. 정말 고맙네."

우리가 다시 아멜리아 루엘린의 방으로 돌아가자 그녀가 조롱하는 듯한 눈빛으로 반스를 바라보더니 물었다.

"그래서 뭘 알아내셨나요, 르콕 탐정님(프랑스 작가 에밀 가보리오가 창조한 르콕 탐정은 추리소설 역사상 에드가 앨런 포의 뒤팽을 잇는 두 번째 탐정으로, 경찰관이라는 공적인 지위에서 사건을 해결하는 최초의 주인공이다. - 역주)?"

"그저 당신이 우리에게 말했던 두 방 사이의 방음 가능성에 대한 사실을 확인했을 뿐입니다."

반스가 태연스레 말했다.

"양쪽의 문을 닫고서는 반 다인 씨의 소리가 들리지 않았지만, 옷장 안에 서 있는 동안에는 뚜렷하게 들리더군요."

그녀는 연극적인 태도로 한숨을 깊이 내쉬었다

"이번만은 정직성이 입증되어서 정말 다행이에요. 엄마가 절 비난할 때 늘 내세우는 게 제가 진실을 말하지 않고 언제나 거짓을 말한다는 거니까요."

"당신 어머님 이야기라면……."

반스가 자리에 앉아서 진지한 눈길로 그녀를 응시했다.

"간밤에 당신 어머님의 방에서 정확히 어떻게 물을 마시게 되었는지 저희에게 말해주셨으면 합니다."

아멜리아 루엘린은 심상치 않은 반스의 어조에 얼른 진지한 태도를 취했다.

"사람이 왜 물을 마시게 되죠? 저는 단지 갈증을 느꼈고, 그래서 무의식적으로 옆에 있던 물병에 손을 뻗었던 것뿐이에요. 엄마가 돌아오실 때까지 저는 그 방에서 기다릴 생각이었죠. 마음이 뒤숭숭해서 누군가와 이야기를 나누고 싶었거든요."

"물에서 뭔가 이상한 맛이 나지는 않았나요?"

"아니요."

"병에 물이 얼마나 있었습니까?"

"간신히 한 컵 정도요. 단언할 수는 없지만 물이 더 있었으면 좋겠다고 생각했던 것 같아요. 하지만 몸이 나른해서 일어날 수 없었어요. 더군다나 엄마가 돌아오셨을 때는 머리가 지끈거리고 귓속이 울려서 도통 기운이 없더군요. 그래서 마음도 혼란스럽고 해서 그냥 제 방으로 가려고 했어요. 제가 기억할 수 있는 건 이것뿐이에요."

"당신 어머님이 방에 돌아오신 건 똑똑히 기억납니까?"

"그럼요. 엄마와 저는 뭔가에 대해서 서로 이야기까지 나눴는 걸요. 무슨 이야기를 나눴는지는 확실히 기억나지 않지만요. 틀림없이 두통이 심하다고 투덜댔을 거예요. 그땐 주위의 모든 것이 빙빙 돌아가는 것 같았거든요."

"처음 갈증을 느꼈을 때, 어머님께 그 사실을 이야기했습니까? 그러니까 물을 마시기 전에 말입니다."

그녀는 잠시 생각에 잠겼다가 질문에 대답했다.

"아니요. 엄마는 당신과의 면담을 위해 화장대 앞에 앉아서 단장을 하셨어요. 그때 엄마와 제가 서로 이야기를 나눴다고는 생각지 않아요. 저는 그저 손을 뻗어서 물병에 있던 물을 마음대로 마셨어요. 그리고 엄마가 당당하고 도도한 태도로 방에서 나가셨지요."

반스가 다시 물었다.

"지난밤 당신 방에 있던 물병의 물은 어땠습니까? 하녀는 물병에 물을 채워놓았다고 말하더군요. 그런데 당신이 어머님 방에서 의식을 잃고 쓰러진 동안 물병을 점검해보니 물병은 비어 있었습니다."

그녀의 두 눈이 약간 휘둥그레졌다.

"맞아요. 물병은 비어 있었을 거예요. 어젯밤 일찍 스케치를 하는 동안에 물병에 있던 물을 제가 다 마셨거든요. 제 방 물병에도 독이 들어 있었던 건가요?"

반스가 고개를 저었다.

"아니오, 그렇지 않았을 겁니다. 당신이 그 물을 마신 후에 시간이 너무 많이 경과했습니다. 최대한으로 잡아도 30분 내에는 약물의 효과가 나타났어야 되거든요……."

별안간 반스가 몸을 돌려 복도 쪽으로 난 문으로 조용히 다가갔다. 그는 손잡이를 조심스럽게 돌려서 재빨리 안쪽으로 문을 잡아당겨 열었다. 복도에 리처드 킨케이드가 우리를 마주보며 서 있었다.

킨케이드는 반스의 갑작스런 행동으로 당황했을 텐데도 그런 기색을 내보이지 않았다. 그는 얼굴의 근육 하나조차 움직이지 않았다. 킨케이드는 천천히 입에서 담배를 떼어내고 냉랭한 태도로 형식적으로 인사를 건넸다.

그가 냉정하고 침착한 목소리로 입을 열었다.

"안녕하십니까, 반스 씨. 제 조카딸의 상태에 대해 물어보려고 내려왔습니다. 그런데 방에서 말소리가 들리기에 당신과 마크햄 씨가 여기 계시구나 하고 생각했지요. 어쨌든 당신들을 방해하고 싶지 않았습니다. 그러나 아무래도 제 기척을 들으셨나 보군요……."

"예, 예. 저는 누군가 문 밖에서 움직이는 소리를 들었습니다."

반스가 한쪽으로 비켜섰다.

"저희들은 루엘린 양에게 몇 가지 물어보고 있던 참이었습니다. 하지만 이제 다 끝났습니다…… 오늘 아침에 루엘린 양은 한결 나아졌습니다."

킨케이드는 방으로 들어가서 형식적인 인사말을 한두 마디 늘어놓은 뒤 자리에 앉았다.

"뭐 새로운 사실이라도 있습니까?"

그가 고개를 들어 날카롭고 빈틈없는 시선으로 반스를 쳐다보며 물었다.

"아, 꽤 많이 있지요."

반스가 애매한 투로 대꾸했다.

"이를테면, 저희는 단을 거두고 있는 중입니다. 그런데 아직 단을 기쁜 마음으로 거두는 건 아닙니다(시편 126장 5, 6절에서 인용한 것임. - 역주)……. 하지만 당신과 이렇게 우연히 마주치게 되어 다행입니다. 떠나기 전에 블러드굿 씨의 주소를 여쭤볼 생각이었거든요. 블러드굿 씨와 특히 이야기를 좀 나눠보고 싶어서요."

킨케이드의 턱이 바짝 당겨졌고, 눈빛이 더 냉랭해졌다. 하지만 반스의 말에 그가 허를 찔렸다는 암시가 될 만한 변화는 전혀 없었다.

"블러드굿은 22번가에 있는 아스토리아 호텔에 삽니다."

그가 말했다. 그리고는 옆에 있는 재떨이에 천천히 담뱃재를 털었다. 그리고 다소 경멸조의 말투로 덧붙였다.

"잘못 짚으신 것 같군요. 그래도 어쨌든 반드시 찾아가서 심문하십시오. 그는 종일 호텔에 있을 겁니다. 이제 막 그와 통화를 끝내서 잘 알지요. 하지만 괜한 시간 낭비만 하는 셈일 겁니다. 블러드 굿은 정직한 사람이니까요."

반스가 나직하게 말했다.

"실은, 저는 블러드굿 씨를 잘 모릅니다. 그러나 사실상 어젯밤 카지노에서 린 루엘린 씨에게 물을 주문해준 이가 바로 그이지 않습니까. 그러니 그 문제에 대해서 본인의 의견을 듣는 것은 흥미로운 일일 테지요. 그렇지 않습니까?"

아멜리아 루엘린은 블러드굿의 이름이 언급되자 눈에 띄게 몸이 굳어졌다. 이제는 자리에서까지 일어서서 이글이글 타는 듯한 눈빛으로 반스를 뚫어지게 쳐다보고 있었다.

"그게 무슨 뜻이죠?"

그녀가 따지듯 물었다.

"블러드굿 씨가 린 오빠에게 독약을 먹였다고 고발하시는 건가요?"

"이런, 아멜리아 양!"

"그런 거라면, 어젯밤에 우리 가족에게 일어났던 모든 일에 대해 누가 정확히 책임을 져야 하는지 제가 알려드리지요."

그녀가 성난 어조로 쌀쌀맞게 말을 이었다.

반스는 차분한 태도로 그녀를 응시했다. 그리고 그녀의 말투에 필적할 만한 냉랭한 어조로 되받아쳤다.

"루엘린 양, 진실이 밝혀지게 되면 당신의 증언은 필요가 없을 겁니다."

반스는 그녀와 킨케이드에게 예의바르게 인사를 건넸다. 그리고 우리는 아멜리아의 방을 나섰다.

우리가 아래층으로 막 내려가려고 할 때, 반스가 잠시 머뭇거리다 복도를 따라 루엘린 부인의 방 쪽으로 갔다.

"그다지 중요하지는 않지만 떠나기 전에 안주인에게 말하고 싶은 문제가 하나 있네."

반스가 문을 똑똑 두드리면서 마크햄에게 설명해주었다.

루엘린 부인은 마지못해 우리를 방 안으로 들였다. 그녀의 태도에는 적대감이 두드러지게 나타나 있었다.

반스는 방해한 점에 대해 사과했다.

"부인이 흥미 있어 하실 만한 사실을 하나 말씀드리려는 것뿐입니다. 다름이 아니라 제가 아드님께 아래층 서재에 있는 독물학 서적에 대해 이야기하니 몹시 당황해 하더군요. 아드님은 그런 책들이 있었는지조차 모르는 듯했습니다."

"그런데 어째서 내가 그 일에 흥미 있어 한다는 거죠?"

그녀가 경멸 섞인 태도로 쌀쌀맞게 쏘아붙였다.

"내 아들은 책을 많이 읽지 않아요. 그 애는 문학적 욕구를 주로 연극으로 충족하죠. 아버지가 남긴 어떤 책이라도 린이 그 제목을 알고 있을지 의문이네요. 아마 과학 탐구보다 아들애의 흥미에 맞지 않는 건 없을 거예요. 또한 이 집안에 독물학에 관한 책들이 존재한다는 사실에 린이 혼란스러워하는 건 아주 당연한 일이잖아요. 간밤에 그 아이가 겪었던 경험을 고려해보면 말이에요."

반스는 설명이 만족스럽다는 듯 고개를 끄덕거렸다.

"꽤 그럴 듯한 설명이로군요."

그가 작은 소리로 말했다.

"그럼, 아마도 오늘 아침 부인이 서재에서 어째서 얼마간의 시간을 보내셨는지에 대해서도 그럴 듯한 설명을 하실 수 있겠군요."

"내 행동을 몰래 염탐하고 있는 거요!"

그녀는 격분한 듯 날카롭고 엄한 어조로 이렇게 내뱉었다. 그러나 다음 순간 여인의 태도에 돌연 변화가 나타났다. 그녀의 눈이 가늘어지면서 입가에는 교활한 미소가 번졌다.

"그러니까 당신이 암시하는 건, 독약에 관해 상세하게 다룬 책들에서 내가 정보를 구하고 있었다는 뜻이로군요."

반스는 다음 말을 기다렸고 여인이 계속 말을 이었다.

"그래요, 내가 하고 있었던 일이 바로 그거예요. 당신들의 수사에 도움이 될까 해서, 일반적인 독약 중에서 어젯밤에 내 아들과 딸의 상태에 원인이 됐을지도 모르는 것을 찾아보고 있었어요."

"그래서 관계가 있을 법한 그런 독약을 찾으셨습니까, 부인?"

"아니요! 찾지 못했어요."

반스는 그쯤에서 심문을 그만뒀다. 그리고 작별을 고하며 덧붙였다.

"이제 염탐을 하지 않을 생각입니다. 적어도 당분간은 말이지요. 경찰들이 댁에서 철수할 테니 부인이나 가족분 모두 마음대로 자유롭게 출입을 하셔도 됩니다."

우리가 다시 아래층으로 내려오자 마크햄이 반스를 응접실로 끌고 들어갔다.

"이보게, 반스, 좀 성급한 거 아닌가?"

그가 몹시 걱정스런 얼굴로 물었다.

반스가 그를 나무라듯 말했다.

"이런, 마크햄, 나는 전혀 성급하지 않네. 천천히 조심스럽게 걷고 있지. 인간 거북이라도 된 것처럼 말이야. 내가 행하는 모든 일에는 반드시 이유가 있네. 그러니 지금 루엘린 저택에서 일시적으로 경찰들을 모두 철수시키는 데에도 중요한 이유가 있단 말일세."

마크햄이 난색을 표하며 말했다.

"그래도 나는 이곳 상황이 마음에 들지 않네. 그래서 감시를 해야 한다고 생각하네."

반스가 간곡히 호소하는 듯한 눈길로 마크햄을 응시했다.

"현명한 생각이긴 하네만 도움이 되지는 않네. 감시는 우리에게 도움이 되지 않을 걸세. 나는 린이 의식을 잃는 모습을 지켜보라고 초대받았네. 게다가 우리 모두는 지난밤에 아멜리아가 쓰러지는 모습도 지켜보았어. 알다시피, 우리가 언제까지 루엘린 가족 개개인의 보디가드 역할을 할 수는 없잖나."

마크햄은 상대방의 생각을 알아채려는 듯 반스를 주의 깊게 쳐다보았다.

"아멜리아가 예사롭지 않은 말을 했지. 이 사건에 대한 책임이 누구에게 있는지 자신이 알고 있다고 말이야. 자네, 혹시 그 말을 믿는 건가?"

반스는 답답하다는 듯이 한숨을 폭 내쉬며 말했다.

"오, 이런, 마크햄! 누구든지 일찍부터 믿기 시작해서는 안 되네. 우리가 기댈 거라고는 철저히 의심을 품는 일밖에 없어. 진실 여부를 항상 의심해 봐야 하네. 그러니 그런 말에 크게 마음 쓰지 않아도 될 걸세. 가끔 아주 유용하게 쓰이기도 하지만 말이야. 아무튼 회의적인 태도가 자유롭게 사고할 수 있는 기회를 제공한다네."

마크햄이 신경질적으로 다시 말을 이었다.

"그런데도 경찰을 철수시키고 싶어하는 걸 보니, 마음속에 뭔가 명확한 생각을 갖고 있는 게 틀림없네."

"아닐세, 아니야. 명확한 건 아무것도 없네."

반스는 이렇게 대꾸하고 미소지었다.

"단지 여기저기 더듬어 보고 있는 것뿐이네. 사건의 사유를 밝히려고 노력하는 중이지……. 그건 그렇고 검시 보고서를 보고 싶군. 어쨌든 검시 보고서는 명확하겠지. 숨겨져 있던 사실을 알게 될지도 모르고."

마크햄은 마지못해 자신의 주장을 굽혔다.

"하는 수 없지. 히스에게 부하들을 잠정적으로 철수시켜서 집으로 돌려보내라고 지시하겠네."

반스가 말했다.

"그리고 히스에게 아스토리아 호텔에 가서 크루피어를 데리고 자네 사무실로 오라고도 전해주게. 나는 그를 엄하게 심문하고 싶네. 자네와 같은 검사들이 늘 주장하는 것처럼 말일세. 틀림없이 형사 법원 건물의 공정하면서도 억압적인 분위기가 그의 심리상태에 영향을 미칠 걸세."

"그에게서 뭘 알아내길 바라나?"

"아무것도…… 결단코 아무것도 바라지 않네."

반스는 이렇게 답하고 나서 바로 덧붙였다.

"하지만 부정적 진술이라도 도움이 될지 모르지. 나는 이 사건이 결국 부정적 답변을 통해 해결될 것 같다는 생각이 드네."

마크햄은 나직한 소리로 뭐라고 투덜거렸다. 우리는 히스 경사가 풀 죽은 모습으로 기다리고 있는 복도로 나갔다.

10분 뒤에 반스와 마크햄, 그리고 나는 도심으로 향했다. 히스에게는 반스가 요청한 방법대로 지시가 내려졌다.

우리는 지방검사의 우중충하지만 널찍한 사무실로 들어갔다. 그 낡은 사무실에서는 뉴욕시 교도소의 칙칙한 회색빛 담장이 내려다 보였다. 우리가 사무실에 들어가자마자 마크햄은 벨을 눌러 스웨커를 불러서 도레무스 박사에게서 검시 보고서가 왔는지 물었다. 또 과학 수사 연구소에 보낸 타이핑된 종이들에 관한 보고서도 도착했는지 물었다.

"과학 수사 연구소에서 보고서가 도착했습니다."

스웨커가 책상 위에 봉인된 서류 봉투를 가리키며 말했다.

"하지만 도레무스 박사에게는 검시 보고서가 늦어질 거라고 11시에 전화가 왔습니다. 제가 10분 전에 다시 전화를 했더니, 박사의 조수 중 한 사람이 보고서를 갖고 사무실로 오는 중이라고 하더군요. 도착하는 대로 곧 가져다 드리겠습니다."

마크햄이 무뚝뚝한 태도로 고개를 홱 돌리자 스웨커가 방에서 나갔다.

"늦어진다고……. 그런 건가?"

반스가 느린 말투로 말했다.

"무슨 문제가 없었으면 좋겠는데. 벨라도나 중독 증상을 보였어. 독물학자라면 어떤 종류를 찾아야 할지 분명히 알았을 거야. 궁금하군……. 그사이에 자네의 영리한 부하가 확대경으로 살펴본 뒤, 어떤 소견을 제시했는지 보세."

마크햄은 스웨커가 언급했던 봉투를 이미 개봉해 놓은 상태였다. 그는 세 장의 타이핑된 종이를 한쪽에 내려놓고 함께 들어 있던 보고서를 읽어 내려갔다. 잠시 뒤 그는 보고서를 내려놓았다.

그는 내키지 않는 듯 느릿느릿 반스에게 말했다.

"자네가 생각했던 바로 그대로네. 타이핑한 이 세 장의 종이는 모두 동일한 타자기로, 비슷한 기간 내에 작성되었다네. 다시 말해, 잉크의 진한 정도로 보건대 세 장 모두 같은 기간에 작성되었다는군. 그런데 이 세 장 중 어느 것이 먼저 타이핑된 건지는 확실히 말할 수 없다고 되어 있어. 또한 유서와 자네가 받았던 편지는 십중팔구 같은 사람이 타이핑했을 거라고 쓰여 있네. 타자기의 키를 누르는 방식이나 구두점 처리가 특이한 점하며, 실수로 잘못 치는 글자가 일관되게 같은 점 등이 두 편지가 동일한 사람이 타이핑한 증거라고 하는군. 전문적인 설명들을 조목조목 들어 놓았네만, 내가 지금까지 말한 내용이 요점일세."

그가 보고서를 집어서 반스에게 내밀었다.

"볼 텐가?"

반스는 보지 않아도 된다는 듯 손을 내저었다.

"아닐세, 나는 단지 확인이 필요했을 뿐이네."

마크햄이 앞으로 다가앉았다.

"이보게, 반스, 타자기로 친 편지 두 장이 뭘 의미한다는 건가? 설사 그녀가 자살하지 않았다는 가능성을 인정한다 하더라도, 그녀를 독살하고 자네에게 편지를 보낸 사람의 목적이 무엇이었겠나?"

반스는 심각한 얼굴이 되었다.

"마크햄, 사실 나도 모르겠네."

그는 이야기하면서 천천히 방 안을 왔다갔다했다.

"내게 배달된 편지와 유서가 서로 다른 두 사람이 타이핑한 것이었다면 사건은 꽤 단순했을 걸세. 그랬다면 단지 어떤 사람이 그녀의 죽음을 자살처럼 보이게 꾸민 뒤, 실은 독살 음모를 계획하고 다른 사람, 즉 살인이 계획되고 있다는 것을 어렴풋이 깨달은 사람이 내게 도움을 청하는 극적인 편지를 보냈다는 식으로 생각할 수 있었을 테지. 그런 경우에는 다음과 같은 서로 다른 결론 두 가지가 이치에 맞았을 걸세. 첫째, 익명의 편지를 쓴 사람은 린이 희생자가 될 것을 걱정했다. 둘째, 익명의 편지를 쓴 사람은 린이 자신의 아내를 살해할 흉악한 음모를 꾸몄다고 의심해서 그를 감시하려고 했다……."

"그런데 그들 둘 다 희생자가 되었잖나."

마크햄이 무뚝뚝한 투로 덧붙였다.

"그러니 우리는 그 가설에서 아무런 결론도 얻지 못하네. 아무튼 다른 두 사람이 각각 편지를 타이핑했다는 생각은 잘못된 전제에 근거한 억측에 불과할 뿐이지. 왜 핵심을 말하지 않는 건가?"

반스가 불만스럽게 내뱉었다.

"어허, 이 친구야! 나도 핵심에 다가가려고 전력을 다해 노력하고 있네. 하지만, 제기랄! 나도 핵심이 뭔지 알고 싶단 말일세. 현재는 일이 이렇게 된 형편이네. 독살자는 계획적으로 사건에 주의를 환기시키고 있어. 그리고 린의 아내가 자살할 작정이 아니었다는 사실을 강하게 암시하고 있지. 실제로 살해되었기도 하지만 말이네."

"그건 이치에 맞질 않아."

"그럼에도 불구하고, 마크햄, 자네 책상 위에 비상식적인 내 결론을 입증하는 자료가 놓여 있질 않나. 유서와 내게 온 편지가 거기 놓여 있네. 범죄에 대한 암시와 의혹으로 가득 찬 편지 말일세. 그리고 두 편지 모두 한 사람이 타이핑한 거라는, 자네에게 보내진 보고서도 놓여 있고 말이네."

그는 이야기를 잠시 멈췄다.

"게다가 우리의 추리 과정에서 필연적으로 이어지는 다음 단계는 또 어떤가? 내가 내켜하지 않는 자네에게 귀띔했지. 살인자가 범인에 대해 옳지 않은 방향으로 우리의 눈을 돌리려 한다고. 말하자면, 범인은 하나의 사건을 가지고 동일한 두 개의 범죄가 벌어진 것처럼 보이게 하려는 불가능한 짓을 시도하고 있는 셈이네. 도대체 사건을 이다지도 불가사의하고 교묘하게 만드려는 이유가 무엇일까."

마크햄이 반박했다.

"하지만 한 가지 사건이 아니었잖나. 자네는 세 사람이 독살되었다는 사실을 무시하는군. 자네의 가설이 옳다면 어째서 살인자는 버지니아 루엘린만 독살하지 않고, 우리의 이목이 집중되어 있을 걸 뻔히 알면서 다른 희생자까지 독살하려 했겠나? 그리고 자신이 대대적인 독살사건을 벌이는 동안, 왜 그 계획에 우리를 끌어들였겠나?"

반스가 고개를 끄덕였다.

"타당한 질문이네. 어젯밤 이후로 나를 괴롭히고 있는 문제도 바로 그것일세. 그렇게 생각하는 것이 논리적인 순서였을 거네. 하지만 마크햄, 이 범죄 사건에서 논리적인 점이라고는 하나도 없네. 우리는 한 사람의 위증자하고만 맞서고 있는 게 아니네. 한 무리의 위증자와 직면하고 있단 말이네. 나는 이들이 둥글게 배치되어 있고, 실제 살인자는 그 너머에 있다는 끔찍한 생각이 든다네. 뭔가 어긋났다는 사실만이 우리에게 남은 유일한 희망이야. 정밀하고 복잡한 기계 장치라도 작은 고장 하나쯤은 있는 법이지. 기계 장치를 작동하는 과정에서 사소한 고장 하나도 전체 구조를 손상시킬 수 있고, 작동 불능 상태에 빠뜨릴 수 있거든. 이건 창조적인 범죄 사건이 아니네. 사건의 모든 상황이 지나치게 교묘하고 종잡을 수 없으며 복잡하게 뒤엉켜 있지만, 그럼에도 불구하고 사건의 내용은 정적이고 확고하다네. 그리고 그런 점에 이 사건의 강점과 약점이 있는 걸세……."

이때 스웨커가 가죽으로 된 스윙도어(앞뒤로 열리며 자연히 닫히는 문 - 역주)를 가볍게 두드리고, 밀어 열었다. 그는 손에 두꺼운 봉투를 들고 있었다.

"검시 보고서입니다."

그는 마크햄의 책상에 보고서를 내려놓고 다시 나갔다.

마크햄은 즉시 봉투를 열어서 푸른색 서류철에 함께 묶여 있는 타자기로 친 문서들을 대강 훑어보았다. 서류를 읽어가면서 그의 얼굴이 어두워졌고, 두 눈에는 당혹스런 빛이 떠올랐다. 마지막 페이지의 끄트머리를 읽을 때에는 이마에 깊은 주름까지 잡혔다.

그는 천천히 얼굴을 들어 반스를 응시했다. 반스는 당황한 얼굴로 보고서의 내용을 추측하면서 책상 앞에 앉아 있었다.

반스가 불평을 터뜨렸다.

"이보게, 마크햄. 무슨 은밀한 비밀을 숨기고 있는 건가?"

"그녀의 위에서는 소량의 벨라도나도 발견되지 않았다는군! 키니네와 캠퍼도 전혀 나오지 않았대. 그러니 비염제는 사인에서 완전히 배제되어야 하네."

반스는 생각에 잠겨서 천천히 담배에 불을 붙였다.

"뭐, 다른 설명은?"

마크햄이 보고서를 인용했다.

"정확한 조사결과는, 폐충혈이 보이고, 흉강(흉곽의 내부. 폐장이나 심장 따위가 있음. - 역주) 내에 다량의 흉수가 차 있으며, 혈액이 정맥 쪽에 대부분 몰려있다는군. 심장 안의 오른쪽 부분에는 충혈이 보이고, 왼쪽 부분은 상대적으로 비어 있다고 하네. 뇌조직과 뇌막(두개골 속의 뇌를 싸고 있는 얇은 막 - 역주)의 충혈, 인후와 기관지, 식도의 충혈……."

"질식사를 나타내는 증상들뿐이군."

반스는 남쪽으로 난 높다란 창문 너머 밖을 내다보았다.

"독살이 아니라……! 도레무스는 어떤 의견을 냈나?"

마크햄이 알려주었다.

"이렇다 할 만한 건 아무것도 없네. 그는 보고서에서 전문가로서의 확실한 소견을 밝히지 않고 있어. 그저 질식의 원인을 아직 알 수 없다고만 명시하고 있네."

"그래, 그렇겠지. 간과 신장, 장, 그리고 혈액을 분석하는 중일 테니. 2, 3일 정도는 걸릴 거야. 하지만 독약을 조금이라도 먹었다면 위장에 있어야 되는데. 입으로 먹었다면 말이네."

"하지만 도레무스는 여기에 이렇게 제시하고 있네. 자신이 이 사건에 대해 들은 이야기나 시체를 즉시 검시한 결과로 미루어 보건대, 벨라도나나 아트로핀을 과잉 복용했다는 것을 나타낸다고 말일세."

"지난밤에 들어서 알고 있잖나."

반스는 몸을 일으켜 보고서를 집어 들고 주의 깊게 검토했다.

"그래. 자네 말대로군."

그는 자리에 앉아서 천천히 마크햄의 근심 어린 눈길 쪽으로 시선을 돌리고 담배를 깊이 빨았다. 그리고는 실망스럽다는 듯 보고서를 마크햄의 책상 위로 던져버렸다.

"이젠 끝장이네, 친구. 버지니아 루엘린에게는 독약이 투여되었어. 아마도 입을 통해서 투여되었을 거네. 그런데도 약물의 흔적이 전혀 발견되지 않았어. 다른 두 사람은 독을 먹었다가 회복되었고. 우리들은 가증스러운 범죄의 목격자가 돼서 사건을 쫓아다니고만 있네……. 이것 참! 얼마나 놀라운 사건인가……!"

제11장 물에 대한 공포

10월 16일 일요일 오후 12시 30분

스웨커가 문을 열고 안을 들여다보았다.

"히스 경사님이 블러드굿 씨라는 분과 같이 오셨습니다."

그 말에 마크햄이 반스를 힐끗 보았다. 반스가 고개를 끄덕이자 그는 스웨커에게 두 사람을 들여보내라고 말했다.

블러드굿은 불쾌하고 언짢은 모습이었다. 두툼한 입술 사이에 갈색 담배를 축 늘어뜨려 물고 있었고, 두 손은 바지 호주머니에 깊숙이 찔러 넣은 채였다. 그는 아무 말도 없이 냉담한 표정으로 반스에게 고개만 까딱해 보였다. 그리고 반스가 마크햄과 나를 소개시켜주자, 우리 인사에 답례도 하는 둥 마는 둥했다. 그는 구부정하게 걸어서 제일 가까운 의자로 가 힘에 겨운 듯 풀썩 주저앉았다.

"어서 시작하시지요."

그가 심드렁하게 말했다.

"킨케이드 씨께서 전화로 말씀하시길, 당신들이 저를 불러서 문책할 거라고 하시더군요."

"아니, 정말입니까?"

반스는 다시 높다란 창문 쪽으로 시선을 돌려 밖을 응시했다.

"아주 흥미롭군요. 조심하라고 주의를 주시던가요? 아니면 어떻게 답변하라고 충고라도 해주시던가요?"

그 말에 블러드굿이 발끈 성을 냈다.

"아닙니다. 킨케이드 씨가 뭐 땜에 그러시겠습니까? 하지만 당신들이 어젯밤 린 루엘린 씨가 겪은 불운에 제가 연관되어 있다고 생각한다는 말씀은 하시더군요."

"당신은 정말로 그 일과 무관하지 않습니다, 블러드굿 씨."

반스가 상냥하게 대꾸했다. 시선은 여전히 흐릿한 유리창 너머의 잿빛 하늘을 향한 채였다.

"저희는 당신이 뭔가를 설명해주거나 짐작 가는 바를 알려줄 수 있지 않을까 하고 생각했습니다. 그러니까 이 극악무도한 사건의 진상을 규명하는 데 당신이 도움을 줄 수 있을 거라 기대했던 거지요."

반스의 어조는 단호하고 엄격하긴 했지만 상냥했다. 분명 블러드굿은 그런 그의 어조에 마음이 움직인 모양이었다. 그가 앉은 자세를 똑바로 하면서 심술궂은 태도를 누그러뜨렸다. 실제로 블러드굿이 말문을 열자, 나는 그에게서 예전의 냉정과 품위를 느낄 수 있었다.

"사실 제가 설명해드릴 수 있는 것은 아무것도 없습니다, 반스 씨. 제게 듣고 싶은 설명이라면, 아마 제가 일본인 사환에게 루엘린에게 물을 가져다주라고 지시했던 부분에 대해서라고 짐작되는군요……. 유감스럽게도 그 일은 우연의 일치였을 뿐입니다. 저는 단지 카지노에 온 손님으로서 공손하게 배려했던 것뿐이었으니까요. 순전히 제 직무상 행동이었습니다. 킨케이드 씨가 그런 문제에 대해 상당히 엄격한 분이라서요. 저는 루엘린이 절대로 생수를 마시지 않는다는 것을 알고 있었을 뿐더러, 그가 그날 저녁에 물을 주문하는 소리를 분명히 들었던 터였습니다. 그곳의 사환들은 대부분 그의 기호를 잘 알지만, 모리는 들어온 지 얼마 되지 않았습니다. 그리고 루엘린을 대신해 제가 이 점도 말씀드려야겠군요. 그는 카지노에서 게임을 할 때는 술을 별로 마시지 않습니다. 도박을 할 때는 머리를 맑게 해야 한다는 걸 어디선가 읽은 모양이더군요. 정말 그걸 대단히 중요하게 여깁니다!"

블러드굿은 경멸조로 콧방귀를 뀌었다.

"행운이 사람의 정신 상태를 가려가며 다가오는 것도 아닌데 말입니다."

반스가 나직이 말했다.

"지당하신 말씀입니다. 확률의 법칙 역시 정신이 맑은 사람에게나 술 취한 사람에게나 똑같이 작용하죠. 그래요, 둘 다 절개라곤 전혀 없지요. 그렇게 생각하니 그래도 위안이 되는군요. 그런데 당신이 루엘린 씨에게 politesse(공손함)을 베푼 데에는 고용주가 지나치게 엄격하게 세워놓은 기준에 부응하고 싶은 마음 외에는 아무런 동기가 없었습니까?"

"음흉한 동기 말입니까?"

블러드굿은 갑자기 몸이 뻣뻣하게 굳어지면서 성난 어조로 물었다.

"저는 그런 뜻으로 질문드린 건 아니었습니다."

반스가 태연하게 담배를 피우며 말했다.

"왜 제 질문을 그렇게 나쁜 쪽으로만 곡해하십니까? 저는 지금 당신의 영혼이 양심의 벌레에게 쪼아 먹히고 있지는 않을 거라고 믿는데요(셰익스피어의 희곡 「리처드 3세」의 제1막 제3장에 나오는 부분을 조금 바꾸어서 한 말임. - 역주)."

블러드굿이 긴장을 푸는가 싶더니 입가에 맥없는 미소가 슬그머니 떠올랐다.

"정말 음흉한 동기가 있었다면 저는 벌써 스스로 목매달아 죽었을 겁니다. 저는 친절을 베푼 것뿐이었는데, 그 친절을 받은 사람이 거의 죽을 뻔했습니다. 당신이 제게 칼을 빌려주었는데, 제가 그 칼날을 당신에게 들이대는 격이 아니고 뭡니까."

그가 어깨를 으쓱했다.

"사실, 저는 루엘린이 카지노에서 뭘 마시든 보통 신경 쓰지 않습니다. 게다가 그를 썩 좋아하지도 않습니다. 하지만 어젯밤에는 그가 좀 안됐다는 생각이 들더군요. 가뜩이나 킨케이드 씨가 루엘린을 싫어하는데, 그는 룰렛을 하면서 그분 입장에서는 최악의 행운을 낚고 있었으니까요. 보통 같으면 루엘린은 좀처럼 돈을 못 따고, 킨케이드 씨는 그것을 보며 고소해 해야 정상인데 말입니다. 어젯밤에 그는 연이어 행운을 낚더니, 이제까지 잃었던 많은 돈을 도로 다 되찾고도 남는 액수를 따기에 이르렀습니다. 그런 후에는, 아마 심리적인 영향 탓이겠지만 자제심을 잃더니 안절부절못하고 불안정해져서 아주 어리석게 행동하기 시작했습니다. 손해를 보지 않으려고 그는 양쪽에 베팅을 하거나 승산도 별로 없는 쪽에다 걸기도 하면서 번번이 돈을 잃었습니다. 그는 더 이상 게임을 계속할 수 없었죠. 그리고 마실 것이 절실해졌습니다. 그러다 제가 생수병을 보게 되었는데, 그는 건드리려고도 하질 않더군요. 그 모습을 보자, 그를 구제해 주어야겠다는 일종의 연민이 생겼습니다. 그래서 그냥 물을 가져오라고 지시했던 겁니다. 어찌 보면 그것은 친절한 행동이었습니다. 그는 더 잃기 전에, 3만 달러 가량을 딴 상태에서 쓰러졌으니까요. 헌데 그 친절로 인해 도리어 제가 의심을 사게 되었군요."

"예, 상황이 그렇게 되었습니다. 이렇게 될 줄 누가 알았겠습니까, 안 그렇습니까? 세상일이란 건 종잡을 수 없으니까요. 정말 요지경입니다."

반스가 감정이 실리지 않은 냉담한 어조로 말했다.

"그런데 그 물, 그러니까 당신이 관대하게도 특별히 지시했던 그 물을 어디에서 가져온 건지 아십니까?"

"바에서 가져왔겠지요."

"앗, 아닙니다. 아니에요. 바에서 가져온 게 아닙니다. 모리는 자비를 베푸는 심부름을 하러 다른 곳에 다녀왔지요. 그 물은 킨케이드 씨의 사무실에 있는 물병에서 따라온 것입니다."

블러드굿은 몸을 곧추세우며 눈을 크게 떴다.

반스가 고개를 끄덕이며 말했다.

"사실입니다. 킨케이드 씨가 모리에게 자신의 사무실로 가서 물을 가져오라고 지시했습니다. 그러면서 제게, 바에는 사람들이 너무 많다고 설명하시더군요. 그리로 가면 괜히 시간만 오래 걸린다면서 루엘린 씨에게 마음을 많이 쓰셨습니다. 지난밤에는 모두들 루엘린 씨의 안위에 대해 상당히 걱정해주셨군요. 수호천사가 따로 없을 만큼, 다들 아주 인정이 넘치셨습니다. 그런데 그렇게 마음을 써준 보람도 없이 그 친구가 독살을 당해 쓰러지고 말았지요."

블러드굿은 말을 하려다 이내 입을 다물고 의자 뒤로 풀썩 기대앉아 정면을 똑바로 응시하면서 어두운 얼굴로 침묵을 지켰다.

반스도 잠시 말없이 있다가 피우던 담배를 짓뭉개 껐다. 그런 다음 의자를 빙 돌려 블러드굿을 마주보며 물었다.

"어젯밤에 루엘린 씨의 부인이 죽었다는 사실은 물론 알고 계시겠죠?"

블러드굿은 여전히 멀거니 앞만 보면서 고개를 끄덕였다.

"오늘 아침에 신문에서 봤습니다."

"자살이라고 생각하십니까?"

블러드굿이 고개를 홱 돌려서 반스를 노려보았다.

"자살이 아니었습니까? 신문 기사에서는 자살의 이유를 쓴 유서가 발견되었다고……."

"그랬습니다. 하지만 유서를 곧이곧대로 받아들이기에는 뭔가 미심쩍은 점이 있습니다."

블러드굿이 자신의 의견을 말했다.

"하지만 그녀는 충분히 자살할 수도 있는 여자였습니다."

반스는 그 말에 대해서는 캐묻지 않고 다른 주제로 넘어가 말했다.

"아마 킨케이드 씨와 통화하시면서 간밤에 아멜리아 루엘린 양도 구사일생으로 살아났다는 얘기를 들으셨겠지요?"

블러드굿이 후닥닥 일어났다.

"뭐라구요!"

그가 깜짝 놀란 듯 소리쳤다.

"아멜리아에 대해서는 한 마디도 못 들었습니다. 무슨 일이 있었습니까?"

그는 굉장히 혼란스러워 보였다.

"아멜리아 양은 물 한 잔을 마셨습니다. 어머니의 방에서요. 그리고는 오빠와 아주 비슷한 증상을 보이며 쓰러졌습니다. 하지만 위독하지는 않았습니다. 오늘 아침에는 아주 좋아졌더군요. 저희가 방금 그곳에 들렀다 왔습니다. 그러니 걱정하지 않으셔도 됩니다……. 자, 앉으시지요. 당신에게 묻고 싶은 일이 한두 가지 더 있습니다."

블러드굿은 마지못해 다시 자리에 앉았다.

"정말 아멜리아는 괜찮은 겁니까?"

"예, 괜찮습니다. 여기 일이 끝나면 잠깐 들러서 아멜리아 양을 직접 보시면 될 거 아닙니까. 가시면 분명히 아멜리아 양이 당신을 반갑게 맞을 겁니다. 킨케이드 씨도 그곳에 계십니다……. 그런데 킨케이드 씨와는 정확히 어떤 관계이십니까, 블러드굿 씨?"

블러드굿은 선뜻 대답을 못하고 머뭇거리다 애매하게 말했다.

"그냥 사업상의 관계입니다."

반스가 아무 말이 없자 블러드굿이 계속 말을 이었다.

"물론 어느 정도 개인적인 교분이 있기도 하지요. 게다가 저는 킨케이드 씨에게 아주 감사해 하고 있습니다. 킨케이드 씨가 아니었으면, 저는 아마 지금 카지노에서 받는 월급의 3분의 1정도를 받으며 화학이나 수학을 가르치고 있었을 겁니다. 아니, 죽을 때까지 지겹도록 그렇게 살아야 했겠죠. 킨케이드 씨는 엄하긴 해도, 나름대로 관대하신 분입니다. 제가 그분을 존경한다고까지는 말할 수 없지만, 좋은 면도 많으시고, 또 제게는 언제나 정당한 대우를 해주십니다."

블러드굿은 잠시 말을 멈추었다가 살며시 미소를 지으며 덧붙였다.

"킨케이드 씨는 저를 좋아하시는 것 같습니다. 물론 그래서 저를 편애하시는 편이죠."

"킨케이드 씨가 루엘린 씨에게 가져다 줄 물을 자신의 사무실에 있는 물병에서 따라다 주라고 지시한 점에 대해 뭔가 꺼림칙한 느낌이 들지는 않으십니까?"

블러드굿은 그 질문을 받고 아주 혼란스러워하는 듯했다. 그러더니 자세를 고쳐 앉으며 심호흡을 하고 나서 대답했다.

"잘 모르겠습니다. 제길, 이보십시오, 그렇게 말씀하셔서 공연히 의심하는 마음만 생기게 되었잖습니까? 그 일은 단지 우연의 일치였을 겁니다. 킨케이드 씨는 곧잘 그러십니다. 워낙 친절한 분이시니까요. 또 손님이 돈을 따도 점잖게 받아들이시고, 돈을 지불해줄 때도 절대로 불평을 하시지 않습니다. 게임의 운영도 속임수 없이 정직하게 하십니다. 그래서 솔직히 저는 아무리 게임이 저희 측에 불리하게 돌아간다고 해도 그분이 손님들의 음료에 몰래 마취제를 넣는 모습 같은 건 상상할 수 없습니다. 특히 그 손님이 조카인 경우라면 더 말할 것도 없죠."

"어젯밤에 루엘린 씨가 돈을 딴 것 말고 다른 이유가 있었다면 또 모르지 않을까요."

반스가 넌지시 말했다.

블러드굿은 잠시 동안 그 말을 곰곰이 생각했다.

"무슨 말인지 알겠습니다."

그가 한참만에 대꾸했다.

"아멜리아와 린, 그리고 린의 아내까지 해치려 했으니……."

그는 말을 멈추고 고개를 내저었다.

"아니에요! 그건 킨케이드 씨의 성격과 맞지 않습니다. 절박한 상황에 처한다 하더라도 그분이라면 차라리 총을 쓰셨을 겁니다. 우연히 알게 된 사실인데, 킨케이드 씨는 아프리카에서 몇 번 위험한 곤경에 처했을 때, 실제로 총을 쏴서 문제를 해결한 적이 있다고 하더군요. 독이 아니고 말입니다. 독은 여자들이나 쓰는 무기죠. 킨케이드 씨가 아무리 여자같이 섬세한 천성을 지녔다고는 해도 뭔가를 남모르게 할 분은 아닙니다."

"숨김없이 행동한다는 말입니까, 예?"

"예, 바로 그 말입니다. 숨김없이 드러내놓고 하지 않을 바에는 그냥 잠자코 계십니다. 그러니까 뭔가를 하거나 아예 하지 않거나 둘 중 하나라는 얘기입니다. 정신적인 감각에는 finesse(섬세함)이 전혀 없는 셈이지요. 바로 이런 이유 때문에 킨케이드 씨가 포커는 아주 잘 하면서, 브리지(카드놀이의 일종 – 역주)에는 평범한 재능을 보이시는 겁니다. 킨케이드 씨도 전에 그런 말씀을 하셨죠. '여자라면 누구나 브리지의 달인이 될 수 있지만, 오직 남자만이 포커를 잘 할 수 있다'고요. 킨케이드 씨는 냉정하고 엄격하며 두려움이라곤 전혀 모르는 분이십니다. 또 마왕만큼이나 매몰차십니다. 그분은 목적을 이루기 위해서라면 어떤 일도 서슴지 않을 겁니다. 하지만 뭘 하든 언제라도 숨김없이 대놓고 하실 겁니다. 설사 킨케이드 씨가 당신을 죽이려 한다고 해도 그렇게 대놓고 하실 테니 안심하십시오……. 독이라뇨? 아닙니다. 그분의 성미에는 당치도 않습니다."

반스는 멍한 얼굴로 잠시 담배를 피웠다.

"당신은 화학에 대해 훤히 알고 계시잖습니까, 블러드굿 씨."

반스가 마침내 입을 열었다.

"그리고 킨케이드 씨와는 어느 정도 가까이 지내왔습니다. 그러니 말씀해주십시오. 혹시 킨케이드 씨도 화학에 관심이 있습니까?"

그 심문 중에 처음으로 블러드굿이 안절부절못하는 모습을 보였다. 그는 반스에게 탐색하는 듯한 눈빛을 던졌다가 초조한 얼굴로 헛기침을 했다.

"아닐 겁니다."

그가 완전히 확신하지 못하는 어조로 말했다.

"화학은 킨케이드 씨의 활동범위나 관심권에서 아주 동떨어진 분야입니다."

그가 말을 끊었다가 다시 이어 말했다.

"물론 화학이 돈벌이가 되는 것이라면 달랐겠죠. 그런 경우라면, 킨케이드 씨는 그 분야에 관심을 가졌을 겁니다. 순전히 투자 차원에서겠지만 말입니다."

반스가 중얼거렸다.

"예, 예, 그랬겠죠. 사람들은 늘 가망성부터 살피죠. 말하자면, 이득을 볼 수 있기를 바라는 거지요. 그래요. 그러한 욕망이 바로 도박 본능을 부추기는 겁니다."

블러드굿이 덧붙여 설명했다.

"킨케이드 씨는 지금 운영하고 있는 카지노를 무한정 끌어나갈 수 없다는 사실을 잘 알고 계십니다. 카지노는 도박장이니만큼 기껏해야 일시적인 수입원밖에 되어주지 못하니까요."

"그렇지요. 우리 문명이 워낙 도덕관념이 투철하다 보니 말입니다. 유감스러운 일입니다……. 하지만 이제 킨케이드 씨 얘기는 그만두기로 하지요……. 케인 선생에 대해 아시는 것이 있으면 말씀해 주십시오. 아시겠지만, 케인 선생은 어젯밤에 루엘린 저택의 저녁식사에 참석했습니다. 또 린 씨의 부인이 쓰러졌을 때도 루엘린 양이 불러서 왔고 말입니다."

블러드굿의 얼굴빛이 어두워졌다.

"저는 케인 선생을 몇 번밖에 보지 못했습니다."

그가 뻣뻣하게 대답했다.

"그것도 루엘린 저택에서였습니다. 루엘린 양에게 관심이 있고, 좋은 가문 출신이라는 정도밖에는 모릅니다. 그는 언제 봐도 아주 쾌활한 친구로 붙임성 있는 성격이긴 하지만, 제게는 어딘지 좀 약골처럼 보이더군요. 기왕 물어보셨으니, 이 말도 해드려야 될 것 같습니다. 사실 제 눈에는 그 친구가 조금 미덥지 못할 때도 있었습니다. 그냥 단순한 질문을 받고도, 대답하거나 의견을 말하기에 앞서 계산을 하는 것 같아 보였거든요."

"말에 arrière-pensée(저의)가 담겨 있다는 얘기군요."

반스가 넌지시 말했다.

블러드굿은 고개를 끄덕였다.

"그렇지요. 정신작용이 좀 사내답지 못합니다. 하지만 단지 속물근성과 늘 사람들의 호감을 사려는 마음 때문일 겁니다. 왜 젊은 의사들은 비위를 맞추는 것이 습관처럼 몸에 배어 있질 않습니까."

"대학을 같이 다닐 때, 린 루엘린 씨는 어땠습니까?"

"괜찮았습니다. 꽤 호감 가는 친구였지만 화를 잘 내기도 했습니다. 공부는 썩 잘하지는 못했고 그럭저럭 겨우 하는 정도였습니다. 노는 데만 너무 치중해서 진지한 목표라고는 없었죠. 하지만 루엘린이 그러고 다니는 것을 보면서도, 저는 단 한번도 그를 비난한 적이 없었습니다. 그게 순전히 그 친구 탓만은 아니었으니까요. 루엘린의 어머님이 늘 응석을 받아줬으니 말입니다. 어머니가 그가 뭘 하든 다 용서해주고 넘어가니 같은 일을 반복할 수 있는 것 아니겠습니까. 하지만 어머님은 그의 주머니 끈을 확실히 쥐고 있는 데에는 분별력이 있으셨습니다. 그래서 그 친구가 도박을 하는 겁니다. 본인도 그 점은 솔직히 인정하고 있고요."

"루엘린 씨는 어머니가 어젯밤의 독살 사건을 저질렀을지도 모른다고 생각하고 있습니다."

반스가 덤덤한 어조로 가볍게 말했다.

"저런! 정말입니까?"

블러드굿은 굉장히 놀란 듯했다. 그는 한동안 깊은 생각에 잠겨 앉아 있다가 잠시 뒤에 말을 꺼냈다.

"하지만 그가 그렇게 생각하는 것도 어느 정도 이해가 됩니다. 그는 어머니를 '로마인 기질의 미망인 중에서도 독보적인 존재'라고 말하곤 했으니까요. 그 말이 아주 틀린 것도 아니었습니다. 어머님이 늘 그 집안의 가장 노릇을 하셨죠. 어머님은 어느 누구도 당신의 계획에 간섭하는 것을 용납하지 않으셨습니다."

반스가 물었다.

"루엘린 씨의 어머님을 아그리피나(Agrippina;로마 황제 네로의 어머니로, 정치권력이라면 물불을 가리지 않는 음모가였음. – 역주)쯤으로 여기시는 겁니까?"

"비슷합니다."

이렇게 답하고 블러드굿은 다시 침묵에 잠겼다.

반스는 일어나서 방 끝까지 걸어갔다가 다시 되돌아와 블러드굿 앞에 섰다.

그리고 나른한 눈빛으로 상대방을 응시하며 입을 열었다.

"블러드굿 씨, 지난밤에 세 사람이 독살되었습니다. 그중 한 사람은 죽었고, 두 사람은 의식을 되찾았습니다. 그런데 린 루엘린 부인의 위에서는 독이 나오지 않았습니다. 또 피해자 중 2명 그러니까, 루엘린 씨와 그 동생분은 물을 마신 후에 쓰러졌습니다. 그리고 저희가 저택에 갔을 때, 죽은 부인의 옆에 있던 물병도 비어 있었 ……."

"세상에!"

그의 목소리는 속삭임보다 조금 더 큰 정도였으나, 그 날카로운 목소리에는 극심한 공포감이 서려 있었다. 블러드굿은 힘겹게 겨우 일어섰다. 그의 얼굴은 순식간에 창백해져 있었고, 움푹 들어간 눈이 윤이 나는 두 개의 금속 원반처럼 번쩍였다. 입에 물려 있던 담배도 떨어뜨린 상태였으나 그는 그런 것에는 전혀 신경 쓰지 않았다.

"무슨 뜻으로 그런 말씀을 하시는 겁니까? 그 세 사람이 모두 물로 독살……."

"만약 정말로 물로 독살되었다 하더라도, 왜 그 점에 대해 그렇게까지 놀라시는 겁니까?"

반스가 침착하고 냉담한 목소리로 물었다. 그는 냉정하면서도 날카로운 시선을 블러드굿에게 고정시키고 있었다.

"사실 어젯밤의 일들을 자세히 들려드리고 나면 당신이 뭐라도 설명해줄 수 있을지 물어보려던 참이었습니다."

"아니, 없습니다. 설명해드릴 수 있는 게 아무것도 없습니다."

블러드굿의 말소리에서는 부자연스러운 음색이 느껴졌다. 그는 숨 쉬기가 힘이 드는 듯 씨근거렸다.

"저, 저는 다시 물 얘기가 나와서 당혹스러웠습니다. 루엘린이 마셨던 물을 바로 제가 가져오라고 지시했던 것이니 말입니다."

반스는 냉담한 미소를 지으며 그의 앞으로 한 발짝 다가섰다.

"그런 말로 발뺌할 순 없습니다, 블러드굿 씨."

그렇게 말하는 그의 태도와 말투에는 엄격함이 배어 있었다.

"당신은 감정이 격변한 데 대해 보다 그럴 듯한 변명을 대셔야 할 겁니다."

"하지만 이보십시오, 그런 게 있지도 않은데 나보고 어쩌란 말입니까?"

블러드굿이 반박하고는 주머니를 더듬어 담배 하나를 새로 꺼냈다.

반스는 물러서지 않고 계속 밀어붙였다.

"좋습니다. 제가 말해보죠. 첫 번째, 당신은 지난밤에 루엘린 저택에서 저녁식사를 함께 했으니 그곳의 모든 물병에 손댔을 수 있었습니다. 두 번째, 독이 타져 있지 않았다고 확신할 수 있는 물병은 루엘린 양의 방에 있는 것뿐이었습니다. 세 번째, 당신은 루엘린 양에게 청혼을 한 적이 있습니다. 네 번째, 당신은 화학에 대해 훤히 꿰뚫고 있지 않습니까……. 자, 이제 이 네 가지를, 카지노에서 루엘린 씨에게 물을 가져다주라고 지시했던 장본인이 바로 당신이었다는 사실에 비추어 생각해 봅시다. 그래도 할 말이 없으십니까?"

블러드굿은 반스의 말을 듣는 동안 몸을 꼿꼿이 펴고 있었다. 그는 몇 차례 침을 꿀꺽 삼키다가 혀로 입술을 핥았다. 두 팔은 옆구리에 일자로 곧게 내려뜨려져 있었으며, 몸의 모든 근육이 팽팽하게 당겨져 있는 듯 보였다. 그가 고개를 들어 반스를 정면으로 쳐다보았다.

"이제 상황을 완전히 이해하겠습니다."

그가 낮고 단조로운 목소리로 말했다.

"어떠한 독물도 확실한 증거로 나오지 않았다는 사실에도 불구하고, 제가 어젯밤의 일들을 꾸민 것처럼 보이는군요. 하지만 저는 설명할 게 하나도 없습니다. 그리고 더 이상 할 말도 없습니다. 그러니 마음대로 하십시오. 얼마든지 받아드리지요."

그는 뜻 모를 웃음을 지었다.

"Faites votre jeu, monsieur(베팅하시지요, 무슈)."

반스는 표정을 바꾸지 않은 채 그를 유심히 보다가 말했다.

"지금은 말고 다음 번 게임에 칩을 걸겠습니다, 블러드굿 씨. 그럼 게임은 아직 끝나지 않은 겁니다. 그리고 새로운 시스템을 쓸까 고려중입니다."

그는 가도 좋다는 뜻으로 딱딱하게 고개를 까딱하고는 시선을 돌렸다.

"이제 루엘린 양에게 가보셔도 됩니다."

"새로운 시스템이 지금까지의 어떤 시스템보다도 효과가 있기를 기원합니다."

그가 우물우물 말하고 다른 말은 한 마디도 없이 자리를 떠났다.

반스는 자리에 다시 앉아 새 레지를 꺼내들었다. 그리고는 곤혹스런 얼굴로 생각에 잠긴 채 잠시 동안 담배만 피웠다.

"정말 수상한 친구로군."

그가 기억을 되새기며 말했다.

"저 친구는 내게 뭔가 아주 중요한 사실을 흘리고 갔네. 하지만 그게 다일세! 그게 정확히 뭔지 모르겠으니 말이네. 블러드굿은 내가 물 얘기를 꺼내기 전까지만 해도 아주 이성적이고 정직했어. 독물에 대해 들었을 때는 아무렇지도 않더니, 물 얘기가 나오자 당혹스러워 했네. 물에 대한 공포심을 보였다고나 할까. 정말 영문을 모르겠네, 마크햄……. 그는 뭔가 중요한 사실을 알고 있어……. 우리가 이 사건을 파악하는 데 결정적인 뭔가를 말일세. 하지만 그에게 털어놓게 할 방법이 없군. 나는 저런 유형의 사람을 잘 아네. 내 질문에 대답하기보다는 차라리 자신을 체포하라고 말할 걸세……. 공포심, 바로 그것이 이유였네. 그는 자신이 궁지에 몰렸다는 사실을 깨달았던 거네. 하지만 자신이 어째서 궁지에 몰린 것인지 우리가 잘 모른다는 점도 눈치 챘네. 약삭빠른 도박꾼이야. 머리를 재빠르게 돌려 손익을 따져 안전하게 행동하는 그런 사람이네."

반스가 수심에 잠긴 얼굴로 고개를 흔들었다.

"참으로 걱정이 이만저만이 아닐세. 우리는 지금 정말 미묘한 사건을 다루고 있네, 마크햄. 게다가 눈가리개까지 씌워져 상황을 제대로 분간하기도 힘드니. 각막예(각막에 상처나 궤양이 생겨 각막이 뿌옇게 흐려지는 눈병 – 역주)에 걸린 채 손을 더듬으며 나아가고 있는 꼴이 아니고 뭔가. 하지만 블러드굿이 우리에게 뭔가 중요한 사실을 누설했어! 우리는 그게 뭔지 밝혀내야 하네. 그것이 열쇠일세. 희망을 가져 보세나. 계속 파헤쳐 나가다보면 진전이 있을 걸세, 이 친구야. Spes fovet, et fore cras semper ait melius('희망이 있는 한 우리의 내일은 더 나아질 것이다'라는 뜻으로, 고대 로마의 시인 티불루스의 말 – 역주)."

제*12*장 반스, 여행을 떠나다

10월 16일 일요일 오후 1시 30분

반스가 느릿느릿 자리에서 일어나 책상으로 다가와 예사롭지 않은 진지한 태도로 입을 열었다.

"마크햄, 이 문제를 해결할 방법은 한 가지밖에 없네. 우리가 이미 알고 있는 신체적 사실에만 집중하고, 주의를 딴 곳으로 돌리려는 모든 것을 무시해야 하네. 그래서 지금 자네에게 부탁을 하려는 걸세. 내게 당장 관선 독물학자를 소개시켜주게."

마크햄은 얼굴을 찌푸리면서 반스를 쳐다보았다.

"오늘 말인가?"

반스가 힘주어 말했다.

"그렇지. 가능하다면 오늘 오후에."

마크햄이 난색을 표했다.

"허나 일요일이네, 반스. 가능하지 않을 것 같네……. 하지만 혹시 만날 수 있을지 알아는 보겠네."

그는 벨을 눌러 스웨커를 불렀다.

"아돌프 힐데브란트 박사가 어디 사시는지 알아보게."

마크햄이 비서가 나타나자 지시 내렸다.

"지금쯤이면 연구실에는 안 계실 걸세. 그러니 댁으로 전화를 해보게."

스웨커가 방에서 나가자 마크햄이 말했다.

"힐데브란트 박사는 유능한 사람이네. 국내에서 내로라하는 최고의 전문가 중 한 사람이지. 끊임없이 연구하는 독일인의 전형이라고나 할까. 신중하고 독단적이며 매우 학구적인 그런 독일인 말이네. 하지만 겉보기에는 늘 산만한 것처럼 보이지. 아무튼 그가 없었다면 웨이트 사건이나 샌포드 사건에서 절대 유죄 평결을 얻어내지 못했을 걸세……. 지금 집에 있을지도 모르고, 없을지도 모르겠어. 오늘이 일요일만 아니라면……. 어쨌든……."

이때 전화벨이 울렸고 마크햄이 책상 위에 있는 전화를 받았다. 짤막한 통화를 끝내고 마크햄은 수화기를 내려놓았다.

"운이 좋군, 반스. 힐데브란트 박사가 집에 있다네. 주소가 웨스트 84번가군. 오후 내내 집에 있을 거라네. 그와 통화하는 소리를 자네도 들었지? 그러니 우리 조금 뒤에 가보도록 하세."

반스가 중얼거렸다.

"도움이 될지도 모르겠어. 아니면 그저 단서를 헛짚은 걸로 입증될지도 모르는 일이고. 하지만 다른 방법이 없으니……. 이것 참! 블러드굿이 무슨 생각을 하고 있는지 알면 좋을 텐데. 아아! 이 사건은 결국 추측 경쟁으로 귀착될 모양이네."

그는 한숨을 내쉬고 담배를 한 모금 깊이 빨고서 말했다.

"그동안 우리 원기나 회복하세. 바다거북 스프와 하비의 슈팅 셰리주(Harvey's Shooting Sherry;에스파냐 안달루시아 지방에서 생산되는 백포도주 – 역주) 맛이 아주 훌륭한 곳이 어딘지 내가 알고 있네. 또 콩팥을 넣은 오믈렛을 열정껏 솜씨 있게 만들어내는 곳이 어디인지도 알지. Allons-y, mon vieux(여보게, 자, 어서)……."

그래서 우리는 자동차에 올랐다. 반스는 우리를 강변 드라이브길에서 가까운 웨스트 72번가에 있는 작은 프랑스 레스토랑으로 데려갔다.[11] 식사를 마치고 차게 한 크렘 드 망트(crème de menthe;박하 넣은 리큐어 술 - 역주)를 마시고 나서 우리는 힐데브란트 박사의 집이 있는 주택지구로 갔다.

박사는 통통하게 살찐 사람으로, 둥근 얼굴에 완벽한 대머리였고, 돌출된 귀를 갖고 있었다. 그의 엷은 푸른색 눈은 졸려 보이는 동시에 날카로워 보였다. 그는 낡은 스모킹 재킷(집에서 쉴 때 입는 남자용의 헐거운 평상복 - 역주)에다 헐렁한 바지를 입고, 걸을 때마다 딱딱 소리를 내는 펠트제의 침실용 슬리퍼를 신고 있었다. 또한 부드러운 소재의 셔츠 단추를 열어 목이 드러나게 입고 있었고, 이상한 색깔과 무늬가 있는 두꺼운 모직 양말을 발목에서 두툼하게 접어 신고 있었다. 그리고 설대(살담배를 담는 대통과 흡연구인 물부리 사이를 말함. - 역주)가 나무로 된 거대한 해포석 파이프(메르샤움 파이프라고도 함. 해포석은 산화마그네슘과 규산, 물로 이루어진 백색광물로 건조시킨 뒤 절단, 가공한다. - 역주)로 담배를 피우고 있었는데, 파이프의 대통이 가슴에서 족히 45센티미터 정도 아래까지 내려와 있었다.

그는 초인종 소리에 직접 나와서 우리를 맞아, 18세기 로코코풍 가구들로 가득 찬 통풍이 안 되는 비좁은 거실로 안내해 들어갔다. 무뚝뚝하고 다소 냉담한 태도에도 불구하고 그는 친절하고 예의 바른 사람이었다. 마크햄이 반스와 나를 소개하자 그는 진지하고 공손한 태도로 우리에게 인사를 건넸다.

반스는 자신이 상의하려고 했던 문제를 바로 꺼냈다.

"박사님, 저희는 독과 독의 작용에 대해 몇 가지 여쭤보러 여기 왔습니다. 저희는 어젯밤에 일어난 루엘린 부인의 죽음과 관련해서

---

11) 이곳은 반스가 '케넬 살인사건'을 조사하는 동안 우리를 데려갔던 레스토랑이었다. 그는 이곳에서 스코틀랜드산 테리어의 특징과 혈통, 유래에 대해 거의 학술 논문 수준의 이야기를 당황스러울 정도로 장황하게 늘어놓아 마크햄을 따분하게 만들었다.

중대하면서도, 명백히 불가해한 문제에 직면해 있습니다……."

힐데브란트 박사가 천천히 입에서 파이프를 떼어내며 말했다.

"아아, 알고 있습니다. 오늘 아침에 도레무스 박사가 전화를 해서 저도 부검에 참석했습니다. 위에 벨라도나 계열의 독약이 들어 있는지 분석을 해봤습니다만, 아무것도 발견하지 못했습니다. 그래서 내일 다른 기관(器官)들의 화학 분석을 전부 실시할 생각입니다."

반스가 이어 말했다.

"저희들이 특히 관심을 갖는 것은 독이 사인(死因)인지 여부와, 분석 과정에서 독이 분명하게 드러나지 않을 수도 있는지 하는 것입니다. 그리고 그런 경우라면 독이 어떤 방식으로 투여될 수 있었는지 궁금합니다."

힐데브란트 박사가 부자연스런 태도로 고개를 끄덕였다.

"제가 도움이 될지도 모르겠군요. 반대로 도움이 되지 못할 수도 있고요. 독물학은 복잡하고 까다로운 학문입니다. 독물에 관해서 우리가 전혀 알지 못하는 현상이 아직도 수없이 많으니까요."

그는 다시 입으로 파이프를 가져갔다. 그리고 생각을 정리하려는 것처럼 한동안 담배만 뻐끔뻐끔 피워댔다. 그런 뒤에 그는 교실에서 학생들을 가르치는 듯한 분위기로 말문을 열었다.

"독물이 완전히 용해되지 않으면, 생물학적 의미로는 몸 안에 독이 존재하지 않는다는 사실은 물론 알고 계시겠지요. 그런 경우에는 독이 혈류(血流)에 흡수되지 않기 때문이죠. 독이 용해될수록 더욱 쉽게 혈류에 흡수되고, 그렇게 해서 몸에 영향을 미치게 되는 게 당연한 순리입니다."

반스가 질문을 던졌다.

"물로 독을 희석시키면 어떨까요, 박사님?"

"물이 독의 흡수를 촉진시키지는 않지만, 일반적으로 독의 작용을 증대시키기는 합니다. 그러나 부식제의 경우에는 당연히 물이 독의 효과를 감소시키지요. 그런데 한편으로, 어떤 독이든 입을 통해 투여되는 경우에는 위의 상태를 고려해야만 합니다. 독물을 복용했을 때, 위에 음식이 들어 있었다면 독의 흡수가 지연될 겁니다. 하지만 위에 음식이 없이 텅 비어 있는 상태라면, 독의 흡수뿐만 아니라 독의 효과도 더 빠르게 나타날 겁니다."

반스가 끼여들었다.

"루엘린 부인의 경우는 비교적 위가 비어 있었을 텐데요."

"그랬습니다. 그래서 위에서 독이 흡수됐다면 몸에 상당히 신속하게 영향을 미쳤을 거라고 추측할 수 있는 거지요."

반스가 말했다.

"저희는 루엘린 부인이 독을 먹은 대략의 시간을 알고 있습니다. 하지만 저희가 알고 싶은 건 과학적으로 입증된 정확한 시간입니다."

힐데브란트 박사가 다시 고개를 끄덕였다.

"예, 시간이야말로 범죄 행위가 의심되는 모든 사건들에서 아주 유용한 단서이지요. 하지만 그런 시점을 결정하는 건 쉬운 일이 아닙니다. 왜냐하면 이런 사건의 경우에, 우리는 실제적인 증거를 전혀 가지고 있지 못하니까요. 즉 독을 어떻게 먹었는지, 혹은 어떤 상태에서 먹었는지와 같은 증거들 말입니다. 전적으로 투약 시간은 복용한 독물의 종류와 시신의 증상을 관찰하는 것에 달려 있지요. 거의 모든 독약이 일반적으로 빠르게 영향을 미칩니다. 생리적인 예외로, 독물을 복용한 후에 독의 작용이 여러 시간 동안 지연된 사례가 몇 건 떠오르긴 하지만 말입니다. 하지만 일반적으로, 경구 투약된 독물의 경우에는 그 반응이 1시간 이내에 나타납니다. 대개의 경우, 위가 비어 있다면 독이 투여되고 나서 10분 내지 15분 이내에 반응이 나타나지요. 벨라도나나 아트로핀 중독의 경우에는 특히 예외가 없습니다."

반스가 물었다.

"독이 경구로 투여되었음에도 나중에 위에서 발견되지 않는 건 어찌된 일입니까?"

힐데브란트 박사가 재판관처럼 위엄 있게 헛기침을 하고 말을 이었다.

"그런 상황은 입을 통해 독이 투여된 어떤 경우에서든 부딪칠 수 있는 문제입니다. 간단히 말해서, 위장에 들어간 독 모두가 몸에서 흡수되었다는 것을 뜻하지요. 물론 혈액이나 조직 내에는 독물이 침전되어 있을 겁니다. 불행히도, 중독과 관련된 수많은 범죄 사건에서 독물학자에게는 위에 대한 화학 검사만이 맡겨지지요. 하지만 위장에서 알아낸 사실만으로는 확실하게 결론을 내릴 수 없습니다. 독이 빠르게 흡수되기 때문에 위장에 독물의 흔적이 남아 있지 않을 수도 있으니까요. 당연히 위장만을 검사한 독물학자는 자신이 찾아낸 독이 무엇이든 간에, 실제로 피살자에게 투여되거나 피살자의 몸에 흡수된 뒤에 남아 있는 잔여물일 거라고 추측하게 될 겁니다. 그러니 이것도 절대적인 증거가 되지 못하는 게 분명합니다. 그래서 독살되었다고 의심이 가는 사람의 경우에는 다른 기관들 또한 화학적으로 분석해봐야 하는 겁니다. 즉 간이나 신장, 장, 심지어 뇌나 척수까지도 말이지요. 경구 투약 방식으로 독이 들어오면 우선 위에서 완전히 흡수됩니다. 그 다음에는 혈액을 타고 순환을 하게 되지요. 그러다가 마침내 간이나 신장, 그밖의 다른 기관과 같은 조직속에 쌓이게 되는 겁니다. 입을 통해서가 아니라 다른 방식으로 몸에 독을 주입할 수도 있다는 건 물론 아실 테지요. 그런 경우에는 당연히 위에서 독물의 흔적을 찾을 수 없습니다."

"아아!"

반스가 앞으로 다가앉으며 말했다.

"그게 바로 저희가 알고 싶은 내용 중 하나입니다. 루엘린 부인은 독을 먹고 나서 아주 짧은 시간 내에 사망했기 때문에 그녀의 위에서 독물의 흔적을 전혀 찾을 수 없었던 겁니다. 제가 여쭙고 싶은 것은 이 약, 십중팔구 벨라도나인 게 분명한 이 약을 입을 통해서가 아니면 어떻게 투여했을까 하는 점입니다."

힐데브란트 박사는 생각에 잠겨 허공을 바라보았다.

"비경구적 방법으로 투여되었을 테지요. 이를테면, 피하 주사로 혈류에 직접 투여했을지도 모릅니다. 아니면 코의 점막이나 결막을 통해 흡수시켰을 수도 있습니다. 어느 경우에나 당연히 위에서는 아무 흔적도 찾을 수 없지요."

반스는 골똘히 생각에 잠긴 채 잠시 담배를 피웠다. 한참만에 그가 다른 질문을 던졌다.

"독이 입을 통해 들어가서 죽음을 초래했을지라도, 몸의 어느 기관에서도 그 흔적이 전혀 남지 않는 경우도 있을까요?"

박사는 허공에서 시선을 거두어 반스에게 집중했다.

"몸에 흡수됐을 때, 혈액에서 화학 작용을 전혀 일으키지 않는 독이 있습니다. 또 조직에 들어갔을 때, 불용성 화합물로 변하지 않는 독도 있고요. 이런 독은 몸에서 신속하게 배출되지요. 그러니 독살된 희생자가 독을 먹은 뒤 충분히 오랫동안 살아 있다면, 치명적인 약물의 흔적들이 몸에서 모조리 사라져버린 뒤일 겁니다. 그러나 루엘린 부인의 경우에는 그런 현상이 일어났다는 흔적이 전혀 없었습니다. 그녀는 통증이 유발된 직후에 극심한 중독 증상들을 나타냈으니까요. 그런 걸 감안할 때 독이 배출될 만한 시간적 여유가 없었지요."

반스가 계속 질문을 던졌다.

"그러면 독이 경구로 투여되었지만 어느 기관에서도 발견되지 않는 경우에, 체내에서 독살되었다는 것을 암시할 만한 기질적인 변화들은 전혀 나타나지 않는 겁니까?"

"예, 어떤 경우에는 그렇습니다."

힐데브란트 박사는 다시 허공으로 시선을 보냈다.

"하지만 그런 변화가 나타났다고 해도 그다지 신뢰할 수는 없습니다. 아시다시피, 다양한 종류의 질병이 체내 기관에서 독물이 일으키는 결과와 유사한 작용을 하기 때문이죠. 그래서 기관에서 발견된 손상이, 희생자에게 주입되었을 거라고 여겨지는 독 유발 증상과 일치한다면, 사람들은 그 손상이 독물 때문에 생긴 거라고 생각할 겁니다. 제가 살펴본 바에 의하면, 반대로, 어떤 경우에는 특정한 독을 먹은 것이 분명하게 드러나 있는데도 기관에 어떤 손상도 나타나지 않은 적도 있습니다. 그 독을 먹었을 경우에 예상되는 손상이 전혀 없었다는 말이지요. 예를 들면, 유명한 하이델메이어 사건에서, 사인은 비소 중독으로 알려져 있습니다. 하지만 희생자의 위나 창자 어느 쪽에도 염증이 일어나지 않았고, 단지 점막의 색이 평소의 상태보다 훨씬 엷어져 있을 뿐이었습니다."

반스는 실망스런 빛이 담긴 미소를 지으며 고개를 내저었다.

"아아, 독물학은 체계적인 학문이 아니군요. 명확한 것하고는 아주 동떨어진 분야예요. 그래도 주어진 상황에서 정확한 결론에 도달하는 방법이 틀림없이 있을 겁니다. 예를 들면, 독의 흔적이 체내에서 발견되지 않았다고 해도, 희생자의 증상이나 부검 상황에 따라어떤 독을 먹었는지 결정할 수는 있지 않겠습니까?"

힐데브란트 박사가 대답했다.

"그건 독물학상만의 문제가 아니라 의학상의 문제이기도 합니다.

아무래도 이 말씀을 드려야겠군요. 수많은 질병들이 어떤 종류의 중독 증상과 아주 비슷한 증세를 나타냅니다. 이를테면, 위장염이나 급성 위장염, 십이지장궤양, 요독증, 급성 산성증은 비소나 아코닛, 안티몬, 디기탈리스, 요오드, 수은, 그리고 다양한 산과 알칼리의 물질에 의한 부식성 중독 등의 증상과 거의 똑같습니다. 경련을 동반하는 파상풍이나 간질, 산후 급간, 뇌막염 또한 캠퍼나, 시안화물(청산칼리), 스트리키니네 중독 때문이라고 오인할 수 있습니다. 동안(動眼) 신경의 시신경 위축이나 시신경 약화를 가져오는 질병으로 인해 동공의 팽창이 나타나는 경우도 벨라도나 계열이나 코카인, 겔세미움 중독 때문이라는 결론에 이를 수 있습니다.

그리고 흔히 쇠약한 상태에서 일어나는 동공 수축은 이를테면, 아편이나, 모르핀, 헤로인에 중독된 경우의 증상과 비슷합니다. 아편이나 파라알데히드(진정제, 최면제), 이산화탄소, 히오스신(진정제, 수면제), 바르비탈(진정제, 수면제) 등은 혼수상태를 초래할 수 있습니다. 하지만 뇌일혈이나 간질, 뇌손상의 경우에도 혼수상태에 빠지게 되지요. 기질성 뇌 병증의 경우에 나타나는 정신 착란 증상은 아트로핀이나 코카인, 인도 대마(마리화나), 해시시, 그 외 각종 독물을 투약했을 때의 증세와 아주 똑같습니다. 니트로벤젠이나 아닐린, 아편, 아편계 물질 등은 청색증(산소 결핍으로 혈액이 검푸르게 되는 상태 – 역주)을 유발합니다. 그런데 심장이나 호흡기 계통 질병의 경우에도 청색증이 나타나게 됩니다. 시안화물을 복용하거나 일산화탄소에 중독되면 마비를 일으키게 되는데, 뇌종양이나 뇌졸중에 의해서도 마비가 나타납니다. 호흡 작용도 문제 삼을 수 있습니다. 아편에 중독되면 호흡이 느려지게 되는데, 요독증이나 뇌출혈의 경우에도 같은 증세를 보입니다. 그리고 벨라도나 계열의 약물에 중독된 경우에는 반대로 호흡이 가빠지게 되는데, 히스테리 상태나 연수(숨골)가 손상

되었을 경우에도 그와 같은 증상이 보통 나타나게 됩니다."

반스가 미소를 지으며 말했다.

"맙소사! 더 이상 계속하다가는 확실한 사실에서 오히려 더 멀어지게 되겠는데요."

박사가 이를 드러내며 싱긋 웃었다.

"괴테를 아시지요? 괴테가 이렇게 말했지요. Eigentlich weiss man nur wenn man wenig weiss, mit dem Wissen wächst der Zweifel(잘 모른다고 생각할 경우에만 진짜 아는 것이라고 말할 수 있다. 지식은 회의와 함께 자라나기 때문이다)."

반스가 한숨을 푹 내쉬었다.

"그렇긴 해도 전혀 도움이 되지 않는군요. 그럼에도 저는 더 알고 싶습니다."

박사가 상냥한 어조로 말했다.

"독물학이 전혀 쓸모없는 학문만은 아닙니다. 독성분이 죽은 사람의 기관에서 발견되고, 또 그 독물이 일으키는 증상과 정확하게 일치하는 상태가 나타나면, 죽은 사람이 특정 독물 때문에 죽었다는 사실이 받아들여지는 게 당연한 이치니까요."

반스가 고개를 끄덕였다.

"그렇군요. 알겠습니다. 그러니까 박사님 말씀은 기관에서 확실한 독이 검출되지 않더라도, 실제로 독물 복용이 사인이 아니라는 것을 의미하는 건 아니라는 거군요. 그러면 기관에 실제로 독이 있는 것으로 분석되었는데도, 화학 분석가가 검출해내지 못하는 경우도 있을까요?"

"물론입니다. 화학 분야에서 확인 방법이 아직 발견되지 않은 유독 물질들이 여러 가지 있으니까요. 게다가 독물 중에는 체내에서 특정 화학 물질과 만나게 되면 화학 변화를 일으켜 무해한 물질로 변하기도 한다는 사실을 간과해서는 안 됩니다. 보통 몸 안에서 당연히 발견되리라 여겨지던 물질로 바뀌어버리거든요."

"그럼 살인 방법을 추적당할 염려 없이, 그러니까 흔적을 전혀 남기지 않고 계획적으로 누군가를 독살하는 게 가능할까요?"

힐데브란트 박사가 고개를 약간 끄덕였다.

"물론 가능한 일입니다. 누군가 위장 안에 나트륨을 주입하는 데 성공한다면……"

반스가 중간에 말을 가로챘다.

"예, 알고 있습니다. 하지만 산소와 화합한 나트륨을 위장벽에 주입시키는 방법은 제가 염두에 둔 예가 아닙니다. 제가 여쭙고 싶은 문제는 바로 이겁니다. 실제로 아무런 흔적도 남기지 않고 사람을 죽음에 이르도록 만드는 유독 물질들이 있습니까?"

"물론입니다, 그런 독이 있습니다."

힐데브란트 박사가 입에서 파이프를 다시 빼내면서 느릿느릿 대답했다.

"일례를 들면, 다양한 채소 독이 있습니다. 특정한 손상도 일으키지 않고, 화학적으로 독성을 확인할 수도 없지요. 그리고 어떤 유기 독성물질(유기염소계 농약, 폴리염화비페닐, 다이옥신 등 – 역주)들의 경우에는 화학 변화를 일으켜 체내에서 일반적으로 존재하는 성분으로 바뀔 수도 있습니다. 게다가 휘발성 독물질의 경우에는 독물학자가 기관들을 검사할 때쯤이면 완전히 흩어져 사라져버린 뒤일 겁니다.[12] 무기산(황산, 염산, 질산 등 – 역주)류는 거론하지 않겠습니다.

---

12) 힐데브란트 박사는 반스의 질문에 대답하면서 몸 안에 전혀 흔적을 남기지 않는 독물 몇 가지를 명확하게 언급했다. 하지만 나는 일부러 그것들을 여기에 기록하지 않는다. 현대의 의과학자나 독물학자들은 언급된 독물에 대해 알고 있을 것이다. 하지만 나는 일반인들까지 이런 위험한 지식을 알게 되는 것을 원치 않으며, 또한 현명하지 못한 처사라고 생각한다.

무기산류는 부식을 일으키는데다, 희생자가 사망하기 전에 체내에서 배출돼버리니까요. 제 생각으로는, 당신은 이런 종류의 독물에는 관심이 없으신 것 같습니다만."

반스가 말했다.

"저는 특히 쉽게 독살에 성공할 수 있는 독에 대해 생각하고 있습니다. 독이 들어 있다는 사실을 희생자가 눈치 채는 일 없이 물 한잔으로 건네질 수 있는 그런 독물 말입니다."

힐데브란트 박사는 잠시 동안 반스의 말을 곰곰이 생각했다. 그리고 나서 진지한 얼굴로 고개를 저으며 말했다.

"글쎄요. 제가 염두에 두고 있는 약품이나 화학물질이 당신이 요구하는 그런 모든 조건을 만족시키지는 못할 것 같군요."

"하지만 박사님, 최근에 새로운 독이 발견되었을 가능성은 없습니까? 제 가정에 근거한 요구 조건에 알맞은 그런 독 말입니다."

박사가 인정했다.

"물론 있을 수 있는 일입니다. 새로운 독물이 끊임없이 발견되고 있으니까요."

반스는 잠시 침묵을 지키다가 질문을 던졌다.

"아트로핀이나 벨라도나가 물에 치사량이 들어있다면, 그 혼합물을 마신 누군가는 그 사실을 쉽게 눈치 챘겠지요?"

"당연하지요. 물에서 쓴맛이 났을 테니까요."

박사가 천천히 시선을 반스에게 돌렸다.

"루엘린가 사건에서 물에 독을 타서 먹였을 거라고 생각할 만한 이유가 있는 겁니까?"

반스는 대답하기 전에 머뭇거렸다.

"그 점에 대해서는 아직 추측만 할 따름입니다. 실은 루엘린 부인 가까이에 있던 두 사람도 간밤에 독을 먹었다가 회복되었거든요. 두 사람 모두 물 한 잔을 마신 직후에 쓰러졌습니다. 그리고 저희가 도착해보니 루엘린 부인 곁의 물병도 텅 비어 있고 해서 말이지요."

"알겠습니다."

박사가 혼잣말하듯 중얼대며 천천히 고개를 끄덕였다.

"그렇다면 내일 다른 기관들의 화학 분석이 끝난 뒤에 좀더 알려드리도록 하겠습니다."

반스가 자리에서 일어났다.

"정말 감사드립니다, 박사님. 지금 당장은 여쭤볼게 더 이상 없습니다. 현재까지는 사건이 몹시 분명치 않은 것 같습니다. 그런데 박사님의 보고서는 언제쯤 마무리되겠습니까?"

힐데브란트 박사는 육중한 몸을 일으켜 문까지 우리를 따라나오며 말했다.

"말씀드리기 곤란하군요. 아침에 그 일부터 먼저 시작할 테니, 운이 따라준다면 내일 밤에나 보고서가 완성될 것 같습니다."

우리는 힐데브란트 박사의 집을 나왔다. 반스는 우리를 차에 태우고 자신의 아파트로 곧장 몰았다. 그는 생각에 빠져 있는 듯 말이 없었다. 게다가 얼굴에는 걱정스런 표정까지 떠올라 있었다. 그래서 마크햄은 우리가 서재에 자리를 잡고 앉을 때까지 그와 대화를 하려는 시도조차 하지 않았다. 커리가 들어와서 벽난로에 불을 붙이고 나자, 반스가 그에게 나폴레옹 코냑을 가져오라고 지시했다. 그러자 마크햄이 박사의 아파트를 떠난 이래 처음으로 반스에게 질문을 던졌다.

"뭐든 알아냈나? 이를테면, 힐데브란트 박사와 면담을 나누는 동안 뭔가 새로운 생각이라도 머릿속에 떠올랐나?"

반스가 난감한 표정으로 대꾸했다.

"명확한 것이 아무것도 없네. 이 사건의 불가사의한 부분이 이것일세. 뭔가 중요한 부분에 거의 도달한 것으로 생각되는데 그것을 알 수가 없어. 오늘 오후에 박사가 자신의 의견을 말할 때만도, 나는 몇 번이나 내가 알아야만 하는 뭔가를 박사가 알려주고 있다는 생각이 들었네. 하지만 그 뭔가를 잡을 수가 없군. 아아, 마크햄, 내가 영매였으면 좋을 텐데!"

그는 한숨을 푹 내쉬었다. 그리고는 두 손으로 코냑잔을 감싸 따뜻하게 하면서, 아래가 불룩 튀어나온 커다란 유리잔의 좁다란 입구를 통해 그 향을 음미했다.

"그런데 어젯밤 사건 모두에 흐르는 공통적인 요소가 하나 있네. 물이 그것이지."

마크햄이 생각에 잠긴 채 그를 바라보았다.

"자네가 그것에 집중해서 몇 번이나 질문하는 데 주목했네."

"오, 그랬지. 그랬어. 알다시피, 물이 있었네. 이 극악무도한 사건의 모든 장면마다 물이 등장하고 있어. 루엘린은 위스키를 주문하고 물을 원했네. 하지만 그는 주문한 것이 나왔을 때 마시지 않았어. 나중에 블러드굿이 그를 대신해 물을 주문했고, 킨케이드가 사환을 자신의 사무실로 보내 물을 가져오라고 지시했네. 나중에 킨케이드 자신이 물을 마시려고 했을 때는 물병이 텅 비어 있었지. 그래서 바에 가서 물병을 채워 오라고 지시했고 말이야. 우리가 루엘린 저택에 도착했을 때, 버지니아 루엘린 방의 물병도 비어 있었네. 아멜리아 루엘린은 엄마 방의 물병에서 마지막 남은 물 한 잔을 마시고 쓰러졌지. 그녀의 방에 있던 물병도 나중에 비어 있는 걸로 밝혀졌고. 하지만 그 점에 대해서는 그녀가 설명을 해주었어. 그 다음에 블러드굿은 물에 대한 이야기가 나오자, 감정적이 되어서는 말문을 닫아버렸네. 우리가 향하는 곳마다 물이 있어! 마크햄, 맹세컨대, 이 사건에는 뭔가 극악한 속임수가 있는 것 같네……"

"희생자들 모두가 물을 통해 독을 먹었을 거라고 생각하는 건가?"

"그렇게 생각한다면 모든 문제가 간단하게 풀렸겠지."

반스가 절망적이라는 듯 손을 내저으며 말했다.

"하지만 이렇게 반복해서 등장하는 다양한 물을 함께 연결할 만한 실마리가 없네. 린 루엘린은 물뿐만이 아니라 위스키도 마셨잖나. 물론 버지니아 루엘린은 물로 독살되었네. 하지만 사후의 모습에서 나타나는 것처럼 그녀가 먹었던 독이 벨라도나나 아트로핀이었다면, 그녀는 물에 독이 들어있다는 사실을 눈치 챘을 걸세. 그랬다면 물을 다 마시지 않았겠지. 우리가 어느 정도 확신을 가지고 물을 통해 독을 먹었다고 말할 수 있는 사람은 희생자 세 사람 중 단한 사람, 아멜리아뿐이네. 하지만 그녀도 이상한 맛을 조금도 느끼지 못했잖나. 게다가 그녀는 저녁 일찍이 자신의 방에 있던 물병의 물을 다 마셨네. 하지만 어떤 불행한 결과도 일어나지 않았어……. 참으로 이상한 일이잖나. 이 사건에 의도적으로 물을 끼워 넣어서 우리를 어딘가로 이끄는 것 같거든. 이것이 계획되었던 일인 것처럼 보이도록 교묘하게 살인사건을 꾀했단 말이네. 의도된 일이 아니었다면, 예외 없이 되풀이해서 물이 나타나지는 않았을 거야. 물론 몇 가지는 우연의 일치였을지도 모르지. 하지만 전부 다는 아니네. 그럴 리는 없지. 게다가 블러드굿은 물 이야기가 나오자 불안해했어……. 우리가 열쇠를 쥐고 있긴 하네, 마크햄. 제기랄! 그런데 그 출입문을 찾을 수 없군……."

그는 절망적이라는 몸짓을 하며 말했다.

"물이라. 얼마나 바보 같은 생각인가……. 물 외에 뭔가가 있으면 좋을 텐데! 물로는 아무도 해칠 수 없잖나. 물 속에 뭔가가 넣어지지만 않는다면 말일세. 왜 하필 물일까, 마크햄……? 물은 수소 2개와 산소 1개로…… 간단한 원소들로 이루어져……."

반스가 갑자기 말을 중단했다. 그는 두 눈을 앞쪽에 고정한 채 기계적으로 코냑잔을 내려놓았다. 그리고는 상체를 앞으로 구부렸다가, 다음 순간 의자에서 벌떡 일어섰다.

"오, 이런!"

그는 마크햄 쪽으로 고개를 휙 돌렸다.

"물이 반드시 H_2O인 것만은 아니지. 우리는 미지의 문제를 다루고 있는 거네. 불가사의한 문제 말이야."

그는 생각에 잠겨 아래쪽을 내려다보았다.

"설마 그럴 리가……. 어떤 이유로 우리는 물을 쫓아다니게 되어 있는 건지도 모르겠어……. 우리는 이 사건에 화학자와 의사, 도박꾼이자 자본가, 독물학 서적, 증오와 질투, 오이디푸스 콤플렉스(프로이드의 정신분석 용어로, 자녀가 이성의 부모에게 무의식적으로 품는 성적 사모, 특히 아들이 어머니에게 품는 성적 사모를 말함. - 역주)가 관계되어 있다는 것을 알고 있네. 그리고 독살사건 세 건에는 어디에나 물이 등장하고 있는 것도 알고 있지……. 여보게, 마크햄, 잠시 뭐든 하고 있게나. 읽을거리를 보든, 혹은 생각을 하든, 잠을 자든, 마음을 졸이고 있든, 혼자 카드놀이를 하든, 뭐든 다 하게. 다만 말만 하지 말게."

그는 재빨리 몸을 돌려 과학 잡지와 소논문이 꽂혀 있는 책장 쪽으로 갔다. 30분 동안 그는 책을 뒤적거리다가, 잠깐 멈춰서 여기저기 단락을 읽거나 혹은 찾아낸 논문을 대강 훑어보거나 하면서 부지런히 움직였다. 드디어 그가 잡지와 문헌들을 제자리에 꽂아놓고 벨을 눌러 커리를 불렀다.

반스가 나이든 영국인 하인에게 지시했다.

"내 가방을 꾸리게. 하룻밤 자고 올 거라네. 평상복으로 준비해주게. 그리고 짐은 차에 가져다 놓게. 차를 몰고 갈 거니까."

제12장 반스, 여행을 떠나다 **203**

마크햄이 자리에서 일어나 반스와 마주섰다.

"여보게!"

그는 불쾌한 빛을 드러내며 말했다.

"어딜 가려는 건가, 반스?"

반스가 애교 섞인 미소를 던지며 대답했다.

"짧은 여행을 좀 다녀오려고 하네. 지혜를 구하러 가는 거라네. 단서가 되는 물이 손짓해 부르니 말일세. 아침에 돌아오겠네. 더 현명해지든지, 아님 더 의기소침해 있든지 해서 말이야. 혹은 둘 다일 수도 있고."

마크햄은 잠시 동안 그를 바라보다가 물었다.

"무슨 생각을 하고 있는 건가?"

반스가 미소를 지었다.

"아마 터무니없는 희망에 지나지 않을 걸세, 친구."

마크햄은 반스를 너무나 잘 알기 때문에 그 자리에서 더 이상 설명을 끌어내려고 애쓰지 않았다.

"행선지도 비밀인가?"

마크햄이 불쾌감을 누그러뜨린 어조로 물었다.

"어허, 아니네. 아니야."

반스가 책상으로 가서 담뱃갑을 채워 넣으며 말했다.

"절대 비밀이 아니지…… 프린스턴 대학에 갈 거라네."

마크햄이 놀란 얼굴로 그를 뚫어지게 바라보았다. 그러다가 어깨를 으쓱거리고 비웃는 듯한 표정으로 고개를 흔들며 한 마디 툭 던졌다.

"자네는 하버드 출신이잖나!"

제*13*장 놀라운 발견

10월 17일 월요일 낮 12시

반스는 다음날 정오가 거의 다 되어서 뉴욕으로 돌아왔다. 내가 그날의 일과를 보느라 한창 정신이 없던 때에, 서재로 들어온 반스는 인사도 하는 둥 마는 둥하고 침실로 곧장 들어갔다. 골똘한 그의 얼굴이나 열의에 찬 움직임을 보면서, 나는 그가 뭔가 중대한 생각을 하고 있음을 눈치 챘다. 그는 잠시 후 서재로 나왔는데, 글렌체크(비교적 큰 스케일의 격자무늬 – 역주)의 신사복 차림에, 챙이 좁은 차분한 녹색의 중절모자를 쓰고 블루처(가죽으로 만든 목이 길고 튼튼한 반장화 – 역주)를 신고 있었다.

반스가 말을 꺼냈다.

"참 괴로운 날이네, 반. 밖에 저렇게 비가 오는데, 교외로 나가야 하니 말일세. 장부는 그만 들여다보고 같이 가세나…… 하지만 마크햄을 먼저 만나보고 가야 하네. 그 친구 사무실에 전화를 걸어 내가 20분 후에 그리로 간다고 전해주게. 부탁하네."

내가 지방검사 사무실에 연락을 취하는 동안, 반스는 벨을 눌러서 커리를 부른 다음 저녁식사에 대해 지시를 내렸다.

우리가 형사 법원 건물에 도착했을 때 마크햄은 혼자 있었다.

"약속까지 연기해 놓고 자네를 기다리고 있었네."

그가 반스를 맞으며 말했다.

"뭘 알아왔는지 보고해 주겠나?"

반스가 의자에 털썩 주저앉으며 말했다.

"이보게 마크햄, 오, 마크햄! 보고를 꼭 해야 하나?"

반스는 정색을 하며 마크햄을 주의 깊게 쳐다보았다.

"사실은 말일세, 보고할 만한 것도 없네. 실망만 안겨준 여행이었네."

마크햄이 물었다.

"어쨌든 프린스턴 대학에는 왜 갔던 건가?"

반스가 대답했다.

"오래 전부터 알고 지내던 사람을 만나러 갔었네. 휴 스토 테일러 박사라고, 오늘날 알아주는 화학자 중 한 명일세. 프린스턴 대학 화학과의 학과장으로 있다네……. 어젯밤에 그와 두 시간쯤 같이 있으면서 프릭 화학 연구소(강철왕 헨리 클레이 프릭의 이름을 따서 붙여진 것임. - 역주)를 좀 시찰했지."

마크햄이 예리한 눈빛으로 반스를 보며 물었다.

"그냥 시찰이나 하러 간 평범한 여행이었나? 아니면 뭔가 특별한 목적이 있어서였나?"

"평범한 여행은 아니었네."

반스가 담배를 빨아들인 후 이어 말했다.

"아주 특별한 목적이 있었네. 사실, 중수(重水;중수소와 산소의 결합으로 만들어진 물로 원자로의 중성자 강속재나 냉각재로 쓰인다. - 역주)에 대해 관심이 있어서였네."

"중수라고!"

마크햄이 의자에 앉은 채 몸을 꼿꼿이 세웠다.

"나도 중수에 대해 어디선가 들어본 적이……."

"암, 암. 물론 그랬겠지. 신문에서 그것에 대해 상당히 많이 다뤄

왔으니까. 정말 놀라운 발견이지. 현대 화학계의 위대한 사건 중 하나라네. 그러니 아주 흥미로운 기사감이지."

그는 의자 뒤로 몸을 기대며 두 발을 앞으로 쭉 뻗었다.

"중수는 화합물로, 그 안에 포함된 수소 원자가 보통 물의 수소 원자보다 2배는 무겁네. 이 액체의 분자 가운데 최소한 90퍼센트는 산소와 최근 발견된 중수소(질량수가 2 또는 3인 수소의 동위원소를 통틀어 이르는 말 - 역주)의 결합으로 구성되어 있기 때문일세. 화학식은 H^2H^2O이지만, 요즘 과학계에서는 대체로 D_2O라고 쓰더군. 이 물의 재미있는 점은, 보통 물과 모양이나 맛이 똑같다는 것일세. 사실, 중수 분자는 일반 물 분자 5천 개당 하나 꼴로 있지만, 정수(淨水)의 경우는 여과 과정을 거쳐서 그 양이 줄어들기 때문에 중수 분자 하나를 추출하려면 물 분자가 거의 만 개 가까이 필요하네. 어떤 연구소들에서는 중수 1온스(약 28그램)를 추출하는 데 일반 물을 300갤런(약 1,135리터)이나 쓴 적도 있었지. 사실상 중수를 발견한 사람은 컬럼비아 대학의 해롤드 C. 유리 박사였네. 하지만 이 새롭고 놀라운 화합물을 실질적으로 연구한 이들은 프린스턴 대학의 과학자들이었어. 프릭 화학 연구소에 있는 기구가 중수를 다량으로 추출할 수 있도록 고안된 최초의 장비이기도 하고 말일세. 내가 '다량'이라고 말하기는 했지만, 이는 상대적으로 봤을 때 그렇다는 걸세. 어젯밤 테일러 박사에게 듣기로는, 자신들의 연구소에 있는 장비로도 하루 산출량이 1cc도 안 된다고 하니까 말이네. 하지만 하루에 찻숟가락 하나 정도까지 산출량을 높일 수 있을 것으로 기대한다고 하더군. 현재 프린스턴 대학이 보유하고 있는 이 귀한 액체의 양은 0.5리터도 채 안 되네. 산출비용이 어마어마하기도 하지만, 전국 각지에서 과학자들이 이 액체의 샘플을 요청해오기 때문이기도 하지. 그래서 청구하는 가격도 1cc당 100달러가 넘는다고 하더군. 그러니 찻숟가락으로 하나 분량을 사려면 400달러도 더 있어야 할 테고, 1쿼트(1.14리터)를 얻으려면 10만 달러쯤 들지……."

그는 마크햄을 흘끗 본 다음 말을 계속했다.

"이 새로운 상품은 상업적으로도 전망이 아주 밝다네. 테일러 박사 말로는, 멀리 서부지방에 있는 한 화학 회사에서 이미 중수를 팔기 시작했다고 하네."[13]

마크햄은 깊은 관심을 보이며 반스에게서 눈을 떼지 않았다.

"그러면 자네는 이 중수가 토요일 밤에 일어난 독살사건들의 단서라고 생각한단 말인가?"

반스가 말을 질질 끌며 대답했다.

"단서들 중 하나일 수도 있다고 보네. 하지만 이것이 유일한 단서는 아닐까 해서 불안하기도 하네. 그런데 중수를 단서로 삼더라도 사건을 원만히 풀어나가는 데 걸림돌이 되는 요소들이 너무 많네. 우선 중수는 그 구입비용이 엄청나게 비싸기 때문에, 루엘린가의 사건에서 계속해서 물이 관련되는 점을 설명하기에는 다소 무리가 있지."

마크햄이 물었다.

"하지만 중수가 인체에 유독한 작용을 하는지에 대해서는 어떤가?"

"아하! 제대로 지적했네. 안타깝게도, 중수를 많이 섭취했을 경우 인체에 어떤 영향을 미치는지에 대해서는 아무도 모른다네. 사실 중수를 아주 소량밖에 얻어내지 못하기 때문에 그런 쪽으로 실험을

---

13) 나는 이 카지노 살인사건에 관해 기록을 하던 중에, 뉴욕타임스의 긴급보도에서 다음의 소식을 접하게 되었다. 임페리얼 화학이라는 영국 유수의 화학업체에서 중수를 상업적으로 생산하기 시작했으며, 조만간 전 세계의 화학자와 물리학자, 그리고 의사들에게 공급할 수 있을 것으로 내다본다는 것이었다. 가격은 찻숟가락 하나 분량에 50달러 가량이라고 했다.

한다는 것 자체가 불가능한 실정일세. 그래서 지금은 단지 다른 실험을 토대로 추측들만 할 따름이네. 프린스턴 대학의 스윙글 교수가 실험한 바에 의하면, 레비스테스 레티쿨라투스(거피;서인도 제도산의 관상용 열대어 - 역주) 같은 조그만 담수어는 중수에 치명적인 반응을 보였고, 청개구리의 올챙이나 편형동물의 경우도 중수에 놓아두었더니 금방 죽었다고 하네. 또 묘목에 중수를 주면 성장이 늦어지거나 완전히 멈추기도 한다네. 중수가 이렇게 생물의 원형질(살아 있는 세포에 들어 있는 유동성 물질. 세포 내에서 자기 증식, 물질 대사, 운동과 같은 생명 활동의 기초가 됨. - 역주) 작용을 방해하는 점을 들어서, 샌프란시스코의 몇몇 실험자들이 이런 가설을 내세우기도 했지. 즉, 사람이 늙거나 노쇠해지는 것은 장기간에 걸쳐 몸 안에 중수가 축적되기 때문이라고 말이네."

반스는 잠시 담배를 피다가 계속해서 말했다.

"하지만 나는 이러한 추론들이 우리가 맡고 있는 유별난 사건과 직접적인 관련이 있다고는 확신하지 못하겠네. 또 한편으로는, 자꾸만 이런 생각도 드네, 마크햄. 그러니까 우리가 사건의 가닥을 그쪽으로 잡아서 따라가도록 일이 꾸며져 있다고 말일세. 좌우지간, 따라가다 보면 진실에 이르게 될 것 같기도 하네."

마크햄이 물었다.

"도대체 그게 무슨 말인가?"

"어젯밤에 테일러 박사의 젊고 똑똑한 조수 한 명을 만나서 얘길 해보았네. 마틴 퀘일이라고 하는 화학자였다네. 성실하고 재능 있는 친구로, 박사가 중요한 인재로 여기며 거느리고 있더군. 하지만 나라면 그다지 신뢰하고 싶지 않은 친구였어. 너무 야심이 많아 보였거든……."

마크햄이 퉁명스레 말했다.

"그 퀘일이라는 친구가 내 질문과 무슨 관계가 있단 말인가?"

"사실, 퀘일은 블러드굿의 동기생일세. 두 사람 모두 포부가 크고 전도유망한 화학도였단 말이지. 또 아주 절친한 친구 사이기도 하지 뭔가. 모든 것이 gemütlich(기분 좋게) 맞아 떨어지잖나."

마크햄은 잠시 생각에 잠긴 얼굴로 반스를 유심히 보았다. 그리고는 고개를 설레설레 저으며 말했다.

"나도 자네가 들려준 그 사실이 어딘지 연관성이 있을 것 같다는 느낌은 드네. 하지만 아직도 그게 우리가 지금 풀려고 애쓰는 사건과 어떤 식으로 관련되어 있다는 건지 잘 모르겠어."

반스가 서슴없이 인정했다.

"나도 마찬가질세. 자네에게 말해줄 만한 뭔가 더 명확한 정보가 없어서, 대신 이 사실이나마 털어놓은 것뿐이네."

마크햄이 갑자기 신경질이라도 나는지 주먹으로 책상을 내리쳤다.

"그렇다면 자네는 무턱대고 프린스턴 대학으로 가더니 도대체 뭘 알아 온 건가?"

그가 불만스럽게 말했다.

"나도 정말 모르겠네."

반스가 덤덤한 어조로 대꾸했다.

"솔직히 말해 이만저만 실망한 게 아니네. 나도 뭔가 더 많은 것을 기대했으니까. 그렇다고 아주 절망한 것도 아닐세. 물에 대해 알아낸 사실 가운데는, 잘 파악할 순 없지만 뭔가가 있네. 오늘밤에 그것에 관해 더 알아볼 생각이야. 그래서 오늘 오후 또 한번 여행을 가려 하네. 이번에는 교외로 갈 걸세. 자네도 보다시피, 그래서 내가 이렇게 시골 사람처럼 수수한 옷을 걸치고 온 거네. 퀘일로 인해 든 생각을 토대로 해서 더듬더듬 나아가다보면, 이 사건의 실마리를 찾을 수 있으리라 믿네."

마크햄은 날카로운 눈빛으로 잠깐 동안 반스를 살펴보았다. 그러더니 콧방귀를 뀌고는 쓴웃음을 지어보였다.

"자네는 늘 델포이 신탁소(예언의 신 아폴로의 신전으로, 사제들이 수수께끼 같은 답변을 해주는 것으로 유명함. - 역주)의 사제라도 되는 것처럼 두서없이 긴 이야기를 늘어놓으며, 꼭 점이라도 치는 사람처럼 군단 말이야. 자기가 무슨 수정 점쟁이라도 되는 줄 안다니까. 이쯤이면 나도 자네의 그런 방식에 익숙해질 때도 됐건만……. 그러니까 교외로 소풍을 가겠단 말인가?"

반스가 상냥하게 말했다.

"그렇네. 클로스터로……."

이 말에 마크햄이 벌떡 일어섰다.

"어딜 간다고!"

그가 버럭 고함을 질렀다.

"허, 이보게 마크햄, 사람 간 떨어지게 그렇게 소릴 지르면 어떻게 하나. 자네 아주 힘이 철철 넘치는군 그래."

반스가 한숨을 내쉬었다.

"이보게, 스웨커에게 클로스터 주변의 주거지에 수도와 전력을 공급하는 회사들을 좀 알아봐달라고 해주겠나?"

마크햄은 흥분해서 빠른 말로 뭐라고 중얼거리다 입을 꾹 다물었다. 그리고는 벨을 눌러 비서를 부른 뒤, 그에게 반스가 요청한 대로 지시했다.

스웨커가 다시 사무실을 나가자, 반스는 마크햄에게 시선을 돌리며 말을 계속했다.

"회사 이름을 알아낸 다음에는 그곳 책임자들에게 보여줄 소개장을 짧막하게 써줄 수 있겠나? 알아볼 정보가 있어서……."

"어떤 정보 말인가?"

반스가 부드럽게 말했다.

"자네가 꼭 알아야 하는 거라면 말해주지. 클로스터 부근에 사는 어떤 저명한 주민이 물과 전기를 얼마나 쓰는지 물어보고 싶네."

마크햄은 의자에 도로 털썩 주저앉았다.

"맙소사! 그럼, 자네는 킨케이드를 염두에 두고⋯⋯?"

반스가 말을 끊으며 끼여들었다.

"이보게! 나는 누구를 염두에 두고서 이러는 게 아니네. 뭐든 붙잡아 보려고 안간힘을 쓰고 있는 걸세."

반스는 들으라는 듯이 일부러 크게 한숨을 내쉬고는 더 이상 아무 말도 하지 않았다.

몇 분 후에 스웨커가 안으로 들어와, 클로스터와 그 인근 지역은 밸리스트림 수도회사와 잉글우드 전력회사에서 물과 전기를 공급해 준다고 알려주었다. 두 회사 모두 잉글우드에 있었다.

마크햄은 이번에는 반스가 요구했던 소개장을 쓰라고 지시 내렸다. 그리고 10분 후 우리는 클로스터에서 몇 킬로미터 떨어져 있는 잉글우드로 향했다.

잉글우드가 뉴욕에서 별로 멀지 않은 이유도 있지만, 반스가 운전을 잘하기도 해서 우리는 30분이 채 걸리지 않아 그 번화한 소도시에 도착했다. 반스는 길을 물어 가며 밸리스트림 수도회사를 찾아갔다. 그리고 그곳에 도착하자마자 책임자에게 소개장을 전했다. 그러자 조그만 개인 사무실로 안내되었고, 40세 가량의 상냥하고 사려 깊어 보이는 맥카티 씨가 우리를 맞았다.

그가 악수를 나눈 후 물었다.

"무엇을 도와 드릴까요? 저희가 해드릴 수 있는 일이라면 뭐든지 기꺼이 도와드리겠습니다."

반스가 말했다.

"제가 특히 알고 싶은 것은, 클로스터 인근에 사시는 리처드 킨케이드 씨가 물을 얼마나 사용하시는가에 대한 것입니다."

"그런 거라면 쉽게 알 수 있습니다."

그는 철제 서류 캐비닛으로 가서, 얼마간 뒤적거리다가 얇은 황갈색의 작은 계량기 검침 카드 한 장을 꺼냈다. 그리고는 책상으로 다시 돌아와서 기록을 훑어보고, 깜짝 놀란 듯 눈썹을 치켜올렸다.

"아, 맞다."

잠시 후 그는 뭔가 기억난 듯 말을 꺼냈다.

"이제 이게 어떻게 된 일인지 생각납니다…… 킨케이드 씨는 댁에 가정용 소형 계량기가 설치되어 있는데도, 물을 굉장히 많이 쓰십니다. 사실, 사용료 부과 요율로 보면 연간 40,000~400,000ft^3(약 1,133~11,330m^3) 정도나 사용하시는 셈이니까요……."

반스가 그의 말에 보충해서 설명했다.

"킨케이드 씨는 보통 크기의 사냥용 산막 한 채밖에 사용하지 않고 있는데 말이죠."

맥카티 씨가 고개를 끄덕였다.

"예, 맞습니다. 그런데도 킨케이드 씨가 사용하는 수도의 양은 공장에서 쓰는 양과 맞먹습니다. 저도 1년쯤 전에 수돗물을 그렇게 많이 사용하는 걸 이상히 여겼습니다. 계량기 검침 수치가 그렇게 높게 나온다는 게 이해가 되지 않았지요. 그래서 당연히 조사를 해봤습니다. 하지만 고객께서는 아무런 이의 없이 요금을 다 납부하셨고, 그래서 저희도 계속 서비스를 해드릴 수밖에 없었습니다."

반스가 다시 말을 했다.

"그렇다면 맥카티 씨, 킨케이드 씨가 사용한 수도의 양이 일정 시기에 따라 변화가 있지는 않습니까? 그러니까 계량기 검침 수치가 산막을 사용하지 않는 겨울철보다는 봄이나 여름철에 더 높게 나오지 않았는지요?”

“그렇지는 않습니다.”

책임자는 카드의 숫자들을 훑어보느라 고개를 들지도 않은 채 대답했다.

“거의 변화가 없습니다. 카드에 적힌 대로라면, 겨울철의 수도 사용량도 여름철과 다를 바 없습니다.”

그가 마침내 눈을 들어 반스를 쳐다보았다.

“저희가 이 문제에 대해 더 조사해보길 바라십니까?”

반스가 느긋하게 대꾸했다.

“아아, 아닙니다. 그럴 필요는 없습니다. 그런데 언제부터 이렇게 수돗물을 과도하게 사용하기 시작한 겁니까?”

책임자는 다시 카드를 내려다보다가, 뒤집어서 반대 면에 있는 숫자들을 훑어보았다.

“수도가 연결된 것은 1년쯤 전, 그러니까 정확히 말해서 8월이었군요. 그리고 사용량이 과도해지기 시작한 시기도 바로 그 직후입니다.”

반스는 일어나더니 한 손을 책임자에게 내밀었다.

“정말 감사합니다. 이제 제가 원하던 것은 다 알았습니다. 친절을 베풀어주셔서 감사합니다.”

우리는 밸리스트림 수도회사의 건물에서 나와, 그곳에서 몇 블록 떨어진 곳에 위치한 잉글우드 전력회사로 갔다. 반스는 다시 그곳 책임자에게 소개장을 전했다. 그러자 이번에도 회사의 책임자인 브라우닝 씨와 바로 만날 수 있었다. 반스가 킨케이드의 전력 사용량을 조회해보고 싶다고 말하자, 그는 반스를 호기심이 어린 날카로운 시선으로 쳐다보았다.

“물론 이런 정보를 알려드리는 것은 저희 회사의 관례에 어긋나는 일입니다."

그가 위엄 있으면서도 조심스러운 태도로 말했다.

"하지만 지금과 같은 경우라면 알려드려도 무방하다고 생각되는 군요. 킨케이드 씨라면 이 부근에서는 모르는 이가 없지요. 그분은 1년쯤 전에 저희 회사를 찾아오신 적이 있습니다. 그때 그분은 저와 만나서, 본인이 필요로 하는 전력량으로 알맞게 조정하고 가셨습니다. 더 자세히 말씀드리자면, 그 정도 크기의 주택이나 산막에서 보통 사용하는 용량보다 훨씬 크게 요구하셔서, 가정에서 통상적으로 사용하는 5킬로와트가 아닌 500킬로와트에 달하는 용량을 공급하기로 협의가 되었습니다."

"알려주셔서 감사합니다."

반스는 브라우닝 씨에게 담배를 권하고 자신도 한 개비 꺼내 물었다.

"그런데 킨케이드 씨가 그렇게 큰 용량의 전력으로 조정하면서, 무슨 용도로 쓰려는지에 대해서는 말하지 않았습니까?"

책임자가 대꾸했다.

"저도 당연히 그런 질문을 했습니다. 그랬더니 실험을 하기 위해서 큰 용량이 필요하다고만 말씀하시더군요."

"더 자세히 물어보지는 않으셨습니까?"

책임자가 대답했다.

"킨케이드 씨께서 본인이 하려는 실험은 다소 비밀스러운 것이라고 말씀하시기에, 더 자세히 알고 싶었지만 그쯤에서 호기심을 접어야 했습니다. 물론 이해하시겠지만, 고객에게 최상의 서비스를 제공하는 것이 저희의 목표이자 직분이니까요."

반스가 고개를 살짝 숙여 보이며 대꾸했다.

"당연히 그러시겠죠. 저희를 믿고 정보를 알려주셔서 참으로 감사합니다."

브라우닝 씨가 일어섰다.

"더 많은 정보를 알려드리지 못해 죄송합니다. 사용 전력량이 정확히 얼마인지 아시고 싶다면, 그 정도는 알려드릴 수 있습니다."

"아니오, 괜찮습니다."

반스가 문 쪽으로 걸음을 옮기며 말했다.

"현재로서는 저희가 알아야 할 정보를 모두 말씀해주셨습니다."

그리고 나서 그는 방을 나왔다.

우리가 다시 차를 탔을 때, 반스는 운전석에 앉아서 몇 분간을 막막한 듯 멍하니 있었다. 그러다가 담뱃갑을 꺼내더니 깊은 생각에 잠긴 채 새 레지에 불을 붙였다.

그는 차를 빙 돌려 다시 허드슨 강 쪽으로 향했다. 우리가 탄 차가 다시 9-W로(路)에 들어서자 반스는 북쪽으로 방향을 돌려 팰리세이즈 쪽으로 차를 몰았다.

반스가 말했다.

"이제 다음 몇 킬로미터 내의 어디쯤에서 좁은 차도 하나가 나올 걸세. 그리고 길 안내 표지판도 보일 거네. 잘 보고 있게. 그 차도를 놓치면 클로스터로 가서, 그곳에서부터 길을 물어물어 찾아가야 하니."

하지만 그럴 필요는 없었다. 3킬로미터쯤 더 갔을 때, 주도로 한쪽에 딴 길로 빠지는 도로가 하나 나왔다. 그 도로는 나무가 죽 늘어선 개인 차도였으며, 입구에는 조잡하게 만들어진 안내판이 비바람에 바랜 채 서 있었다. 그 안내판에는 안쪽 어딘가에 킨케이드의 산막이 있다고 표시돼 있었다.

차를 돌려 차도로 들어섬과 거의 동시에, 우리는 수목이 울창하게 우거진 시골길로 접어들었다. 우리는 이제 버겐 카운티에 들어와 뉴저지의 록레이라는 마을 근처에 와 있었는데, 클로스터 군구(郡區;카운티(주 바로 밑의 행정 단위)의 하위 행정 구분 – 역주)와 뉴욕 주 사이의 어디쯤 되는 곳이었다. 개인 차도를 따라 800미터쯤 가니, 갑자기 탁 트인 공간이 나왔다. 그리고 그 한복판에 오래된 2층짜리 석조 주택이 자리 잡고 있었다. 모양으로 보아 원래 개인주택으로 쓰려고 지어진 듯했다. 주택은 어딜 보나 황량하기 그지없었다. 창문들마다 널빤지가 대어져 있었고, 정면의 좁은 현관은 물론, 산막 안으로 들어가는 주 출입구인 커다란 문에도 사람의 발길이 뚝 끊어진 듯한 분위기가 풍겨 나왔다. 산막의 뒤쪽으로 가니 오른편에 철제로 된 차고가 보였다. 반스는 차를 왼편의 무성한 수풀 안쪽으로 몰아넣고 나서 내렸다.

"꼭 버려진 집 같군 그래, 안 그런가, 반?"

우리가 정문 앞에 다다르자 반스가 말했다.

그는 구식의 놋쇠 손잡이를 몇 차례 잡아당겼다. 하지만 안쪽에서는 딸랑거리는 벨소리만 들릴 뿐, 반스의 호출에 아무런 응답이 없었다.

"안에는 아무도 없는 것 같군. 그래도 들어가 보고 싶어서 미치겠네. 뒤쪽은 어떻게 생겼는지 살펴보러 가보세."

우리는 좁은 현관을 내려와 북쪽으로 갔다. 하지만 반스는 바로 집 뒤쪽으로 가지 않고, 걷던 방향으로 계속 걸어가 차고로 향했다. 차고의 문은 조금 열려 있었지만, 걸쇠에 큼지막한 맹꽁이자물쇠가 채워져 있었다. 반스는 이 맹꽁이자물쇠를 주의 깊게 살피다가 차고 안쪽을 흘끗 들여다보았다.

반스가 중얼거렸다.

"최근에 사용한 흔적이 있군. 차고 안에 차는 없지만, 자물쇠에 먼지가 앉거나 녹이 슬거나 하지 않았네. 게다가 자동차 타이어 자국들이 차도에 찍혀 있었는데, 이 안의 시멘트 바닥에도 얼마 전에 생긴 듯한 기름 자국이 있네. 결론적으로 말하자면, 이 산막의 거주자, 혹은 거주자들이 최근에야 여길 떠났다는 얘길세. 이곳의 거주자, 아니면 거주자들이 다시 돌아올지, 돌아온다면 언제쯤일지 불확실하지만……."

그는 고개를 들어 산막 뒤쪽을 올려다보고는 담배를 피우면서 생각에 잠긴 채 말이 없었다.

"내 생각에는…… 들어갈 수 있을 것 같군."

그가 한참만에 작은 소리로 말했다.

"이보게, 반, 주거 침입을 해보고 싶지 않나?"

그는 집 뒤편의 철망문이 쳐져 있는 좁은 현관으로 가서 짧은 나무 계단을 올라갔다. 철망문에는 걸쇠가 걸려 있지 않아서 바로 현관 안쪽으로 들어갈 수 있었다. 현관에 들어서니 집 안으로 들어가는 문이 나왔고, 그 문 옆으로 식료품 저장실의 창문이 보였다. 하지만 둘 다 잠겨 있었다.

"여기서 잠깐 기다리게."

반스가 명령하듯 말하고, 현관 계단을 내려가더니 뒤뜰로 사라졌다. 잠시 후 그는 차 안에 있는 연장함에서 끌을 꺼내 돌아왔다.

반스가 말했다.

"나는 늘 주거 침입을 해보고 싶은 욕망을 억누르고 있었네. 자, 어디 보세나……."

그는 끌의 납작한 날을 식료품 저장실의 조그만 두 짝의 내리닫이 창문 사이에 비집어 넣고 어떻게든 열어 보려고 애를 썼다. 몇 분간을 그렇게 씨름한 끝에, 그는 마침내 두 창문에 채워져 있던 동그란 죔쇠를 푸는 데 성공했다. 이제 그는 끌을 아래쪽 창문의 밑에 끼워 넣은 다음, 위로 들어올려 열었다. 반스는 마침 현관 모퉁이에

빈 나무 상자가 있는 것을 보고, 그 상자를 창문 아래로 옮겨왔다. 그리고는 상자 위에 올라서서, 좁은 틈 사이로 비집고 들어가려고 안간힘을 썼다. 그러기를 잠시, 쿵 하고 떨어지는 묵직한 소리가 나면서 그가 어두운 안쪽으로 사라지더니 보이지 않았다. 하지만 다음 순간, 그의 얼굴이 창가에 나타났다.

그가 큰 소리로 알렸다.

"다친 데는 없으니 염려 말게, 반. 들어오게. 내가 도와줄 테니."

나는 모자를 뒤쪽으로 젖혀서 쓴 다음 창문 틈으로 비집고 들어갔다. 반스가 두 어깨로 나를 떠받쳐서 좁고 어두운 식료품 저장실 안으로 끌어당겨 주었다.

"휴!"

그가 한숨을 내쉬었다.

"주거 침입해서 강도짓 하는 것도 상당히 힘든 일이군. 그쪽으로 나가지 않길 정말 잘했어……. 이제 지하실로 들어가는 문을 찾아야 하네. 아무래도 그곳에 우리의 흥미를 끌 뭔가가 있을 것 같네."

지하실 문은 쉽게 찾았다. 스윙도어를 밀고 식료품 저장실을 나와 주방으로 들어서니 바로 보였다. 반스는 휴대용 라이터를 앞에 들고 앞장서 계단을 내려갔다.

"허, 세상에!"

어슴푸레해서 모습은 명확히 보이지 않았지만, 앞쪽에서 그의 목소리가 들려왔다.

"단순한 사냥용 산막에 어울리지 않게 저런 문이 있다니."

나는 이제 그의 뒤로 바짝 따라가 계단 발치까지 내려왔고, 라이터의 작은 불꽃에서 나오는 깜빡이는 불빛을 통해 그의 어깨너머를 보게 되었다. 그곳에는 오크 원목의 커다란 문이 있었는데, 비교적 새것 같았다. 문에는 손잡이도 잠금장치도 없었으나, 흔히 손잡이가 달려 있어야 할 위치에 커다란 철제 빗장이 채워져 있었다. 반스는 무거운 빗장을 들어올리고 문을 안쪽으로 밀었다. 어두컴컴한 안쪽에서 코를 톡 쏘는 화학약품 냄새가 풍겨 나왔다. 그리고 계속해서 윙 하며 모터 돌아가는 듯한 소리가 뚜렷하게 들려왔다. 또 안쪽 깊숙한 곳의 어둠 속에서 작고 희미한 푸른 불꽃 여러 개가 눈에 띄었는데, 분젠버너(가스버너의 일종. 실험실에서 도시가스 등을 연소시켜 용액의 가열, 침전물 등의 강열·융해에 씀. – 역주) 같아 보였다.

반스는 문간을 지나 안으로 들어서서 문가 주변의 벽을 손으로 더듬었다. 그러다가 마침내 전기 스위치를 찾아냈다. 짤까닥하는 소리가 들리는가 싶더니, 위쪽에 매달려 있던 10여 개의 전구에 불이 환하게 밝혀지면서 어둠이 걷혔다.

그러자 놀라운 광경이 눈앞에 펼쳐졌다. 석조의 지하실은 지을 당시에는 168평 가량 되었을 것 같았으나, 나중에 양쪽을 확장시켜 더 넓혀 놓은 듯했다. 다시 말해, 우리는 최소한 가로 30미터, 세로 37미터 정도의 지하 방에 들어와 있는 셈이었다. 방 안에는 커다란 탁자들이 죽 놓여 있었고, 그 탁자들 위에는 원형의 유리병 수천 개가 빼곡히 들어차 있었다. 게다가 지하실의 뒤편에는 전기발전기들이 일렬로 늘어서 있는가 하면, 몇몇 탁자와 벽을 따라 저마다 붙어있는 선반 위에는 공들여 수집한 듯한 와인병들과 복잡한 화학용 장비들이 놓여 있었다.

반스는 주위를 둘러본 후, 빽빽이 물건들이 올려진 탁자들 사이로 이리저리 돌아다녔다.

그가 중얼거렸다.

"세상에나! 테일러 박사가 이 실험실을 보면 몹시 샘내겠군……!"

그는 방을 가로질러 어느 한 열의 탁자들 쪽으로 갔다. 그 줄의 탁자들 위에 올려진 기구들은 다른 줄 탁자들의 기구들과는 전혀 달랐다. 그리고 내가 아까 푸른 불꽃을 보았던 바로 그쪽에 놓여 있었다.

"중수일세, 반."

그가 원뿔 모양의 병 몇 개를 가리키며 말했다. 그 병들은 관과 밸브, 그리고 전해조(전기 분해를 할 때 전극과 전해액을 넣는 용기. 넓은 뜻으로는 용기 외에, 전극·전해액·격막과 같은 전해장치 전부를 가리키기도 함. - 역주)가 일렬로 길게 연결된 기구들 앞에 놓여 있었다.

"이것들은 분명 1리터도 넘을 걸세. 이 정도면 엄청난 양을 추출해낸 거네. 이게 100퍼센트 순수한 중수라면, 킨케이드는 이 병들만으로도 부자일세……. 중수를 어떻게 얻는지 아나, 반? 그 과정이 정말 재미있네."

그는 그곳의 중수 추출 장치를 유심히 훑어보았다.

"이곳에서 사용하는 중수 추출 방법은 프린스턴 대학의 화학자들이 고안했던 것과 똑같네. 말이 나왔으니 하는 말이네만, 프린스턴 대학에서 고안해낸 방법은 실제로 응용할 수 있는 것으로는 최초였네. 전해액을 전해조에 넣고 첫 증류를 해서 탄산염과 수산화물을 제거하네. 그리고 수산화나트륨을 첨가하면, 그 수산화나트륨 수용액이 전해조에서 전기분해(전해질 용액에 직류전기를 통하여 물질을 분해하고 새로운 물질을 얻는 것을 말함. - 역주)가 되지."

그는 멀리 아래쪽에 있는 탁자 몇 개를 가리켰다. 그곳에는 액체의 비중을 재는 비중병들이 셀 수 없이 많았는데, 수돗물이 계속 틀어져 있는 커다랗고 얕은 수조 안에 한꺼번에 담겨져 식혀지고 있었다.

"자네도 보다시피, 직각으로 두 번 꺾어진 저 전극들은 전해조 안에서 각각 양극과 음극을 이루네. 그리고 저쪽의 전동 발전기에서는 전해액에 직류전기가 통하도록 해주고 있네. 저 상태로 3일 가량 놔

두면 전해액이 원래 양의 12퍼센트 정도로 줄어들지. 이제 그 농축된 전해액에 이산화탄소를 넣으면, 부글부글 거품이 일어나면서 부분적으로 중화가 된다네. 그러면 그 중화된 농축액을 증류하고 나서, 저기 뒤쪽의 탁자들 위에 보이는 전해조 안에 부어 그 안의 용액들과 혼합시키네. 그 안에 있던 용액들도 똑같은 전해액이지만, 처음에 넣었던 수산화나트륨은 여전히 남아 있는 상태네. 이제 세 차례 연속으로 전기분해를 실시하면, 수소의 동위원소인 중수소가 2.5퍼센트 정도 함유된 물을 얻을 수 있지. 이때부터는 수소가 계속 이 탁자들의 기구에서 만들어내는 중동위원소를 추출하도록 해 놓으면 되네."

그는 우리가 서 있는 곳 앞에 높인 정교한 화학 기구 위로 손을 휘두르며 말했다.

"저 전해조의 오른쪽에서는 여러 가지 전해질들이 기체로 변해서 분사 장치를 통해 흘러나온 다음에, 이 T자관으로 들어가네. 자네도 보다시피, 이 T자관은 수은 속에 잠겨있지. 관 안의 압력이 규정 이상으로 높아지면 초과 증기를 밖으로 내보내도록 안전판을 갖추어 놓은 것일세. 초과된 증기는 최종적으로 저 가느다란 유리 노즐(액체나 기체를 내뿜는 대롱형의 작은 구멍 – 역주)로 흘러 나와 불꽃처럼 타버리게 되네."

반스는 피우던 담배를 바닥에 떨어뜨리고 신발 앞 축으로 짓뭉개 껐다.

"그리고 저길 보게나, 반. 저게 세상에서 가장 비싼 액체를 만드는 최종 단계네. 저렇게 연소된 물이 이 기울어진 석영관(石英管) 안에서 농축되……."

그때 지하실 계단 쪽에서 발자국 소리가 들렸다. 누군가 사뿐사뿐 걸음을 내딛으면서도 빠른 속도로 내려오고 있었다. 반스는 얼른 몸을 돌려 앞으로 달려나갔다. 하지만 너무 늦었다. 이미 커다란 오크 원목 문이 거세게 당겨지더니 닫혔고, 그와 거의 동시에 무거운 철제 빗장이 요란한 금속성의 소리를 내면서 걸려버렸다.

모터 돌아가는 소음과 얕은 수조 안으로 수돗물이 흘러 들어가는 소리 속에서도, 우리는 계단 쪽에서 누군가 낄낄 웃는 것을 똑똑히 들을 수 있었다. 화가 나 있으면서도 의기양양한 웃음소리였다.

제*14*장 하얀색 라벨

10월 17일 월요일 오후 3시

반스는 입가에 비틀린 미소를 띤 채 아무런 장식도 없는 육중한 문을 뚫어지게 바라보며 서 있었다.

그가 작은 소리로 말했다.

"이거 놀랍군, 반! 그런데 나는 멜로드라마는 딱 질색이네. 더구나 우리는 아직 점심도 먹지 못했잖나. 벌써 3시나 됐는걸. 마음에 들지는 않지만 매우 흥미진진한 상황일세."

그는 전나무로 만든 조그만 의자를 끌어당겨 그 위에 걸터앉아 맥 빠진 표정으로 생각에 잠긴 채 담배를 피웠다.

그때 갑자기 지하실의 전등이 모두 꺼졌고, 우리는 화학 장비로 가득 찬 캄캄한 어둠 속에 남겨졌다.

반스가 한숨을 쉬었다.

"교도관들이 중앙 스위치를 내렸나 보군. 이런, 이런. 견딜 수 있겠나, 반? 자네를 이런 터무니없는 상황으로 끌어들여서 정말 미안하네……. 어디 우리를 체포한 자들이 얘기하는 걸 좋아하는지 확인해보세나."

그는 문으로 다가가서 의자 등받이로 몇 차례 문을 세게 쳤다. 또다시 계단을 내려오는 발소리가 났고, 멀리서 들리는 듯 분명치 않은 목소리가 물었다.

"거기 누구요? 이곳에 무슨 볼일이 있는 거요?"

반스가 큰 소리로 대답했다.

"저는 반스라고 합니다. 그런데 제가 homard à la Turque(터키식 바다가재 요리)에 가벼운 쇼브네 와인 한 병을 곁들여서 꼭 먹고 싶은데요."

"그보다 더 형편없는 것을 먹게 될 거요."

분명치 않은 목소리가 다시 들려왔다. 어렴풋이 들리는 소리임에도 불구하고, 말투에서 귀에 거슬리는 악의가 느껴졌다.

"거기 몇 사람이나 있소?"

반스가 말했다.

"두 사람뿐입니다. 전혀 악의 없는 사람들입니다. 관광객이죠. 뉴저지의 황무지를 보러온 여행자들입니다."

"악의가 없는 강도들이라. 그거 괜찮군!"

목소리의 주인공이 불쾌하게 낄낄 웃었다.

"아무튼 내가 당신들을 처리하면 해롭지 않게 되겠지. 주 경찰에 신고하자마자 곧 돌아오겠소."

그 말과 함께 우리는 계단을 올라가는 발소리를 들었다.

반스는 다시 의자로 문을 연거푸 쳤다.

"잠깐만이요."

그가 소리쳤다.

"그래, 이제 뭘 먹겠소?"

목소리의 주인공은 이번에는 더 멀리 떨어져 있는 듯했다.

반스가 말했다.

"당신이 경찰관들을 성가시게 하기 전에 제가 알려드려야 할 것 같아서요. 뉴욕 경찰에서 제가 정확히 어디에 있고, 여기 왜 왔는지 알고 있습니다. 게다가 지방검사인 마크햄 씨와 5시에 만날 약속까지 되어 있지요. 그러니 만약에 제가 그 시간에 맞춰 나타나지 않으면, 이 산막은 아주 철저하게 사건 답사 현장이 될 겁니다……. 하지만 너무 노심초사하지 마십시오. 앞으로 2, 3시간 동안, 어떻게 해야 할지 곰곰이 생각해볼 테니까요."

나는 반스가 의자를 내려놓고 앉는 소리를 들었다. 잠시 뒤에 반스의 라이터에서 쏟아지는 작은 불빛을 통해 나는 그가 새 레지 담배에 불을 붙이는 것을 볼 수 있었다.

짧은 침묵 뒤 계단에서 발자국 소리와 함께 낮은 목소리로 중얼거리는 소리가 들렸다. 잠시 후, 지하실의 전구에 다시 불이 환하게 밝혀졌고 모터도 윙윙 소리를 내며 돌아가기 시작했다. 곧이어 철제 빗장을 푸는 소리가 들리는가 싶더니 육중한 오크 원목 문이 천천히 안쪽으로 열렸다.

문이 열리자 계단 아래 킨케이드가 서 있는 것이 보였다. 그의 얼굴에는 여느 때보다 더 감정이 드러나 있지 않았다.

"당신인 줄 미처 몰랐습니다, 반스 씨."

그는 어조의 변화 없이 아주 싸늘하게 말했다.

"그렇게 불친절하게 구는 게 아니었는데……. 차를 대다가 식료품 저장실 창문이 억지로 열려 있는 데 눈이 갔습니다. 당연히 이곳에 강도가 들었다고 생각했지요. 지하실에 불까지 켜져 있는 것을 보고 문을 잠그라고 지시했던 겁니다."

반스가 유쾌한 어조로 대꾸했다.

"정말 괜찮습니다. 제가 법을 어겼잖습니까. 그러니 당신 잘못이 아니지요."

킨케이드는 문을 열어둔 채 한쪽으로 비켜섰다. 우리는 계단을 올라 주방으로 나왔고 킨케이드가 거실로 우리를 안내했다. 거실에 들어서니 한편에 놓인 큼직한 탁자 옆에 35세 가량 되어 보이는 몸집이 큰 사내가 서 있었다. 타는 듯한 붉은 머리를 한 사내는 못마땅한 듯 굳은 얼굴을 하고 있었다. 그는 즈크(실이나 무명실로 두껍게 짠 직물 – 역주) 소재 작업복을 입고, 무릎 아래에는 각반을 차고 있었으며 짙은 회색빛 플란넬 셔츠를 입고 있었다.

"이 사람은 아른하임입니다."

킨케이드가 소개할 셈으로 불쑥 말을 꺼냈다.

"당신이 지금 막 시찰했던 실험실은 바로 아른하임이 관리하고 있습니다."

반스는 남자에게 몸을 돌려 고개를 조금 숙여 인사했다.

"아아! 그럼 블러드굿 씨와 퀘일 씨하고는 동창이십니까?"

아른하임은 조금 움찔하더니 두 눈에 어두운 빛이 떠올랐다.

"그런데 그게 어쨌다는 겁니까?"

그가 거친 어조로 불만스레 말했다.

"그만 됐네, 아른하임."

킨케이드가 이렇게 말하고 그 사내에게 그만 나가보라는 듯 손짓했다.

아른하임은 주방으로 돌아갔고, 우리는 그가 지하실로 통하는 계단을 내려가는 소리를 들었다. 킨케이드가 자리에 앉더니 냉담한 눈길로 반스를 뚫어지게 바라보다가 말했다.

"당신은 제 일에 꽤 정통한 듯하군요."

"오, 아닙니다. 아니에요. 단지 뚜렷한 사실만 알고 있을 뿐이지요."

반스가 상냥한 말투로 그를 안심시켰다.

"당신이 도착했을 때 저는 더 많은 정보를 수집하고 있던 참이었습니다."

킨케이드가 말했다.

"지금 발각된 게 다행인 줄 아십시오. 아른하임은 초대받지 않은 손님이 실험실에 들어오면 사나워져서 말이지요. 저는 며칠 일정으로 애틀랜틱시티(Atlantic City;미국 뉴저지 주 남동부의 관광도시 – 역주)에 가려는 길이었습니다. 그래서 아른하임이 저를 이곳으로 태워오려고 클로스터에 나왔던 겁니다."

반스가 눈썹을 치켜올렸다.

"정말 대단히 색다른 경로로 뉴욕에서 애틀랜틱시티로 가시는군요."

그 말에 킨케이드의 얼굴이 굳어졌고 눈도 가늘어졌다.

그가 반박했다.

"그렇게 엄청나게 색다른 경로는 아닙니다. 애틀랜틱시티로 떠나기 전에 아른하임과 함께 검토하고 싶은 사업상의 문제가 있어서 클로스터행 기차를 탔던 겁니다. 그래서 아른하임이 저를 마중하러 역에 나왔던 거고요. 나중에 제가 애틀랜틱시티행 7시 열차를 탈 수 있도록 아른하임이 뉴어크(Newark;미국 뉴저지 주의 도시 – 역주)까지 태워다 줄 겁니다. 제 여행스케줄에 대한 설명이 만족스러우십니까?"

반스가 고개를 끄덕이며 말했다.

"그런 대로 만족스럽군요. 물론 그럴 수도 있지요. 설명을 듣고 보니 이 경로가 상당히 타당하네요. 사악한 도시의 혼란 속에서 잠시 벗어나실 생각이신가 보죠, 안 그렇습니까?"

"저와 같은 일들을 겪고 나면 누군들 지옥 같지 않겠습니까?"

킨케이드가 부드러운 어조로 이렇게 말하고는 다소 성난 말투로 다음 말을 이었다.

"조카 며늘애에 대한 예의로 카지노 문을 잠시 닫기로 했습니다."

그는 의자에 꼿꼿한 자세로 앉아서 악의에 찬 눈길을 반스에게 고정시켰다.

"믿지 않으시겠지만, 반스 씨, 조카 며늘애를 살해한 그 짐승 같은 놈을 붙잡아 내 손으로 해치우고 싶은 심정입니다."

"고귀한 생각이로군요."

반스가 애매한 말을 중얼거렸다.

"유치하긴 하지만 고귀한 생각이에요. 그런데 저희가 토요일 밤에 저택에 도착했을 때, 조카며느님 방의 물병이 텅 비어 있더군요."

"조카한테서 들었습니다. 하지만 그게 무슨 상관입니까? 물 한 잔을 마시게 해서 살인을 저지를 수는 없는 노릇 아닙니까, 그렇지요?"

반스가 마지못해하며 인정했다.

"물론입니다. 중수로 만들어진 물만 아니라면…… 당신은 이곳에 엄청난 생산 시설을 갖추고 계시더군요."

킨케이드가 우쭐거리며 힘주어 말했다.

"세계에서 제일 훌륭한 생산 시설일 겁니다. 블러드굿의 생각이었지요. 그 친구가 중수의 상업적 전망을 예측하고 제게 사업을 추천해주었습니다. 그래서 저는 망설이지 않고 일을 진행하라고 하고는 자금을 공급했지요. 다음 달쯤이면 시장에 제품을 내놓을 준비가 끝날 겁니다."

"아, 그랬군요. 블러드굿 씨는 투지가 대단한 젊은이로군요."

반스는 꿈꾸는 듯한 시선을 킨케이드에게 고정한 채 고개를 끄덕이며 말했다.

"그러니까 블러드굿 씨가 계획을 완전히 세우고, 프릭 연구소에 있는 퀘일 씨한테 가서 필요한 자료와 도면 등을 모두 챙겨왔겠군요. 그런 뒤에 아른하임 씨를 찾아가서 작업을 맡겼을 테고요. 야심 찬 세 명의 젊은이가 화학에 모두 정통한데다 절친한 친구 사이기도 하니. 말하자면, 세 친구가 손을 맞잡은 셈이군요. 아주 훌륭해요."

킨케이드가 심술궂은 미소를 지으며 말했다.

"당신은 제 사업에 대해 내가 알고 있는 것 못지 않게 훤히 꿰고 있군요. 블러드굿이 당신한테 알려주던가요?"

반스가 고개를 설레설레 저었다.

"오, 천만에요. 블러드굿 씨는 아주 교묘하게 그 주제를 피해가더군요. 하지만 다소 지나치다 싶을 정도로 격렬히 회피했습니다. 그래서 의심하게 됐지요. 지난밤에 제가 프린스턴 대학을 다녀왔습니다. 그래, 이런 저런 상황들을 함께 짜맞추다보니 당신의 산막이 떠오르더군요. 그래서 이렇게 길을 나선 겁니다."

킨케이드가 물었다.

"제 실험실에 왜 그렇게 관심을 갖는 겁니까?"

"아시다시피, 물 때문입니다. 이 독살사건에는 지나치다 싶을 정도로 여기저기서 물이 넘쳐나잖습니까?"

그 말에 킨케이드가 벌떡 일어섰는데, 보기 흉할 정도로 얼굴이 시뻘겋게 변해 있었다.

그가 탁한 목소리로 다그치듯 물었다.

"도대체 그게 무슨 뜻이오? 증수는 독물이 아니란 말이오."

"사실 아무도 모르는 일이지요."

반스가 부드럽게 대꾸했다.

"증수가 독이 아닐지도 모릅니다. 하지만 아직은 명확하게 말할 수 있는 형편이 못 됩니다. 흥미 있는 주제지요……. 아무튼 물이라는 단서가 있고, 저는 그저 그 단서를 따라가고 있을 뿐입니다."

킨케이드는 한동안 잠자코 있었다. 이윽고 그가 생각에 잠긴 얼굴로 고개를 끄덕이며 입을 열었다.

"예, 이제 무슨 말인지 알겠습니다."

그는 꿰뚫는 듯한 시선을 반스에게 던졌다.

"그래, 뭔가 알아냈습니까?"

반스가 대답을 얼버무렸다.

"제가 추측했던 것 외에는 별로 알아낸 게 없습니다."

"주거 침입까지 했는데 만족스러운 결과를 얻지 못했다니 안됐군요."

반스가 어깨를 으쓱했다.

"주거 침입…… 아, 그렇죠. 아무렴요. 그래서 저를 고발할 생각이십니까?"

킨케이드가 낄낄 웃었다.

"천만에요, 이번에는 너그럽게 봐드리겠습니다."

그가 거의 상냥하다싶은 말투로 대답했다.

"이거, 엄청 감사하군요."

반스가 일어서면서 혼잣말처럼 중얼댔다.

"반 다인 씨와 저는 이제 그만 가봐야겠습니다. 이렇게 허둥대는 모습을 보여드려서 죄송하지만 하도 배가 고파서 말이지요. 사실, 아직 점심식사 전이거든요."

그는 문으로 가다가 멈춰 섰다.

"그런데 애틀랜틱시티에서는 어디 머무실 생각입니까?"

킨케이드가 질문에 흥미를 보이며 말했다.

"제게 연락할 필요가 있다고 생각하시는 건가요? 리츠 호텔에 묵을 겁니다."

"잘 다녀오십시오."

반스가 말했다. 그리고 나서 우리는 밖으로 나와 자동차로 갔다.

집에 돌아오니 겨우 4시 30분밖에 되지 않았다. 반스는 차를 내

오라고 지시하고는 옷을 갈아입었다. 그런 뒤 마크햄에게 전화를 걸었다.

"참으로 재미있는 오후 시간을 보냈다네."

그가 지방검사에게 말했다.

"주거 침입을 했거든. 나와 반이 캄캄한 지하실에 갇혔지 뭔가. 통속적인 싸구려 소설에서처럼 말일세. 그래, 그 난국을 해결할 요량으로 자네 이름을 들먹였네. 그랬더니 아주 정중하게 풀어주던걸. 하지만 사과는 한마디도 하지 않더군. 킨케이드와 잡담을 좀 나눴다네. 그리고 커리가 잘하는 타이완 요리를 먹으려고 막 집에 돌아오는 길이지…….

킨케이드는 뉴저지의 산막에서 몇 리터나 되는 중수를 추출해내고 있었네. 널찍한 공간에 생산 설비를 공들여 만들어 놓았더군. 블러드굿의 생각이었대. 또 한사람의 동기생도 돕고 있었네. 아른하임이라는 퉁명스런 젊은이였지. 그런데 킨케이드는 내가 자신의 비밀을 알아냈는데도 불쾌해하는 것 같지 않았네. 심지어 내가 불법 침입한 것도 너그럽게 용서해주었지. 그는 지금 기분전환을 위해 애틀랜틱시티로 가는 중일세…….

물을 따라가는 내 일은 잘돼 가네. 비유적으로 말하자면, 루엘린 가에 가서 찬물을 한두 양동이 끼얹고 올 생각이네……. 괴이한 사건일세, 마크햄. 하지만 빛이 나타나기 시작했어. 눈이 부실 정도의 밝기는 아니지만, 내게 길을 보여줄 만큼 충분히 밝다네…….

8시 30분에 내 초라한 거처에서 저녁이나 같이 하세. 그런 다음 카네기홀에 가서 브람스의 피아노 3중주곡을 감상하세요. 1부는 림스키-코르사코프의 곡이지만, 그걸 듣는 것보다는 canard Molière(몰리에르의 오리요리)를 먹고 샤또 오브리옹(Château Haut-Brion;프랑스 보르도 그라브 지역의 레드 와인 - 역주)을 마시는 쪽이 훨씬 좋을 걸세……. 만나면 그때 새로운 소식들을 잔뜩 쏟아놓겠네……. 그런데 이보게, 마크햄, 힐데브란트 박사의 보고서가 준비되었거든 가져오게나……. 그럼 이따 보세."

6시경에 반스와 나는 루엘린 저택에 도착했다. 그 집의 집사가 냉랭한 표정으로 점잔을 빼면서 우리를 집 안으로 들였다.

"어느 분을 만나시겠습니까, 나리?"

반스가 물었다.

"집에 누가 계신가, 스미스?"

집사가 그에게 알려주었다.

"킨케이드 씨를 제외하고는 모두 계십니다, 나리. 블러드굿 씨와 케인 선생님도 여기 계시지요. 두 신사분은 루엘린 씨와 함께 응접실에 계시고, 여자분들은 위층에 계십니다."

린 루엘린은 우리가 복도에서 나누는 대화를 들은 게 분명했다. 린이 응접실 문가에 나타나서 우리에게 안으로 들어가자고 말했다.

"이렇게 와주셔서 기쁩니다, 반스 씨."

그는 해쓱하니 여전히 침울한 상태였으나, 태도로 보아 우리를 간절히 기다린 듯했다.

"벌써 뭔가를 알아내셨습니까?"

반스가 대답을 꺼내기 전에 블러드굿과 케인 선생이 다가와 우리에게 인사를 건넸다. 몇 마디 인사말을 주고받고, 반스는 중앙 탁자 옆에 앉았다.

"제가 몇 가지를 알아냈습니다."

반스가 루엘린에게 말했다. 그리고 나서 그는 곧 블러드굿에게로 시선을 돌렸다.

"방금 클로스터에서 돌아왔답니다. 산막을 방문해서 킨케이드 씨와 얘기를 나눴지요. 그런데 산막에 있는 지하실이 흥미롭더군요."

루엘린이 탁자로 다가가서 반스 옆에 섰다.

"저는 삼촌이 산막에 고급 와인을 갖고 있는 건 아닐까 하고 늘 생각했죠."

그가 푸념하듯 말했다.

"그런데 삼촌은 저에게 그 와인 가운데 어느 것이든 시음해보라고 초대조차 하지 않는다니까요."

블러드굿의 두 눈은 반스에게 고정되어 있었다. 그는 루엘린의 말에 신경쓰지 않는 듯했다.

그가 질문을 던졌다.

"거기서 또 누구를 만나셨습니까?"

반스가 말했다.

"그럼요. 아른하임 씨를 만났습니다. 활동적인 젊은이더군요. 저희를 지하실에 가둔 사람이 바로 그였죠. 물론 킨케이드 씨의 지시를 받아서 한 일이겠지만, 어쨌든 몹시 불쾌했답니다."

그는 뒤로 기대앉으며 블러드굿과 눈을 맞췄다.

"간밤에는 당신의 또 다른 동기생인 마틴 퀘일 씨를 만났습니다. 휴 테일러 박사를 방문하러 가는 길에 말이지요. 또 프릭 화학 연구소도 잠깐 둘러보았습니다."

블러드굿이 한 걸음 다가섰다. 그는 반스에게서 시선을 떼지 않고 있었다. 잠시 뒤에 그가 물었다.

"뭔가 알아내셨습니까?"

반스가 희미한 미소를 띠며 대답했다.

"물에 대해서 많을 것을 알게 됐지요."

블러드굿이 냉정하고 차분한 목소리로 물었다.

"그럼…… 어쩌면 토요일 밤에 이곳에서 일어난 사건의 책임자가 누구인지 알아내셨을지도 모르겠군요?"

반스가 그렇다는 듯 고개를 끄덕이고 담배를 한 모금 깊이 빨고 나서 말했다.

"맞습니다. 그것도 알게 된 것 같습니다."

블러드굿은 얼굴을 찡그리고 한 손으로 턱을 문질렀다.

"이제 어떤 조치를 취할 생각이십니까?"

"아이고, 이런!"

반스는 책망하듯이 한 마디 툭 내뱉고는 한숨을 푹 쉬었다.

"당신은 내가 아무런 조치도 취할 수 없다는 걸 잘 알고 있지 않습니까. 알다시피, 어떤 사실을 알아내는 것도 상당히 어렵지만, 그것을 입증하는 일은 훨씬 더 힘든 일입니다……. 혹시 당신이 우리를 도와줄 수 있겠습니까?"

블러드굿이 화가 난 듯 반스 쪽으로 몸을 구부리며 말했다.

"아니오, 전혀요!"

그의 입에서 그 말이 폭발하듯 터져 나왔다.

"그건 당신의 문제입니다."

"그렇죠, 그야 그렇죠."

반스가 절망적이라는 듯 두 손을 펴보였다.

케인 선생은 귀기울여 열심히 듣고 있다가, 마치 악몽에서 깨어나려는 사람처럼 몸을 부르르 떨더니 벌떡 일어섰다.

"저는 급히 가봐야 할 것 같습니다."

그가 걱정스런 얼굴로 손목시계를 들여다보며 말했다.

"진료시간이 6시부터라서요. 자궁에 이상이 있는 환자 두 사람이 디아테르미(투열 요법, 인체에 낮은 전압의 전파를 통과시켜 그 저항열을 치료에 이용하는 방법 – 역주) 치료를 받으려고 저를 기다리고 있을 겁니다."

그는 모두와 악수를 하고 황급히 응접실을 나갔다.

블러드굿은 의사가 떠나는 데도 그다지 주의를 기울이지 않았다. 그의 관심은 여전히 반스에게만 집중되어 있었다.

　그가 조용한 어조로 물었다.

　"누가 죄를 범했는지는 알지만 그 사실을 입증할 수 없다면, 선생님은 아마도 사건 수사를 중단하시겠군요."

　반스가 대답했다.

　"아닙니다, 아니에요. 끈기가 제 표어입니다. 인내, 불굴의 정신 등도 그렇고요. '하느님은 인내하는 사람들과 함께 하신다' 위안이 되는 생각이잖습니까. 또 '물은 돌을 닳게 한다(욥기 14장 19절)'라고 욥(Job;구약성서 욥기의 주인공 – 역주)이 말했고요. 흥미로운 견해입니다. 눈치 챘는지 모르겠지만 이야기가 다시 물로 돌아가는군요……. 블러드굿 씨, 실은 제가 곧 충분한 증거를 손에 넣게 될 겁니다. 관선 독물학자에게서 오늘밤 화학 분석 보고서를 받을 예정이거든요. 그 독물학자는 빈틈이 없는 사람이지요. 그러니 내일까지는 사건을 진척시킬 수 있는 뭔가를 얻게 될 겁니다."

　블러드굿이 물었다.

　"그런데 만약 독이 조금도 발견되지 않는다면요?"

　반스가 말했다.

　"더 좋죠. 그럼 오히려 사건이 단순해질 테니까요. 그러나 저는 어디에서든 독이 발견될 거라고 확신합니다. 이 사건은 지나치게 치밀해요. 그 점이 이 사건의 결점이기도 하지요. 저는 소수점 이하로 한없이 이어지는 소수를 좋아합니다. 사실, 수백 자리의 아라비아 숫자를 쓰는 것보다 파이(π;원주율, 3.14159265358979…… – 역주)로 대체할 수도 있으니 그만큼 쓰기도 더 수월하지 않습니까?"

　"무슨 말씀인지 알겠습니다."

　블러드굿은 시계를 들여다보고 자리에서 일어났다.

"죄송합니다. 애틀랜틱시티행 7시 기차를 타야 해서요. 킨케이드 씨가 거기서 절 보자고 하시더군요. 킨케이드 씨도 지금 뉴어크에서 출발하는 기차 시간에 대려고 그리로 가고 계실 겁니다."

그는 뻣뻣한 태도로 우리에게 인사를 하고 문 쪽으로 갔다.

갑자기 블러드굿이 문가에 멈추더니 돌아섰다.

그가 반스에게 물었다.

"선생님이 제게 누가 버지니아를 독살했는지 알고 계신다고 말씀하셨잖습니까. 혹 그 사실을 킨케이드 씨께 말씀드리는 걸 반대하지는 않으십니까?"

반스는 선뜻 대답하지 못하고 망설이다가 입을 열었다.

"물론입니다, 아무것도 감추지 않아도 됩니다. 좋은 생각입니다. 킨케이드 씨도 알 권리가 있지요. 그리고 블러드굿 씨, 내일이면 사건의 결말이 날 거라는 이야기를 덧붙여도 좋습니다."

블러드굿은 깜짝 놀란 듯 몸을 움찔하고는 반스를 뚫어져라 쳐다보았다.

"제가 정말 그 말을 킨케이드 씨께 전해도 되겠습니까?"

"그럼요."

반스는 연달아 담배 연기를 토해내며 물었다.

"당신도 당연히 리츠 호텔에 묵겠지요?"

블러드굿은 한동안 대답하지 않았다. 이윽고 그가 입을 열었다.

"예. 거기 머물 겁니다."

그리고 휙 돌아서 서둘러 나가버렸다.

그가 문을 나서자마자 린 루엘린이 벌떡 일어서서 반스의 팔을 꽉 붙잡았다. 그는 눈빛을 번뜩이면서 온몸을 떨었다.

"오, 하느님!"

그가 헐떡이며 말했다.

"정말로 그렇게 생각하시는 건 아니……."

반스가 얼른 자리에서 일어나 그를 뿌리쳤다.

"흥분하지 마십시오."

그는 상대를 압도하는 말투로 말했다.

"자, 당신 어머님과 동생분에게 제가 잠시 뵙고 싶다고 좀 전해주십시오."

루엘린은 당혹스런 표정을 띤 채 무안한 듯 변명을 중얼거리고는 응접실을 나갔다. 잠시 뒤에 그가 되돌아와서 어머니와 누이동생이 동생 방에 있으며 거기서 반스를 만나겠다고 했다는 말을 전했다.

반스는 바로 루엘린 부인과 아멜리아가 기다리고 있는 이층으로 올라갔다.

간단하게 인사를 나눈 후 반스는 루엘린 부인에게 시선을 둔 채 두 사람 모두에게 이야기했다.

"제 생각에는, 이 사건과 관련해 다른 분들께 이미 말씀드린 내용을 두 분께도 알려드리는 게 공평할 듯싶어서 뵙자고 했습니다. 저는 이 극악한 상황을 일으킨 장본인이 누구인지 분명히 알고 있습니다. 부인, 저는 누가 아드님을 독살하려고 했는지, 누가 부인 방의 물병에, 그러니까 루엘린 양이 마셨던 물에 독을 넣었는지 압니다. 또 누가 며느님을 독살하고 유서를 써놓았는지도 압니다. 그러나 현재로서 저는 할 수 있는 일이 아무것도 없습니다. 법률이 요구하는 필연적 증거를 가지고 있지 못하기 때문이지요. 하지만 내일까지는 충분한 사실을 손에 넣을 거라는 희망이 있습니다. 그렇게 되면 제가 알고 있는 증거를 보완해서 확실한 조치를 취할 수 있을 겁니다. 어쨌든 제가 찾아낸 결과가 두 분 모두에게 큰 고통을 안겨드릴 것 같습니다. 두 분 모두 마음의 준비를 단단히 해두시기 바랍니다."

모녀는 침묵에 싸여 있었다. 반스는 마음이 아픈 듯 인사를 건네고 서둘러 방을 나섰다. 그런데 그는 아래층으로 곧장 돌아가는 대신 버지니아 루엘린이 죽어있던 방을 향해 복도를 따라갔다.

"한 번 더 둘러보고 싶네, 반."

그가 침실로 들어서면서 내게 말했다. 나도 반스를 따라 안으로 들어갔다. 반스는 내 뒤로 소리나지 않게 살며시 방문을 닫았다.

그는 5분 동안 방 안을 돌아다니면서 깊은 생각에 잠긴 채 각각의 가구들에 주의를 기울였다. 그는 화장대 앞에서 꾸물거리다가 벽에 매달린 책꽂이 위의 책들을 다시 살펴보았다. 그런 뒤에 소탁자 서랍을 열어서 내용물을 세심하게 조사했다. 그러고 나서 아멜리아 루엘린의 방으로 통하는 통로 쪽의 문을 열어보았다. 마지막으로 그는 욕실로 들어갔다. 주변을 둘러보고 향수 분무기 속의 향수 냄새를 맡았다. 그런 뒤에 작은 거울이 달린 약장 문을 열었다. 그는 몇 분 동안 약장 안을 찬찬히 들여다보았으나 아무것도 건드리지 않았다. 결국 그는 약장 문을 쾅 닫고 침실로 돌아와 말했다.

"여기서는 더 이상 찾아낼 게 없네, 반. 집에 가서 날이 밝기를 기다리세."

응접실 문을 지나갈 때, 우리는 벽난로 옆 의자에 앉아서 두 손에 얼굴을 파묻고 있는 린 루엘린의 모습을 보았다. 그는 우리가 지나가는 기척을 느끼지 못했거나, 반스가 좀 전에 한 말에 너무나 충격을 받아서 형식적인 예의를 갖출 경황이 없는 듯했다. 우리가 집을 떠난다는 사실도 알아차리지 못한 듯 그는 꼼짝도 하지 않았다.

마크햄은 7시 30분쯤 반스의 아파트에 도착했다.

그가 말했다.

"저녁식사 전에 칵테일을 몇 잔 연거푸 들이켜야겠네. 이 사건이 하루 종일 나를 괴롭히고 있어. 어쨌든 자네의 수수께끼 같은 전화 내용이 정확히 말해, 내 기분을 북돋워준 건 사실이네…… 어디 자초지종을 말해보게나, 반스. 지하실에는 왜, 어떻게 해서 갇히게 된 건가? 장난 삼아 한 말 같지는 않더군."

반스가 미소를 머금고 말했다.

"그와는 반대로 이치에 닿는 이야기일세. 반과 내가 주택 침입을 했거든. 우리는 킨케이드의 산막에 들어갈 요량으로 끌을 사용해서 억지로 문을 열었다네. 아주 무서운 범죄지."

"무사히 돌아오다니 고맙군."

마크햄은 쾌활하게 말했으나 반스를 쳐다보는 두 눈에는 걱정스런 표정이 어려 있었다.

"알다시피, 내 사법권은 뉴저지까지 미치지 않는다네."

반스는 벨을 눌러 커리를 불러서 드라이 마티니와 흰 철갑상어 알을 바른 카나페, 그리고 자신을 위해서 듀보네(Dubonnet;와인에 증류주를 첨가해 알코올 도수를 높인 식전용 와인 – 역주) 한 잔을 가져오라고 지시했다.

"자네가 칵테일을 꼭 마셔야겠다면……."

그가 한숨을 쉬고 어깨를 으쓱했다.

"내가 함께 칵테일을 마시지 않는 걸 용서해주게나."

마크햄과 내가 칵테일을 마시는 동안, 반스는 듀보네를 조금씩 마시면서 기억될 만한 그날의 사건들을 상세히 설명했다. 그가 이야기를 끝마치자 마크햄이 깜짝 놀란 듯 고개를 흔들며 물었다.

"그래, 그 모든 사실이 자네를 어디로 이끌었나?"

반스가 대답했다.

"독살자에게 이르게 했지. 하지만 형식에 얽매이는 자네의 사고방식을 알기 때문에 아직은 범인을 말할 수 없네. 이 상황에서 자네가 할 수 있는 일은 아무것도 없지 않나. 자네가 적극적으로 나서려면, 대배심이 고발해서 자네에게 넘겨주어야 하니 말일세."

반스가 심각한 표정으로 말했다.

"그런데 힐데브란트 박사에게서 보고가 왔나?"

마크햄이 고개를 끄덕였다.

"왔네. 그런데 최종적인 보고는 아니었어. 사무실에서 막 나오려는데 박사에게서 전화가 걸려왔네. 하루 종일 분석에 매달렸다고 하더군. 하지만 독의 흔적은 찾지 못했다고 하네. 박사가 꽤 당황한 것 같았어. 오늘밤에 끝까지 찾아볼 작정이라고 했네. 간과 신장, 장을 분석한 모양인데, 뭔가 암시가 될 만한 성과를 얻지 못한 듯해. 그래서 혈액과 폐, 뇌까지 분석해볼 생각인가 보네. 박사가 이 사건에 몹시 흥미 있어 하더군."

"이번에는 뭔가 명백한 결과가 나오길 바랐는데."

반스가 말했다. 그리고는 일어나서 천천히 왔다갔다했다.

"이해가 되질 않네."

그는 고개를 푹 숙이고 혼잣말하듯 중얼거렸다.

"알다시피, 독이 발견됐어야만 했어. 그렇지 않으면 내가 세운 모든 가설이 흔들리게 된다네, 마크햄. 사건을 해결하기 위해 그 외의 다른 가설은 생각조차 할 수 없는데……."

그는 다시 자리에 앉아서 한동안 말없이 담배만 피웠다.

"오늘 버지니아 루엘린의 침실을 다시 대충 훑어보았네. 뭔가 우연히 발견하기를 바라면서 말일세. 하지만 손가락 모양의 안내표가 나타나 길을 가리켜주는 일 따위는 일어나지 않더군. 예술적인 관점에서 약장이 원래대로 돌아간 것 말고는 말이지. 이제는 내가 처음 약장을 보았을 때로 돌아가 있었어. 모든 것이 제자리에 있었단 말이네. 모양도 다시 균형을 잡았고, 배치도 완전히 바로잡아져 있었지."

"어제 자네의 심미적 감각을 혼란스럽게 했던 것이 무엇이었는지 깨달았나?"

마크햄이 별 관심을 보이지 않으며 질문을 던졌다.

"암. 깨닫고말고. 어제 아주 작은 것이 하나 빠져 있었네. 하얀색 정사각형 하나가 사라졌던 거였어. 중요한 건 아니고 키가 큰 푸른색 약병 위에 붙어 있는 약제사의 상표였네. 안약병이었지. 아무래도 누군가 내가 약장을 처음 조사한 뒤에 그 약병을 꺼냈다가 라벨을 뒤나 옆으로 해서 되돌려놓았던 듯하네. 그 때문에 어제 나는 하얀색의 커다란 라벨이 붙어 있는 키가 큰 푸른색 약병이 놓여 있는 모습을 보는 대신에, 아무것도 붙어 있지 않은 그저 직사각형 모양의 푸른색 약병을 보았던 거지. 그런데 오늘 그 약병의 하얀색 라벨이 원래대로 정면으로 돌려져 있었어."

마크햄이 빈정대며 말했다.

"아주 도움이 되는군. 혹시 그것이 법률적인 증거물에 해당하는 건가?"

마크햄이 말을 끝마치기도 전에 반스가 벌떡 일어섰다.

"그렇고말고!"

그는 세찬 흥분을 억제하려고 애쓰며 말했다.

"본래대로 돌려진 라벨이, 루엘린 저택에서 경찰들을 철수시켜달라고 자네에게 청했을 때 내가 바라고 있던 일인지도 모르겠네. 그 집 식구들에게 감시나 제약이 없어지면 어떤 일이 벌어질지 알 수 없었지. 하지만 무언가 일어날 거라고 예상했네. 그런데 그 약병의 상태가 변한 것이 그때 일어났던 유일한 변화였어. 궁금해지는군……."

그는 휙 돌아서 전화기 쪽으로 갔다. 잠시 뒤 그는 힐데브란트 박사와 통화를 했다. 박사는 뉴욕시의 시체보관소 안에 있는 화학 실험실에 있었다.

반스가 말했다.

"박사님, 다른 기관을 분석하기 전에 결막이나 누낭(눈물주머니), 코 점막을 분석해주십시오. 벨라도나 계열에 중독되었는지를 중점적으로요. 조사 시간을 한층 절약할 수 있을 것 같습니다……."

제15장 2시의 약속

10월 18일 화요일 오전 9시 30분

다음날 아침, 반스는 9시 30분에 지방검사 사무실에 도착했다. 전날 밤 카네기홀에서 실내악을 감상한 뒤 마크햄은 곧장 자신의 집으로 돌아갔다. 그리고 반스는 집에 돌아와서 자정이 지나도록 잠잘 생각도 하지 않고 의학 서적 여러 권을 꺼내서 여기저기를 읽었다. 그는 초조한 듯 보이기도 했고, 뭔가를 기대하고 있는 듯 보이기도 했다. 스카치위스키에 소다수를 타서 한잔 마신 뒤에 나는 반스를 서재에 남겨두고 잠을 청하러 갔다. 하지만 나는 2시간쯤 후, 반스가 잠자리에 들 때까지도 잠을 이루지 못하고 깨어 있었다. 전날의 사건들로 정신이 자극을 받은 탓인 듯했다. 그래서 나는 거의 새벽녘이 다 되어서야 잠이 들었다. 반스는 8시쯤 나를 깨워서 자신이 오늘 세워 놓은 계획에 동참할 의사가 있는지 물었다.

나는 서슴지 않고 바로 일어났다. 그리고 서재에서 아침식사를 하고 있는 그와 자리를 함께 했다. 반스는 더할 나위 없이 기분이 좋은 것 같았다.

"오늘 뭔가 결정적인 사실이 드러나게 될 걸세, 반."

그가 기분 좋게 인사를 건네며 말했다.

"결막에 대한 분석 결과와 심리적인 불안감에 기대를 걸고 있네. 이 사건과 관계있는 사람들 모두에게 암시를 주었지. 킨케이드만 제외하고 말이야. 하지만 블러드굿이 킨케이드의 해안가 피난처에 가서 그에게 내 말을 전해줬을 거라 생각하네. 비옥한 토양에 뿌려진 내 말이 씨가 되어서, 싹이 돋아 100배의 결실을 맺었으면 좋겠어. 하지만 나는 60배, 아니 30배 결실이라도 대단히 만족할 걸세(마태복음 13장 8절을 인용해서 한 말임. - 역주)······. 자네가 수란들을 다 먹어치우는 대로, 바로 마크햄의 사무실로 갈 거네. 나는 자네가 식사를 마칠 때까지 힐데브란트 박사의 최종 보고서를 살펴보는 것을 참고 기다릴 생각이네······."

마크햄도 우리가 도착하기 직전에야 사무실에 나온 모양이었다. 그는 타자기로 작성한 서류 한 장을 살펴보느라, 우리가 사무실에 들어갔는데도 자리에서 일어나지 않았다.

"맞혀 보게."

사무실에 들어서자마자 마크햄이 반스에게 말했다.

"사무실에 도착해보니 힐데브란트 박사의 보고서가 책상에 놓여 있었네."

"아아!"

"결막과 누낭, 코 점막에 모두 벨라도나가 포화상태였다고 하네. 혈액에서도 또한 벨라도나가 검출됐다는군. 힐데브란트 박사는 이제 사인에 대해서 의심할 여지가 없다고 써놨네."

반스가 말했다.

"아주 흥미롭군. 지난밤에 나는 4살 된 아이의 눈에 벨라도나를 점적(點滴) 주입하는 방식으로 죽음에 이르게 한 사례를 읽었네."

마크햄이 이의를 제기했다.

"하지만 이런 경우, 자네의 그 중수 가설은 어디에 끼워 맞춰야 하나?"

반스가 응수했다.

"음, 더할 나위 없이 정확하게 들어맞네. 원래 계획대로라면 안검(눈꺼풀) 점막이나 안구 앞부분에 벨라도나가 투여되었다는 사실을 우리는 몰랐어야 했어. 그저 중수에만 무작정 빠져들게 되어 있었지. 독살자의 독물학에 대한 지식은 학구적인 의미에서는 제법 훌륭했네만, 적절한 결과를 만들어내지는 못했네."

마크햄이 짜증 섞인 목소리로 쏘아붙였다.

"자네가 늘어놓는 애매한 말들을 이해한다고는 도저히 못하겠군. 하지만 힐데브란트 박사의 보고서는 충분히 이해하네. 헌데 법률적인 의미에서는 우리에게 아무런 도움이 되질 않아."

반스가 마지못해 인정했다.

"그렇긴 하네. 법률적으로 말해서, 보고서의 내용이 사건을 더욱 난해하게 할 뿐이지. 알다시피, 여전히 자살일 수도 있다는 가능성을 내포하고 있지 않은가. 사실은 그렇지 않은데도 말이네."

마크햄이 물었다.

"그러면 린 루엘린과 그의 누이가 먹은 독 또한 벨라도나였다는 것이 자네의 가설인가?"

"그럴 리가 있나."

반스가 단호하게 고개를 가로저었다.

"전혀 다른 뭔가가 있었네. 이 사건 전체에서 우리를 가장 난처하게 만드는 것이 독살사건 세 건 가운데 어느 것에도 살의의 증거가 전혀 없다는 점일세. 하지만 힐데브란트 박사의 보고서에 기록되어 있는 내용으로, 적어도 지금 우리가 어떤 상태에 처해 있는지는 알게 되었네…… 혹시 그밖의 새로운 소식은 없나?"

"있네."

마크햄이 고개를 끄덕이며 말했다.

"좀 의아한 소식이 있네. 하지만 나는 그것에 그다지 중요한 의미를 부여하지 않네. 오늘 아침에 내가 사무실에 나오기 전, 킨케이드에게서 전화가 걸려왔다고 하더군. 애틀랜틱시티에서 말일세. 스웨커가 그와 통화를 했다네. 킨케이드가 말하길, 카지노에 일이 좀 생겨서 갑자기 뉴욕으로 돌아오게 되었다고 하면서 자네와 내가 카지노로 자신을 만나러 온다면, 루엘린가 사건에 대한 상세한 정보 몇 가지를 우리에게 줄 수 있을 거라고 했다는군.”

반스는 그 이야기에 몹시 흥분하는 것처럼 보였다.

“킨케이드가 구체적인 시간을 말했다던가?”

“스웨커한테 하루 종일 몹시 바쁠 것 같다고 하면서, 2시가 가장 형편이 좋을 거라고 했다더군.”

“혹시 자네가 그에게 다시 전화를 걸었나?”

“하지 않았네. 킨케이드가 스웨커에게 자신이 곧 기차를 탈 거라고 말했다네. 또, 아무튼 나는 그가 어디에 묵고 있는지도 모르고. 더구나 그에게 전화를 해야할 필요가 있다고도 생각지 않았네. 여하튼 자네에게 이야기하기 전까지 나는 아무런 행동도 취하지 않았어. 자네가 이 사건에 대해서 뭔가 생각을 가지고 있는 듯했으니까. 내게 그런 생각들을 내비치지는 않았지만 말이야……. 킨케이드의 초대를 어떻게 생각하나? 그가 정말 긴요한 정보를 우리에게 흘릴 거라고 생각하나?”

“아닐세, 그렇게는 생각지 않네.”

반스는 의자 뒤로 기대앉아 눈을 가늘게 떴다. 그렇게 한동안 그 문제를 곰곰이 생각하다 불쑥 말을 꺼냈다.

“기묘한 상황이야. 킨케이드는 그 일에 대해서는 아주 무심한 태도를 취했는데. 내가 어제 자신의 중수 사업 비밀을 밝혀낸 데 대해 단지 걱정하고 있는 건지도 모르겠어. 그래서 우리가 뭔가 의심하는 경우에 그것을 바로잡으려고 하는 건지도 모르지. 하지만 그가 크게 당황한 것 같지는 않았네. 그랬다면 그는 여기 자네 사무실로 찾아왔을 걸세. 카지노에서 자신이 당혹스러워하는 모습을 드러내는 위험을 무릅쓰는 대신에 말이지⋯⋯."

반스가 별안간 앉은 자세에서 몸을 곧추 세웠다.

"그렇지!"

그가 소리쳤다.

"다른 관점에서 이 사실을 생각해봐야 하네. 곧이곧대로 받아들여서는 안 되네, 암, 그래서는 안 되지. 하지만 너무도 뜻밖이네. 이 사건에 관계된 나머지 사람들도 마찬가질세. 어느 누구도 이성적으로 행동하고 있질 않잖아. 매사에 늘 지나치든지 아니면 부족하든지 하거든. 균형이라고는 전혀 찾아볼 수 없어."

그는 벌떡 일어서서 창가로 갔다. 두 눈에는 당혹스런 빛이 어려 있었고, 이마에는 깊은 주름이 잡혀 있었다.

"뭔가 일이 일어나기를 바랐네. 아니 일어날 거라고 예상했지. 하지만 이런 걸 기대하지는 않았어."

"그럼 어떤 일이 일어날 거라고 예상했나, 반스?"

마크햄이 물었다. 그는 뒤돌아 서 있는 반스를 걱정스럽다는 듯 바라보았다.

"모르겠네."

반스가 한숨을 푹 내쉬었다.

"거의 모른다고 해야겠지. 하지만 이런 건 아니네."

그는 때가 낀 유리창을 신경질적으로 톡톡 두드려댔다.

"우리가 뭔가 예측하지 못한 놀라운 상황에 말려들었다는 생각이 들어. 하지만 킨케이드와 2시에 만나서 이야기를 나눈다는 생각에 특별히 흥분이 되지는 않네⋯⋯."

그가 급히 돌아섰다.

"이런, 마크햄! 어쩌면 이것이 내가 원했던 바로 그 상황일지도 모르겠어."

그의 두 눈이 기대감으로 불꽃이 일렁이는 것처럼 보였다.

"사실, 이런 식으로 사건이 흘러갈 수도 있지. 나는 좀더 교묘한 상황을 예상하고 있었지만. 어쨌든 이제 그런 걸 기대하기에는 너무 늦은 것 같군. 이런 상황을 예견했어야 하는데 말이야. 사건이 결정적인 단계에 이르렀어…… 여보게, 마크햄, 우리 그 약속을 지키기로 하세."

"하지만 반스……."

마크햄이 반박의 말을 쏟아놓으려고 하자 반스가 황급히 가로막았다.

"아니네, 아니야. 우리는 카지노에 가서 반드시 진실을 알아내야 하네."

그가 모자와 외투를 집어 들며 말했다.

"1시 30분에 들르겠네."

반스는 문 쪽으로 걸어갔고 마크햄은 그런 그를 미심쩍은 눈초리로 지켜보다 물었다.

"자네의 생각에 확신하는 건가?"

그 말에 반스는 한 손으로 문손잡이를 잡은 채 멈춰 섰다.

"물론이지. 확신하네."

나는 그가 그렇게 심각해하는 모습을 본 적이 없었다.

"그런데 1시 30분까지는 뭘 하고 있을 건가?"

마크햄이 냉담하면서도 짓궂은 미소를 지으며 물었다.

"이보게, 마크햄! 자네는 아주 의심이 많은 천성을 타고났군."

반스는 갑자기 태도를 바꿔 마크햄에게 너그럽고 부드러운 미소를 지어보이며 말했다.

"우선 전화를 한 통 걸 생각이네. 그 성가신 일이 끝나면 센터스트리트 240번지로 가서 용맹스런 히스 경사와 흉금을 터놓고 이야기를 나눌 생각이야. 그런 뒤에 쇼핑을 하러 갈 걸세. 쇼핑이 끝나면 루엘린 저택을 잠깐 동안 방문할 계획이네. 그 다음에는 스카르포티 레스토랑에 들러서 egg Eugénie(유제니의 달걀 요리)와 아티초크(국화과 여러해살이풀로 서구인이 좋아하는 채소. 개화 직전의 꽃봉오리를 사용함. – 역주) 샐러드를 먹고……."

마크햄이 그의 말을 뚝 끊으면서 날카롭게 말했다.

"잘 가게! 1시 30분에 보세."

반스와 나는 형사 법원 건물 밖에서 헤어졌다. 나는 곧장 반스의 아파트로 돌아와서 산적해 있는 일과를 처리하느라 분주한 시간을 보냈다.

반스가 돌아온 것은 얼마 지나지 않아서였다. 그는 넋이 빠져버린 사람처럼 보였다. 그래서 나는 그가 정신적으로나 육체적으로 긴장 상태에 있는 거라고 생각했다. 그는 말도 얼마 하지 않았고, 일이 돌아가는 형편이나 상황에 대해서도 일절 언급하지 않았다. 내가 아는 한, 그의 머릿속은 온통 그 생각뿐일 텐데 말이다. 그는 담배를 피면서 거의 10분 동안이나 서재를 왔다갔다하기만 했다. 그러다가 침실로 들어가더니 곧이어 전화로 이야기하는 소리가 들렸다. 하지만 나는 그가 하는 말을 한 마디도 알아듣지 못했다. 서재로 다시 돌아왔을 때, 반스는 한결 기분이 나아진 것처럼 보였다.

"만사가 순조롭게 진행되고 있네, 반."

그가 말했다. 그리고는 자신이 제일 좋아하는 세잔의 수채화 작품 앞에 앉았다.

"만반의 준비를 갖춰 놓았으니, 어느 정도 효과가 있었으면 좋겠는데."

그가 입속말로 중얼댔다.

"궁금하군……."

마크햄은 정확히 1시 30분에 도착했다.

"자, 왔네."

그가 짜증스러운 기색을 내보이며 시비조로 말했다.

"그런데 나는 도무지 이유를 모르겠네. 어째서 우리가 킨케이드를 내 사무실로 불러, 자신의 생각을 밝히라고 하면 안 되는지 말이네."

"아, 충분한 이유가 있지."

반스가 다정한 눈빛으로 마크햄을 주시하며 말했다. 그리고는 마크햄에게서 시선을 돌리며 말을 이었다.

"충분한 이유가 있길 바란다네. 사실, 확신은 하지 못하겠어. 하지만 이것이 우리의 유일한 기회니 꼭 붙들어야 하네. 악마 같은 인간이 자유로이 돌아다니고 있잖나."

마크햄은 천천히 심호흡을 했다.

"자네 심정이 어떤지 알겠군. 아무튼 내가 이렇게 여기 있잖나. 슬슬 출발해야지."

반스가 망설이다가 말을 꺼냈다.

"위험한 상황이 벌어지면 어쩌지?"

마크햄이 퉁명스레 말했다.

"그런 건 신경 쓰지 말게. 아까도 말했지만 내가 여기 있잖나. 어서 가세."

반스가 말했다.

"자네와 반이 한 가지 주의해야 할 게 있네. 카지노에서 아무것도 마셔서는 안 되네. 어떤 상황에서도 마셔선 안 돼."

우리는 차를 타러 아래층으로 내려갔고, 15분 뒤에는 웨스트 73번가로 들어서 리버사이드 드라이브를 향해 달리고 있었다. 반스는 카지노의 입구에 차를 세웠다. 우리는 차에서 내려 돌계단을 올라가서 판유리로 된 현관으로 갔다. 반스가 자신의 손목시계를 들여다보며 말했다.

"정확히 1분 전 2시일세. 이런 상황에서는 정확한 시간에 방문해야겠지."

그는 청동으로 된 철문 옆에 있는 조그만 상아빛 초인종 단추를 누르고, 담뱃갑을 꺼내서 신중한 태도로 레지 한 개비를 뽑아 불을 붙였다. 잠시 뒤 우리는 문의 잠금장치가 열리는 소리를 들었다. 문이 안쪽으로 휙 열리자 우리는 어둑한 리셉션 홀로 들어갔다.

나는 우리에게 문을 열어 준 사람이 린 루엘린이라는 사실에 좀 놀랐다.

"삼촌은 여러분들이 오실 거란 걸 알고 계셨지요."

그는 우리에게 유쾌한 태도로 인사를 건네고 말했다.

"삼촌은 아마 자신이 좀 바쁠 거라고 생각하셨나 봅니다. 그래서 저보고 좀 도와달라고 부탁하더군요. 삼촌은 사무실에서 기다리고 계십니다. 자, 올라들 가실까요?"

반스가 작은 소리로 감사의 뜻을 전한 뒤, 우리는 루엘린의 안내를 받아 리셉션 홀의 뒤쪽으로 가서 널찍한 계단을 올라갔다. 그는 위층 복도를 지나 골드룸으로 들어가서 킨케이드의 사무실 문을 조용히 두드렸다. 그리고는 문을 열고 우리에게 사무실로 들어가라는 듯이 고개를 숙여 보였다.

내가 킨케이드가 사무실에 없다는 사실을 알아챘을 때, 문이 쾅 닫히면서 열쇠 구멍에 열쇠를 넣고 돌리는 소리가 들렸다. 나는 불안한 마음에 뒤쪽으로 시선을 돌렸다. 문 바로 안쪽에 루엘린이 몸을 약간 웅크린 자세로 손에 철색 권총을 들고 서 있었다. 그는 위협적으로 권총을 이리저리 움직여대면서 우리 세 사람 모두에게 겨누었다. 그는 갑자기 난폭하고 잔인한 사람으로 바뀌어 있었다. 그의 시선에 등골이 오싹해질 정도였다. 가늘게 뜬 두 눈에는 사악한 빛이 어려 있었고, 눈이 단검처럼 날카롭게 빛나고 있었다. 또 잔인한 미소를 띤 입가는 묘하게 비틀려 있었다. 태연스레 움직이고 있었지만 그의 몸에서는 분명히 팽팽한 긴장감이 느껴졌으며, 뭔가 지독히도 위협적인 힘이 뿜어져 나왔다.

"이렇게 와주셔서 감사합니다."

그가 차분하면서도 낮은 소리로 말했다. 입가에는 여전히 냉소가 어려 있었다.

"자, 탐정님들, 벽에 붙어 있는 저 의자 세 개에 각각 앉으시지요. 세 분 모두 저승으로 보내드리기 전에 제가 들려드릴 말이 있거든요……. 그런데 손은 앞으로 두시지요."

반스는 호기심 어린 표정으로 루엘린을 바라보다가 그가 손에 들고 있는 권총에 눈길이 멈췄다.

반스가 말했다.

"달리 어쩔 방도가 없네, 마크햄. 루엘린 씨가 이 의식의 우두머리인 것 같군."

반스는 마크햄과 나 사이에 서 있었는데, 아무 말 없이 의자로 가서 가운데 의자에 앉았다. 우리가 방문할 거라는 사실을 분명히 예상한 듯 의자 세 개가 사무실 한쪽 끄트머리의 판벽 앞에 나란히 놓여 있었다. 마크햄과 나는 반스의 양쪽에 각각 앉아서 그의 행동을 따라 두 손을 의자의 평평한 팔걸이 위에 올려놓았다. 루엘린은 고양이처럼 조심스럽게 우리에게 다가와 1미터 정도 앞에서 멈춰 섰다.

"이런 상황에 끌어들여 미안하네, 마크햄."

반스가 의기소침한 태도로 속삭이듯 말했다.

"자네한테도 미안하군, 반. 하지만 이제 와서 후회한들 무슨 소용이 있겠나."

"담배를 뱉으시죠."

루엘린은 반스에게 시선을 고정한 채 명령조로 말했다.

반스가 그의 지시대로 따르자, 루엘린은 바닥을 쳐다보지도 않고 발로 담배를 짓뭉겠다.

"그리고 조금도 움직이지 마십시오."

그가 계속 이어 말했다.

"몇 마디 건네기도 전에, 세 분께 총구멍을 내고 싶진 않으니까요."

"사실 저희도 당신 이야기를 듣고 싶습니다."

반스가 이상하게도 감정을 억누른 듯한 목소리로 말했다.

"당신이 사용하는 시스템을 모두 꿰뚫고 있다고 생각했죠. 그런데 제가 생각했던 것보다 당신은 더 영리하군요."

루엘린이 조용히 킬킬 웃었다.

"여기까지는 생각이 미치지 못했겠죠. 내가 밑천이 다 떨어졌으니 패자가 된 채 포기해야 할 거라고 생각했을 테니까요. 하지만 나는 게임에 걸 수 있는 칩이 아직 여섯 개나 남아 있습니다. 강철로 된 작은 칩들이 여기에 여섯 개나요."

그는 애정 어린 태도로 왼손으로 권총의 탄창을 가볍게 두드렸다.

"당신들 각자에게 두 개씩 걸 생각입니다. 승산이 있겠습니까?"

반스가 고개를 끄덕였다.

"예. 이길지도 모르겠습니다. 하지만 어찌 되었든 당신은 결국 교묘한 수법을 포기하고 직접적인 방식에 의지하게 됐군요. 다시 말해, 완전 범죄가 아니란 말입니다. 단지 권총을 찬 악한이 되어서만

이, 내기에서 잃은 것을 메울 수 있는 셈입니다. 이건 전혀 만족스러운 피날레가 아니에요. 아니 사실, 자신을 악마처럼 영리하다고 여기는 사람에게는 다소 치욕적인 결말이지요."

반스의 목소리에는 지독한 경멸감이 담겨 있었다.

"이보게, 마크햄."

그가 마크햄을 보며 살며시 덧붙였다.

"이 신사가 자신의 아내를 살해한 사람이라네. 하지만 자신의 최종 목표를 달성할 만큼 영리하지 못했지. 이 사람이 만들어낸 훌륭한 시스템 어딘가가 어긋났거든."

루엘린이 불쑥 끼여들며 말참견을 했다.

"천만에요. 어긋나지 않았습니다. 그저 게임을 좀더 연장시키기만 하면 되는 거죠. 한 번 더 휠을 돌리면 된단 말입니다."

반스가 냉담한 미소를 지으며 말했다.

"한 번 더 휠을 돌리신다고요. 예, 그러시겠지요. 첫 번째 저지른 살인을 은폐하려면 당신의 그 음모에 살인을 세 건 더 추가해야 할 테니까요."

루엘린이 악의에 찬 어조로 되받았다.

"그런 건 상관하지 않습니다. 사실, 즐거운 일일 테니까요."

그는 조금도 빈틈을 보이지 않고 침착한 태도로 서 있었다. 그에게서는 불안해하는 기미조차 보이지 않았다. 손에 든 권총도 흔들리지 않았고, 냉혹해 보이는 눈길도 주저함이 없었다. 나는 그런 그의 모습에서 공포감이 느껴져 옴짝달싹할 수 없었다. 그에게서는 언제라도 살인을 실행할 수 있을 것 같은 분위기가 풍겨 나왔다. 그는 실제보다 두 배는 더 두려운 존재로 여겨지게 하는 기묘한 능력을 갖고 있었다. 부드럽다 못해 거의 나약하기까지 한 그의 용모 탓인 듯했다. 그에게서는, 우리가 삶 속에서 이미 알고 있거나 이해할 수 있는 어떤 공포보다 훨씬 더 두렵고 사악하게 느껴지는 그런 유별난 점이 있었다. 그는 시선을 계속 반스에게 고정하고 있었다. 잠시 뒤에 루엘린이 물었다.

"정확히 얼마나 알고 있는 겁니까? 당신이 알고 있는 사실에 부족한 부분을 내가 보충하는 식으로 하지요. 이런 방식이 시간이 더 절약될 테니까요."

반스가 대꾸했다.

"그렇게 하도록 하지요. 당신의 자만심을 만족시켜야 할 테니 그렇게 하셔야지 않겠습니까. 저는 그 자만심에 기대를 걸겠습니다. 실제로는 유약하신 분 아닙니까."

루엘린의 입가에 잔인하고 사악한 미소가 떠오르더니 비틀렸다.

"내가 당신들 세 사람을 쏠 용기가 없을 거라고 생각한 모양이군요?"

그는 크게 웃으려 했으나 단지 귀에 거슬리는 거친 소리만이 목구멍에서 터져 나왔다.

반스가 풀죽은 모습으로 말했다.

"아, 아닙니다, 아니에요. 당신이 저희 세 사람을 죽일 작정이라는 건 믿어 의심치 않습니다. 하지만 그런 행동은 당신이 절망적일 정도로 심약하다는 사실만을 입증할 뿐입니다. 사람에게 총을 쏘는 건 대단히 간단한 일이니까요. 아주 무식하고 비겁한 악한이, 그 점에 있어서 능숙한 경지에 올라 있는 걸 보면 알 수 있잖습니까. 누군가를 살해하면서, 육체적으로 격렬하게 직접 부딪치는 일 없이 성공하고, 또 발각되는 일 없이 달아나려면 용기와 지혜가 필요한 법이지요."

"당신네 세 사람 머리를 합친 것보다 내 머리가 훨씬 더 나을 거요."

루엘린이 귀에 거슬리는 거친 말투로 큰소리쳤다.

"이곳에서, 이 잠깐 동안의 순간도 당신이 생각하는 것보다 더 치밀하게 짜여졌단 말입니다. 오늘 오후에 나는 완벽한 알리바이까지 만들어 놓았어요. 그게 뭔지 알고 싶다면 알려드리지요. 지금 나는 내 어머니와 함께 웨스트체스터를 달리고 있는 중입니다."

"암. 그렇겠지요. 저도 그럴 거라 의심했습니다. 오늘 아침 댁에 갔더니 당신 어머님이 안 계셨……."

"오늘 아침에 우리 집에 갔었습니까?"

"예. 잠시 들렀습니다……. 유감스럽게도 당신 어머님은 당신 때문에 위증죄를 범하게 되었군요. 당신 어머님은 애초부터 당신이 범행을 저지른 건 아닐까 의심을 하셨지요. 그래서 당신의 죄를 감추고 의혹을 다른 곳으로 돌리려고 자신이 할 수 있는 모든 일을 다 하셨던 겁니다. 그리고 당신 동생분 또한 진실을 어렴풋이 눈치 채고 있었습니다."

"그럴지도 모르고, 그렇지 않을지도 모르지요."

그가 딱딱거리며 말했다.

"어쨌든 막연한 느낌만으로는 아무에게도 타격을 입힐 수 없잖습니까. 중요한 것은 물증입니다. 그렇지만 누구도, 아무것도 입증할 수 없을 겁니다."

반스가 고개를 끄덕였다.

"글쎄요. 뭔가 있긴 합니다만……. 그런데 당신은 어젯밤에 애틀랜틱시티에 가셨지요, 아닙니까?"

"그랬습니다. 하지만 아무도 내가 거기 갔었다는 사실을 모르지요. 사랑하는 삼촌을 대신해 전화를 걸러 갔던 것뿐이니까요. 아주 간단한 일이었어요. 게다가 일이 상당히 잘되지 않았습니까, 그렇지요?"

"예, 겉보기에는 그런 것 같습니다. 어쨌든 저희가 여기 와 있으니까요. 그런 뜻으로 말씀하신 거라면 말입니다. 당신의 계획이 운 좋게 성공할 수 있었던 건 마크햄 씨의 비서가 당신의 목소리와 킨케이드 씨의 목소리를 구별하지 못했기 때문이지요."

"그래서 내가 저명하신 지방검사님이 사무실에 나오시기 전에 전화를 걸어서 문제가 생기지 않도록 신경을 썼던 겁니다."

그는 몹시 빈정거리는 투로 말하고는 의기양양한 얼굴로 히죽 웃었다.

반스는 고개를 가볍게 끄덕이고 이제 오로지 자신을 똑바로 겨누고 있는 무자비한 총구에만 시선을 집중했다.

"제가 어제 저녁 댁에서 당신에게 했던 말을 전부 알아들었던 게 분명하군요."

루엘린이 말했다.

"어려운 일도 아니었죠. 당신이 블러드굿에게 집중해서 이야기하는 척할 때, 나는 그것이 내게 하는 소리라는 걸 눈치 챘지요. 당신이 얼마나 많은 사실을 알고 있는지 내게 말하려 한다는 걸 말이에요. 당신이 나에 대해 알고 있기 때문에, 내가 당신을 저지하려고 즉시 어떤 행동이든 취할 거라고 생각했겠죠, 아닌가요?"

그의 입가에 냉소가 나타났다가 이내 사라졌다.

"그래, 이렇게 행동을 취하지 않았습니까? 당신들을 이곳으로 오게 했고 나는 당신들 모두에게 총을 쏠 생각입니다. 헌데 당신이 예상했던 행동은 이런 게 아니었겠죠."

반스가 난처한 표정으로 한숨을 쉬었다.

"맞습니다. 이런 행동을 기대했다고는 말할 수 없습니다. 킨케이드 씨에게 전화가 걸려 와서 약속을 정했다는 말에 저는 상당히 혼란스러웠습니다. 그분이 뭣 때문에 당황했는지 이유를 알 수 없었으니까요……. 그런데 루엘린 씨, 말씀 좀 해보시죠. 어리석은 이 모임이 어째서 성공할 거라고 생각하시는 겁니까? 이 건물 안의 누군가가 총소리를 들을지도…….

"천만에요!"

루엘린이 만족스러운 듯 심술궂은 미소를 지어보였다. 그는 잠시도 경계를 늦추지 않고 말했다.

"카지노는 무기한 문을 닫은 상태라 이곳에는 아무도 없습니다. 삼촌과 블러드굿 두 사람 모두 멀리 떠나 있지요. 몇 주 전, 난 집의 삼촌 방에서 이곳의 열쇠를 손에 넣었어요. 내가 이따금 딴 돈을 삼촌이 내놓으려 하지 않으면, 열쇠가 필요할 것 같아서요."

다시금 그는 귀에 거슬리는 목소리로 지껄였다.

"우리는 여기에 완전히 고립되어 있는 겁니다, 반스 씨. 그러니 방해를 받아 실패할 일이 전혀 없지요. 이 모임은 성공할 겁니다. 물론 제 입장에서요."

"당신이 꽤 생각하고 철저히 계획을 세웠다는 걸 잘 알겠습니다."

반스가 맥 빠진 목소리로 말했다.

"이 상황을 완전히 통제하는 듯하군요. 그런데 뭘 기다리는 겁니까?"

루엘린이 낄낄 웃었다.

"이 상황을 즐기고 있는 겁니다. 또 당신이 내 계획에 대해서 얼마나 정확히 알고 있는지 흥미가 일기도 하고요."

반스가 대꾸했다.

"당신이 꾸민 음모를 누구나 꿰뚫어 볼 수 있었다는 생각에 마음이 상하셨군요, 아닌가요?"

루엘린이 버럭 소리를 질렀다.

"전혀요. 단지 흥미가 있어서요! 내 계획의 일부를 당신이 간파했다는 걸 알고 있으니까요. 그래서 당신들을 제거하기 전에 그 나머지를 알려주려는 것뿐이지요."

"물론, 그러시겠죠. 그래야 잘난 체를 하실 수 있으니까요."

반스가 조용히 되받았다.

"또 당신의 자존심을 높이는 데 도움이……."

"그런 건 신경 쓰지 않습니다!"

루엘린이 조용하고 차분한 말투로 이야기했는데, 격렬하게 성을 낼 때보다 더 섬뜩한 생각이 들었다.

"당신이 알고 있는 사실을 말해보시죠. 들어보고 싶으니. 그리고 당신도 반드시 이야기를 하려고 들 겁니다. 그동안이라도 그나마 죽지 않을 테니 말입니다. 누구든 단지 잠깐 동안이라도 목숨을 더 부지할 수 있다면 매달리는 법이지요……. 그런데 손은 계속 의자 팔걸이 위에 올려놓고 계십시오. 세 분 모두 말입니다. 그렇게 하지 않으면 방아쇠를 당겨서 순식간에 당신들을 저승으로 보내버릴 겁니다."

제*16*장 최후의 비극

10월 18일 화요일 오후 2시 15분

반스는 잠시 동안 냉정하고 비판적인 시선으로 루엘린을 바라보았다. 이윽고 그가 말문을 열었다.

"예, 지당하신 말씀입니다. 제가 이야기를 하는 동안에는 살려두시겠지요. 당신의 자만심을 만족시킨다는 느낌이 들 때까지는 말입니다……."

"반스!"

마크햄이 우리가 카지노에 들어온 이후 처음으로 입을 뗐다.

"살인자의 욕망에 뭣 땜에 영합하려는 건가? 저자는 이미 마음을 정했네. 그러니 이 상황에서 우리가 할 수 있는 일은 아무것도 없는 게 분명하네."

그는 긴장감이 느껴지는 거친 말투로 말했다. 그 속에는 배짱과 체념이 깔려 있었다. 그런 그의 태도에 나는 크게 감탄하지 않을 수 없었다.

"자네 말이 맞을지도 모르네, 마크햄."

반스가 말했다. 그의 시선은 여전히 루엘린을 응시하고 있었다.

"하지만 우리의 사형집행인께서 방아쇠를 당기기 전에 그와 이야기를 좀 나눈다고 해서 손해볼 건 없지 않은가."

루엘린이 지나치게 침착한 태도로 말했다.

"자, 자! 얘기해보세요. 아니면 내가 이야기할까요?"

"아닙니다, 그러실 필요 없습니다. 이따금 사소한 문제 몇 가지 외에는 제가 얘기하겠습니다……. 제가 생각하기에 당신은, 당신의 아내를 살해하고 그 행위에 대한 책임을 삼촌분에게 돌릴 작정이었습니다. 당신에게 아내는 거추장스러운 존재였으니까요. 당신이나 당신 어머님 모두 그녀를 좋아하지 않았습니다. 그래서 당신은 아내를 살해하면 유산을 충분히 상속받게 되리라는 사실을 어느 정도 확신했을 겁니다. 킨케이드 씨에 관해서는…… 아무튼 당신은 삼촌을 전혀 좋아하지 않았습니다. 그래서 유력한 유산 상속인인 삼촌을 제거하려고 했던 겁니다. 거기다 분노라는 또 다른 이유 때문에도 당신은 삼촌을 제거하려 했습니다. 당신은 삼촌에게 몹시 화가 나 있었지요. 그건 삼촌이 당신보다 뛰어난데다 공공연히 당신을 모욕했기 때문이었습니다. 열등감이 많은 당신 같은 유형의 젊은이들에게 흔히 나타나는 태도죠. 당신은 자만심이 강한데다 자기중심적인 사고방식을 지녔잖습니까.

본격적으로 당신은 계획에 착수해서 자신을 위해 완전범죄의 윤곽을 마련했습니다. 그건 바로 당신의 안전한 상태를 방해하게 될 모든 요인들을 배제하는 것이었지요. 그리고는 당신이 생각한 대로, 삼촌에게 불의의 일격을 가할 수 있는 멋진 계획을 세웠습니다. 어떤 일이 있더라도 의혹이 당신에게 돌려지지 않도록 말입니다……. 훌륭한 계획이었습니다. 하지만 당신은 그 계획을 완벽하게 수행할 만큼 영리하지 못했지요."

반스는 잠시 이야기를 중단했다. 경멸 섞인 그의 시선이 루엘린의 위협적인 눈길에 계속 고정되어 있었다.

"당신은 범행에 독이 알맞다고 생각했습니다. 독살은 간접적인데다 은밀하게 처리할 수 있으니, 대담한 행동이 필요해질 상황을 미연에 방지할 수 있기 때문이었죠. 물론 그게 당신의 본성이기도 하고요. 당신은 당신 부인이 매일 밤 안약을 사용한다는 사실을 알았습니다. 그래서 당신 아버님이 보시던 독물학에 관한 서적들을 읽었던 겁니다. 십중팔구 당신의 목적을 달성하기 위해 일부러 그 서적들을 참고했겠죠. 그리고 그 책들에서 눈이나 코의 점막에 벨라도나를 흡수시키면 죽음을 초래할 수 있다는 글을 보았을 겁니다. 안약병에 벨라도나나 아트로핀 정제를 다량 용해시키는 일은 당신에게는 일도 아니었지요. 하지만 당신은 현대 독물학의 방식에 대해 충분히 알지 못했습니다. 아마도 당신 아버님의 서적들이 그다지 최신 정보를 담고 있지 않아서 그 사실에 무지했을 테지만요. 오늘날에는 독살사건이 발생했을 때, 위장만이 분석가에게 검사를 맡기는 유일한 기관이 아닙니다. 위의 분석만이 추정상의 독살을 입증하거나 반증하는 데 필연적인 방법이라는 것은 잘못된 생각이 되었습니다. 최근의 책들에서는 그 점에 대해 상세히 설명하고 있지요. 당신은 웹스터나, 로스, 위트하우스, 베커, 오텐리트와 같은 책들을 읽어보았어야 했습니다. 그렇지만 당신은 우리에게 상당한 수고를 끼쳤습니다. 당신 방 욕실의 약장에 있던 안약병이 제 주의를 끌고 나서야……."

"그게 무슨 말입니까? 내게 약장에 대해 전에 물어본 적이 있었죠?"

루엘린의 눈이 조금 커졌다. 그러나 냉혹한 경계의 눈초리를 한시도 늦추지 않았다.

"그랬지요. 하지만 그때는 그야말로 암중모색하는 단계였습니다. 당신은 안약병을 꺼내 내용물을 쏟아버렸지요. 일요일 날 아침에 병원에서 퇴원해 돌아와서 말입니다. 그런 뒤에 당신은 약병을 옆으로 비스듬히 해서 약장에 되돌려 놓았던 겁니다. 그래서 약병 위의 라벨이 보이지 않게 됐지요. 저는 뭔가 바뀌었다는 것을 알았습니다만 그게 정확히 무엇인지는 몰랐습니다. 그래서 저희가 당신 가족분들 모두에게 일요일 내내 완전히 자유롭게 행동할 수 있도록 해드렸던 겁니다……. 그런데 일요일에 당신은 약제사한테 갔습니다, 아닌가요? 그리고 안약병을 본래의 무해한 액제로 다시 채워놨습니다. 빈 약병이 주의를 끌까 봐 걱정이 되어서였겠지요."

"맞습니다. 계속하시죠."

"라벨이 앞으로 오도록 약병을 되돌려 놓아주셔서 정말 감사합니다. 그것이 제게 실마리를 제공해줬으니까요. 그리고 독물학자의 화학 분석을 통해 제 가설이 확인되었고요. 그때 저는 알게 되었습니다. 당신 부인이, 눈을 통해 벨라도나를 흡수하는 바람에 사망했다는 사실을 말입니다. 그리고 집 안의 누군가가 자신의 행동을 숨기려고 안약병에 손을 댔다는 사실도 말이지요."

"좋습니다, 한 발짝 다가섰습니다. 그런데 당신은 아멜리아나 나도 벨라도나를 먹었다고 생각했겠죠."

"아닙니다. 천만에요. 벨라도나가 아니었습니다. 전 그런 생각을 할 만큼 독물학에 대해 무지하지 않습니다. 당신은 니트로글리세린을 먹었지요."

루엘린의 고개가 조금 뒤로 젖혀졌다.

"그걸 어떻게 알았습니까?"

그가 입술을 거의 움직이지 않은 채 물었다.

"간단한 추론을 통해서지요."

반스가 그에게 말했다.

"케인 선생한테서 당신이 심장이 좋지 않다는 말을 들었습니다. 그래서 당신에게 니트로글리세린 정제를 처방해주었다는 말도 들었고요. 아마 당신은 언젠가 한번에 많은 양을 복용했다가, 조금 휘청거리는 증상을 경험했을 겁니다. 그래서 니트로글리세린의 작용에 대해 찾아보았을 테죠. 그리고 과량 복용을 할 경우에 영구적인 위해 없이 쇼크 상태에 빠질 수 있다는 사실을 알게 되었을 겁니다. 그래서 당신은 집 안에 만반의 준비를 해놓은 뒤, 니트로글리세린 정제를 충분히 복용하고 카지노로 가서는 관객의 눈앞에서 일시적으로 의식을 잃고 쓰러졌던 겁니다. 물론 그 독이 무엇이었는지 확인할 길이 없었지요. 단지 실신하는 증상밖에는 없었으니까요. 그런데 케인 선생이 제게 니트로글리세린 정제에 대해 말하던 순간에 저는 당신이 먹었던 독이 그것일 거라고 확신하게 됐습니다."

"그럼 아멜리아는요?"

"다를 바 없습니다. 다만 동생분은 예기치 않게 전개된 또 하나의 독살사건의 희생자에 지나지 않았지요. 사실, 동생분을 독살할 작정이 아니었잖습니까. 당신은 니트로글리세린을 녹여 놓은 물병의 물을 당신 어머님이 마시도록 계획을 세워놓았던 겁니다. 하지만 동생분이 당신의 계획을 망쳐놓았지요."

"내가 어머니를 독살하려 했다고 생각하는 겁니까?"

반스가 말했다.

"천만에요. 전혀 정반대입니다. 당신은 어머님도 음모의 희생자 중 한 사람으로 보이게 하려고 그랬던 겁니다. 당신처럼 말이지요. 그렇게 해서 용의선상에서 제외시키려는 속셈으로 말입니다."

루엘린의 눈빛이 호기심으로 반짝였다.

"그래요! 어머니를 보호해야 했어요. 내 자신뿐만 아니라 어머니의 안전에 대해서도 생각해야 했죠. 많은 사람들이 어머니가 아내를 싫어한다는 사실을 알고 있었어요. 게다가 어머니는 무정하고 공격적인 구석이 많은 분이세요. 그러니 혐의를 받게 될지도 모르는 일이었어요."

반스가 대꾸했다.

"상당히 명료한 설명이로군요. 그래서 당신은 동생분이 니트로글리세린이 든 물을 마셨다는 것을 알게 됐을 때, 당신 어머님을 용의선상에서 제외시키려고 다른 방법을 시도했습니다. 일요일 아침에, 당신은 저희가 계단을 올라오는 소리를 듣고서 저희에게 보이기 위해 가슴 아픈 오이디푸스 왕(숙명에 의해 부자관계인 줄 모르고 아버지를 살해한 뒤, 어머니를 아내로 삼은 테베의 왕 – 역주)의 장면을 연출했던 겁니다. 어머니가 범행을 저질렀을지도 모른다고 자신이 생각하는 척 연기를 했던 거지요. 이중의 효과를 노린 치밀한 행동이었습니다. 당신을 용의선상에서 한층 더 제외시키는 데 도움이 되고, 또한 당신 어머님이 죄가 없다는 사실을 저희에게 확신시킬 기회를 주려는 것이었으니까요. 사실 그때 어머님을 끌어들였던 건 다소 비겁한 행동이었습니다. 하지만 인상적이긴 했습니다. 물론 어느 정도 극적인 의미에서 말이지요……. 제가 얻은 결론에 대해 달리 알고 싶은 게 있으십니까?"

루엘린이 악의에 찬 눈길로 잠시 노려보았다. 그리고는 간신히 알아챌 수 있을 정도로 고개를 까딱해 보였다.

"비염 정제와 자살의 이유를 밝힌 유서에 대해서는 어떻게 생각했습니까?"

반스가 말했다.

"제가 그것들에 대해서 정확히 어떻게 생각했는지 궁금하신가 보군요. 비염 정제나 유서는 당신의 은밀한 계획의 기본적인 윤곽을 구성하는 요소 중 하나였습니다. 아주 훌륭했다는 점은 인정합니다. 하지만 당신이 의도했던 것 이상으로 제가 좀 앞서 나갔지요. 당신은 제가 킨케이드 씨를 실제 범인으로 받아들였으면 했습니다. 하지만 저에게는 킨케이드 씨가 당신이 거짓으로 꾸며놓은 희생자로 인식됐습니다."

루엘린의 얼굴이 찌푸려졌고, 눈도 가늘어져서 험악한 분위기가 느껴졌다. 그의 표정에는 엄청난 증오심이 나타나 있었다. 그가 교활한 얼굴로 히죽 웃으며 입을 열었다.

"그러니까 당신은 자살처럼 보이게 사건이 꾸며졌다는 것을 즉시 알아차렸다는 말이군요?"

루엘린이 다시 말했다.

"그래요, 그게 내가 의도했던 거였어요. 그래서 삼촌이 바로 당신 머릿속에 떠올랐습니까?"

"어느 정도는요."

반스가 인정했다.

"그런데 좀 지나치게 노골적이더군요."

"그럼 중수는요?"

"물론이죠. 당연히 관심을 가졌습니다. 처음에는 중수가 어느 정도 사건의 열쇠로 합당하다고 생각했지요. 당신이 의도했던 대로 말입니다. 하지만 주요 요인들이 하나, 둘 풀리자 당신의 계략 전부가 상당히 빤히 들여다보이더군요. 전체적인 구성은 잘 생각해냈지만 몇 가지 세부사항들이 설득력이 전혀 없었습니다. 알다시피, 당신이 과학 지식이나 연구 분야에 무지했던 탓이겠지요. 아무튼 잘 모르는 지식이 덧붙여지면서 꽤나 유치한 음모가 되었던 겁니다. 처음부터 저는 당신을 유력한 용의자로, 염두에 두고 있었습니다……."

"당신은 거짓말을 하고 있어요."

루엘린이 소리치며 말했다.

"어디, 당신의 그 추론 과정을 들어나 봅시다."

반스는 숨을 깊이 들이쉬고 어깨를 조금 으쓱했다.

"말씀하셨듯이, 이야기를 계속하는 동안에는 이승에 머물 수 있겠지요. 아아, 그럼, 좀더 이야기하도록 하겠습니다…… 이런 상황에서는 아주 작은 호의일지라도 몹시 고맙게 여겨지는 법이지요. 게다가 당신을 정신적으로 불안한 상태로 남겨두고, 이승을 떠난다는 건 참을 수 없는 일이기도 하고요."

반스의 목소리도 루엘린처럼 차분하니 착 가라앉아 있었다.

"당신이 제게 보낸 편지, 그러니까 토요일 밤에 카지노로 와 달라고 간청한 편지가 당신이 저지른 첫 번째 잘못이었습니다. 하지만 교묘하긴 했습니다. 충분할 정도는 아니었지만요. 명백히 거짓으로 가득 찬 편지였지요. 의도했던 것일 테지만 너무 지나쳤습니다. 편지를 쓴 사람의 성격이 대강 드러날 정도였죠. 약삭빠르고, 교활하며, 나약하고, 머리가 좋은 사람일 거라는 생각이 떠오르더군요. 그러니 그런 유형의 사람만 찾으면 되었습니다. 그리고 사실, 당신이 카지노에서 쓰러지는 장면의 목격자로 저를 부를 필요까지는 없었습니다. 누구든 제게 상세히 설명해 줄 수 있었을 테니까요. 하지만 그 점은 그냥 눈감아 두도록 하겠습니다…….

당신은 유서뿐만 아니라 제게 보낸 편지도 타자기로 몹시 서투르게 작성했습니다. 마치 타자기에 익숙하지 않은 누군가, 즉 킨케이드 씨가 작성한 것처럼 보이게 하려고요. 그리고는 편지를 클로스터에서 붙였습니다. 근처에 있는 킨케이드 씨의 산막으로 주의를 집중시키려는 의도였겠죠. 하지만 그 행동 또한 너무 지나쳤습니다. 실제로 킨케이드 씨가 편지를 보냈다면, 그분은 클로스터가 아닌 어딘가 다른 곳에서 붙였을 테니까요. 하지만 그것도 대수롭지 않은 잘못입니다. 제가 당신에게 혐의를 둘 정도의 실수가 아니란 말이지요. 제가 당신을 의심하게 된 건, 치명적인 실수가 드러났기 때문이었습니다. 그렇지 않았다면 모두 사소한 실수로 그냥 넘어갈 수도 있는 일이었는데 말이지요……. 비염 치료제의 약병이 텅 비어 있더군요. 그건 킨케이드 씨의 유죄를 입증하기 위해 의도된 어색한 상황이었습니다. 물론 당신은 위장에서 벨라도나가 발견되지 않을 거라는 사실을 알고 있었습니다. 그래서 당연히 자살로 조작된 사건으로 주의가 돌려질 거라고 확신했지요. 당신이 물병을 교묘하게 처리해 놓은 것도, 물이라는 매개물을 통해서 독이 투여됐다는 인상을 심어주려는 의도였습니다. 물론 그것이 두 번째 단서가 되었지요. 클로스터 소인이 첫 번째 단서고요. 아무튼 두 번째 단서가 저를 중수라는 요소로 이끌었습니다. 일단 자살처럼 꾸며진 것이 거짓으로 드러나고 킨케이드 씨가 중수를 제조하고 있다는 사실이 밝혀지면, 그분이 아주 강한 의혹을 사게 되었을 겁니다. 그렇게 되면 당신이나 당신 어머님은 자동적으로 용의선상에서 제외될 수 있었겠죠. 만약 당신 어머님이 당신이 준비해 놓았던 니트로글리세린이 든 물을 마셨다면 말입니다……. 지금까지 제 추리가 옳았습니까?"

"예."

루엘린이 마지못해 인정했다.

"계속하시죠."

반스가 계속 말을 이었다.

"물론 다량의 중수가 체내에 들어갔을 경우 사람에게 어떤 영향을 미치는지는 아무도 모릅니다. 설령 그런 실험을 실행할 수 있다손 치더라도 실험을 하는 데 필요한 충분한 양만큼 중수를 입수할 수 없기 때문이지요. 하지만 중수의 유독 작용에 대해서는 꽤 많은 추측이 제기되고 있습니다. 따라서 중수가 인체에 미치는 영향이 과학적으로 입증되어 있지 않을지라도 중수가 당신과 당신 아내, 그리고 당신 어머님에게 투여되었다면 킨케이드 씨의 유죄를 추정하는 아주 강력한 근거가 되었을 겁니다. 물론 당신 어머님의 경우에는 아멜리아 양 대신에 그 물을 마셨다면 말입니다. 아무튼 당신이 거짓으로 꾸며낸 다른 증거와 함께 이런 근거가 킨케이드 씨를 궁지로 몰아넣었을 테고, 그랬다면 그분이 곤경에서 벗어나기란 사실상 불가능했을 테지요. 물론 당신은 당신과 당신 어머님에게 투여된 독의 종류가 밝혀지지 않으리라는 점을 잘 알고 있었습니다. 당신이나 당신 어머님 모두 독물의 치명적인 영향에서 헤어난 후일 테니 당연하죠. 그렇게 되면 당신의 리처드 삼촌께서는 꼼짝 못할 처지에 빠지게 됐을 겁니다…… 그런데 킨케이드 씨가 산막에서 하고 있는 개인 사업에 대해서는 어떻게 알아낸 겁니까?"

루엘린의 눈에 음흉스런 빛이 언뜻 떠올랐다.

"내 방과 삼촌 방의 벽난로가 서로 연결돼 있습니다. 그래서 삼촌과 블러드굿이 큰 소리로 말하는 경우에는 종종 말소리가 들렸지요."

"아아!"

반스가 냉소를 지었다. 그의 얼굴에 정나미가 떨어진다는 듯한 표정이 떠올랐다.

"그러니까 당신에게는 다른 능력에다 엿듣기 재주까지 더해졌던 거군요! 정말이지 점잖은 사람은 아니로군요, 루엘린 씨."

"여하튼 내 목적을 이뤘잖습니까."

그가 응수했다. 그에게서는 부끄러워하는 기색이 조금도 보이지 않았다.

"그런 것 같군요. 어쩌면 제가 지나치게 흠잡는 걸 좋아하는지도 모르겠습니다. 헌데 이해가 되지 않는 점이 하나 있습니다. 당신이 제게 친절하게 설명해주시지요. 어째서 당신 아내와 삼촌 모두를 간단히 독살하지 않았습니까? 그랬다면 이렇게 고심해서 정교하게 계획을 세우는 수고 따위는 덜 수 있었을 텐데요."

루엘린은 얼굴을 찌푸리며 은혜라도 베푼다는 듯한 태도로 입을 열었다.

"그렇게 쉽게 성취할 수 없었을 겁니다. 삼촌은 늘 경계를 게을리하지 않았죠. 게다가 아내의 죽음에, 삼촌의 죽음까지 더해진다면 의혹이 내게 던져지기 십상입니다. 뭣 때문에 그런 위험을 무릅쓰겠습니까? 차라리 삼촌 주위를 빈둥거리다가 삼촌이 벌을 받는 모습을 지켜보는 편이 훨씬 나았습니다. 우선 삼촌을 파멸시킨 뒤에, 사형에 처해지는 모습까지도 두 눈으로 확인할 수 있으니까요."

그의 눈에 사악하고 광신적인 빛이 번쩍였다.

"그렇겠네요."

반스가 고개를 끄덕였다.

"당신이 말하는 의미를 알겠습니다. 신중을 기하면서 더 만족스런 결과를 얻어낸다는 말씀이군요. 아주 영리하고도 교활한 생각입니다. 하지만 알다시피, 저희가 중수라는 요소를 떠올리지 못했을 수도 있었습니다."

"당신이 중수에 생각이 쏠리지 못했다면, 내가 당신을 도와 그쪽에 생각이 미치도록 했을 겁니다. 하지만 나는 당신을 믿었습니다. 그래서 당신한테 편지를 보냈던 거고요. 경찰들이 중수를 놓치고 보지 못할 거라는 걸 나는 알고 있었거든요. 나는 당신이 수사과정에서 이용하는 정신 작용 방식에 항상 감탄해왔습니다. 사실, 당신과 나는 재능이 많다는 공통점이 있습니다."

"그렇게 말씀해주시니 대단히 영광스럽군요."

반스가 중얼거렸다.

"그런데 정말이지 당신은 물이라는 단서를 썩 잘 눈에 띄게 장치해 놓았더군요. 하지만 킨케이드 씨와 블러드굿 씨도 여기 카지노에서 벌어진 당신의 그 소름끼치는 연극의 1막에서 당신에게 정말 유리하게 행동했습니다. 자신들도 모르는 사이에 말이지요."

루엘린이 낄낄 웃었다.

"두 사람이 그랬습니까? 내가 운이 아주 좋았군요. 하지만 그런 건 아무래도 상관없었을 겁니다. 나는 이미 당신이 듣게끔 물을 주문해 놓은 상태였으니까요. 그리고 생수를 트집 잡아 화를 내며 소동을 떨 작정이었습니다. 블러드굿이 느닷없이 정중해져 내 대신 물을 다시 주문하지 않았다면 말입니다. 당신도 기억합니까. 내가 그때 삼촌이 룰렛 테이블 가까이 올 때까지 기다렸다가 두 번째 술을 주문했던 걸 말입니다."

"예, 저도 그 점에 주목했습니다. 아주 영리하더군요. 당신은 일을 잘 처리했습니다. 당신이 독물학에 관해 좀더 공부하지 않은 것이 심히 유감스럽군요."

"이제 아무래도 상관없습니다."

루엘린이 비난조로 씩씩거리며 말했다.

"이렇게 더 나은 방향으로 풀리지 않았습니까. 삼촌은 바로 여기 자신의 사무실에 설명을 해야할 시체 세 구를 갖게 될 테니까요. 삼촌은 전혀 가망이 없을 겁니다. 설사 삼촌이 알리바이를 입증할 수 있을지라도, 심복 한 사람을 고용해서 당신들에게 총을 쏴 죽이지 않았다는 사실을 입증할 수는 없을 겁니다. 그러니 삼촌이 파크 애버뉴의 독살사건의 혐의로 체포되거나 혹은 그 정황 증거로 고통을 받는 것보다 이것이 더 좋은 방법이잖습니까."

"그러니까 저희도 결국 당신에게 이롭게 행동하고 있는 셈이군요."

반스가 의기소침한 얼굴로 말했다.

"당신도 훌륭했습니다."

루엘린은 의기양양한 표정으로 반스를 짓궂게 노려보며 말했다.

"요즘에는 내게 카드패가 잘 들어옵니다. 하지만 행운과 지능은 언제나 양립하는 법이죠."

"물론 그렇지요……. 그러니까 당신은 저희들에게 방아쇠를 당기고 나서 논쟁의 여지가 없는 알리바이를 만들기 위해 교외에 있는 당신 어머님께 합류하러 가겠군요. 마크햄 씨의 비서는 킨케이드 씨와 저희가 여기에서 2시에 만날 약속을 했다고 증언할 테고요. 당신이 제가 어젯밤에 블러드굿 씨와 한 이야기를 증언하면, 케인 씨가 그것을 입증해 주겠지요. 또한 당신이 중수에 관해 알고 있는 모든 사실을 이야기할 테니, 그러면 아른하임 씨가 제가 산막에 다녀갔다는 사실을 인정하게 될 겁니다. 게다가 우리 세 사람의 시체까지 여기서 발견될 테고. 지금까지의 모든 정황 증거가 전적으로 킨케이드 씨를 가리키고 있으니, 그분은 체포되어 감옥에 처넣어지겠군요."

반스가 감탄스럽다는 얼굴로 고개를 끄덕거렸다.

"그래요. 당신 말이 전적으로 옳습니다. 킨케이드 씨는 가망이 없습니다. 그분이 스스로 했든지 혹은 자신을 위해 누군가를 고용해서 처리했든지 결국 둘 중 하나로 입증되겠지요. 어쨌든, 킨케이드 씨는 파멸하게 되겠군요……. 아주 훌륭해요. 이론적으로는 결함을 찾을 수가 없군요."

루엘린이 미소를 머금었다.

"당연하죠. 내가 그것을 생각해낸 거요."

마크햄이 눈을 부릅뜨고 그를 노려보았다.

"넌 흉악한 악마야!"

그가 불쑥 내뱉었다.

"욕은 삼가시지요, 지방검사님. 점잖은 말만 하세요."

그는 간담이 서늘해질 만큼 부드러운 어조로 대꾸했다.

"맞네, 마크햄."

반스가 말했다.

"그런 모멸적인 말은 단지 저 신사분을 우쭐하게 만들 뿐이라네."

루엘린의 입술이 일그러졌다. 그 모습이 섬뜩하게 느껴졌다.

"내 계획에 대해서 그밖에 애매한 부분이 있습니까, 반스 씨? 그럼 내가 기꺼이 설명해드리지요."

"없습니다."

반스가 고개를 저으며 말했다.

"제 생각에는 토양이 썩 잘 일구어진 것 같습니다."

루엘린은 자기 만족감에 득의양양한 태도를 내보이며 씩 웃었다.

"음, 내가 그것을 해냈지요. 그것도 아주 교묘하게 잘 말입니다. 처음부터 끝까지 전부 내가 계획했어요. 지금까지 일어났던 어떤 살인사건보다도 좀더 앞선 방식으로 살인을 실행에 옮겼지요. 용의자를 네 명이나 준비해두고서 내 자신은 교묘하게 표면에 나서지 않고 말입니다. 당신이 어디서 멈추든 그건 나하고는 상관없는 일이었습니다. 당신이 멀리가면 갈수록 진실에서 더 멀어지게 계획돼 있었으니까요……."

"저희가 결국 당신이 범인이라는 사실을 밝혀냈다는 것을 잊으셨군요."

반스가 불쑥 끼어들었다.

"하지만 내가 최후의 승자예요."

루엘린이 큰소리쳤다.

"독에 대한 지식이 부족한 탓에 사소한 실수 한두 가지를 저질렀고, 그래서 당신한테 실마리를 제공하게 됐지만요. 하지만 당신이 내게 의혹의 눈초리를 보내자, 훨씬 더 교묘하게 당신한테 일격을 가했어요. 당신은 내가 실패했다고 생각했지요. 하지만 궁극적으로 아주 멋진 성공으로 바꿔놓았어요."

흔들림 없는 그의 눈빛에는 자만감이 가득했고 광적인 빛이 번득였다.

"자, 이제 끝을 내도록 하죠!"

그는 죽은 사람같이 싸늘한 표정을 짓고 있었는데, 얼굴 근육에서 긴장이 조금씩 풀어지고 있었다. 그의 연한 푸른색 눈은 최면에 빠진 것처럼 보였다. 그가 우리 곁으로 조금 더 다가와서 단호하고 신중한 자세로 총을 겨누었다. 총구가 똑바로 반스의 명치를 향했다…….

지금과 같은 아주 결정적인 순간에, 살아 있는 사람이라면 누구나 바야흐로 죽음이 임박하고 있다는 사실을 깨닫게 된다. 또한 이러한 순간에는 의식이라고 불리는 것도 사라지고 만다. 그래서 우리 모두는 마음속 가장 깊숙한 곳에 존재하는 직감이라는 것에 매달리게 된다. 우리의 정신이 주변에서 흔히 들리는 낯익은 소리들, 즉 평소 같으면 대개 주의를 끌지 못하는 그런 소리들을 받아들여 마음에 새기는 방식은 여느 때와 같지 않다. 그곳에 앉아 있던 그 끔찍한 순간에 나는 어딘가 먼 곳에서 한 여인이 날카로운 목소리로 소리치는 것을 알아챘다. 허드슨 강에서 울리는 증기선의 기적소리도 들었다. 또 바깥 길가에서 자동차 한대가 급히 브레이크를 밟는 소리도 감지했다. 또 애버뉴 가까이에서 차량이 덜거덕거리며 저속으로 달려가는 소리도 인식했다…….

반스가 의자에서 몸을 조금 꼿꼿이 세우고는 앞으로 기울였다. 그의 눈이 가늘어지면서 단호한 빛이 나타났다. 입가에는 경멸적인 냉소가 떠올랐다. 잠깐 동안 나는 그가 벌떡 일어나서 루엘린과 맞붙어 싸울 모양이라고 생각했다. 하지만 그런 의향을 가지고 있었다 하더라도 이미 너무 늦어버렸다. 바로 그때 루엘린이 재빠른 동작으로 연속해서 방아쇠를 두 차례 당겼던 것이다. 총구는 여전히 반스의 명치를 향한 채였다. 조그만 사무실에서는 귀청이 터질 듯한 두 발의 총성이 울려 퍼졌고, 총성과 함께 루엘린의 총구에서도 불꽃이 두 차례 터졌다. 두려움이 엄습해 와 온몸의 근육이 마비되는 것 같았다…….

반스의 눈이 스르르 감겼다. 그가 한 손을 들어 입으로 가져갔다. 그는 숨이 막힐 듯 기침을 했다. 다음 순간 그의 손이 무릎 쪽으로 툭 떨어졌고 몸이 축 늘어지는가 싶더니 고개가 푹 수그러졌다. 그가 천천히 앞으로 곤두박질치더니 몸을 웅크린 자세로 루엘린의 발치에 널브러졌다. 나는 두려움에 휩싸여 그저 멍하니 반스에게 시선을 집중했다. 그 순간 내 두 눈알이 툭 튀어나오기라도 할 것만 같았다.

린 루엘린이 표정의 변화 없이 재빨리 그를 힐끗 내려다보았다. 그리고는 한쪽으로 조금 비켜서면서 마크햄을 향해 정확하게 총구를 겨누었다. 마크햄은 망연자실한 자세로 그 자리에 굳은 채 앉아 있었다.

"일어서시죠!"

루엘린이 명령했다.

마크햄은 소리가 들릴 정도로 깊이 숨을 들이쉬더니 단호한 태도로 자리에서 일어났다. 그는 어깨를 똑바로 펴고 서서, 잠시도 흔들리는 일 없이 차분하면서도 공격적인 시선을 린 루엘린에게 보냈다.

"실제로 당신만이 경찰이잖습니까?"

루엘린이 말했다.

"그러니 당신은 돌려 세워놓고 쏘아드리도록 하지요. 돌아서시죠."

마크햄은 움직이지 않았다.

"당신 말에 따를 생각 없소, 루엘린 씨."

마크햄이 침착한 어조로 대꾸했다.

"나는 당신과 마주본 상태에서 총을 맞는 쪽을 택하겠소."

마크햄이 이야기할 때, 나는 조그만 사무실 저쪽 끝에서 뭔가 스르르 움직이는 듯한 귀에 익지 않은 낯선 소리를 들었다. 그래서 본능적으로 그쪽 방향을 흘끗 보았다. 그 순간 내 눈에 놀라운 광경이 들어왔다. 반대쪽 벽에서 널찍한 널빤지 하나가 분명히 사라지고 없었고, 그곳에 킨케이드가 손에 푸른빛이 도는 커다란 자동 권총을 들고 서 있었다. 그는 앞으로 몸을 약간 구부리면서 자신의 허리 높이에서 루엘린을 향해 바로 권총을 들이댔다.

루엘린 또한 그 소리를 들었음에 틀림없었다. 그가 고개를 조금 돌려서는 의심스러운 듯 어깨너머로 재빨리 쳐다보았다. 그때 두 발의 총성이 울려 퍼졌다. 그러나 이번에는 킨케이드의 총에서 난 소리였다. 루엘린이 몸을 움직이다가 잠시 멈췄다. 깜짝 놀라 휘둥그레진 그의 두 눈이 흐릿해지면서 손에 들고 있던 권총이 바닥으로 굴러 떨어졌다. 그는 그 자리에 얼어붙은 듯, 아마도 꼬박 2분 동안은 그렇게 서 있었다. 그리고 몸이 축 늘어졌고, 다음 순간 고개가 푹 수그러지면서 바닥에 거꾸러졌다. 무슨 일이 일어났는지를 깨달았을 때, 마크햄과 나는 너무나 큰 충격에 휩싸여서 움직이지도 말을 꺼내지도 못했다.

무시무시한 침묵이 흐른 뒤, 어안이 벙벙할 정도로 희한한 일이 벌어졌다. 잠시 동안 내가 뭔가 불가사의하고 초자연적인 마술을 목격하고 있는 듯한 느낌이었다. 마치 엄청난 기적이 일어나고 있는 것 같았다. 뭔가에 홀린 듯 나는 루엘린이 맥없이 쓰러지는 모습을 주시했고, 그리고는 움직임이 없는 반스에게로 시선을 옮겼다. 그때 반스가 몸을 움직이는가 싶더니 천천히 일어났다. 그리고는 가슴 주머니에서 손수건을 꺼내 옷에 묻은 먼지를 털어내기 시작했다.

"대단히 감사합니다, 킨케이드 씨."

그가 느릿느릿 말했다.

"정말 몹시 고약한 상황에서 저희를 구해주셨습니다. 당신이 자동차를 대는 소리를 들었지요. 그래서 당신이 2층에 올라올 때까지 조카분이 행동을 미루고 꾸물거리도록 시간을 끌었던 겁니다. 당신이 총소리를 듣고 조카를 향해 탕 하고 방아쇠를 당기기를 바랐지요. 그래서 조카분이 제가 죽었다고 믿도록 행동했던 겁니다."

킨케이드는 화가 난 듯 눈을 가늘게 떴다. 그러다가 곧 표정이 바뀌면서 걸걸한 웃음을 터트렸다.

"그러니까 내 손으로 조카를 쏘기를 바랐단 말이군요. 저는 아무래도 상관없습니다. 이런 기회를 갖게 돼서 기쁠 따름이지요……. 그런데 더 빨리 도착하지 못해서 죄송합니다. 기차가 조금 연착을 한데다 택시마저 교통 정체에 걸려서 꼼짝 못했지 뭡니까."

"사과하실 필요 없습니다."

반스가 말했다.

"때마침 정확히 도착하셨으니까요."

그는 린 루엘린 옆에 무릎을 꿇고 앉아서 손으로 그의 몸을 만져 보았다.

"죽은 게 분명합니다. 정확히 조카분의 심장을 맞히셨군요. 뛰어난 사수십니다, 킨케이드 씨."

"언제나 그랬죠."

그가 무미건조한 말투로 대꾸했다.

마크햄은 얼이 빠져버린 사람처럼 멍한 얼굴로 꼼짝 않고 서 있었다. 안색이 창백한데다 이마에는 커다란 땀방울까지 맺혀 있었다. 그가 간신히 입을 열었다.

"자네…… 자네 정말 괜찮은 건가, 반스?"

"암, 괜찮고말고."

반스가 미소를 머금고 말했다.

"이보다 더 좋을 수가 없을 거 같네. 아아! 아무래도 나는 이따금 죽음의 고통을 맛보아야 할 모양이야. 하지만 루엘린 같은 병적인 도착자가 내 죽음의 때를 결정하도록 내버려두진 않을 걸세."

그는 회한 어린 표정으로 마크햄에게 시선을 돌렸다.

"자네와 반을 이런 불안한 상황 속으로 끌어들여서 정말 미안하네. 하지만 루엘린의 자백을 기록으로 남겨야 해서 어쩔 수 없었네. 알다시피, 우리는 그에게 불리한 압도적인 증거를 잡지 못했잖은가."

"하지만…… 그렇다고 해도……."

마크햄이 더듬더듬 말했다. 아무래도 이 어리둥절한 상황을 아직 납득하지 못하는 모양이었다.

"참, 루엘린의 권총에는 실탄이 없었네. 공포탄만 들어 있었지."

반스가 설명해주었다.

"오늘 아침에 루엘린 저택을 방문했을 때, 내가 조치를 취해놓았지."

"그럼, 자네는 그가 어떻게 나올지 알고 있었던 건가?"

마크햄은 의심스런 눈초리로 반스를 바라보다가 손수건으로 격렬하게 얼굴을 문질렀다.

"짐작하고 있었네."

반스가 대답하고는 담배에 불을 붙였다.

마크햄은 기진맥진한 사람처럼 의자에 풀썩 주저앉았다.

"저는 브랜디를 좀 마셔야겠습니다."

킨케이드가 말했다.

"우리 모두 한 잔씩 하도록 하죠."

그런 뒤에 그는 바로 통하는 문으로 나갔다.

마크햄의 시선은 여전히 반스에게 머물러 있었으나, 눈빛 속에 담겨 있던 놀라움은 더 이상 보이지 않았다.

그가 물었다.

"방금 자네가 했던 말이 무슨 뜻인가? 루엘린의 자백을 기록으로 남겨야 했다는 얘기 말일세."

"말한 그대로네."

반스가 대답했다.

"그러고 보니 생각나는군. 이제 녹음기를 꺼야겠네."

그는 킨케이드의 책상 위에 걸려 있는 작은 그림 쪽으로 가서 그것을 떼어냈다. 그러자 작은 금속 원반이 모습을 드러냈다.

"이보게들, 이제 끝났네."

그가 분명히 벽에다 대고 이렇게 소리쳤다. 그리고 원반에 연결되어 있던 전선 두 줄을 떼어냈다.

"이보게, 마크햄."

그가 설명했다.

"오늘 아침에 자네가 킨케이드에게 온 전화 통화라며 해준 얘기를 듣고 나는 납득이 가질 않았다네. 그런데 그때 전화를 걸었던 사람이 킨케이드가 아니라 루엘린일 거라는 데 생각이 미쳤지. 내가 뭔가 행동을 취하리라고 예상했던 사람은 루엘린이었거든. 어젯밤에 넌지시 그에게 쏟아 놓았던 이야기 때문에 더욱 그럴 거라 생각했지. 하지만 솔직히 이런 어리석은 행동까지는 기대하지 않았네. 이처럼 단도직입적이고 결정적인 행동은 생각도 못 했어. 아무튼 그래서 처음에 갈피를 잡지 못하고 당황했던 거라네. 하지만 일단 그 의도를 파악하게 되자, 나는 그것이 논리적이고 교활한 조치라는 것을 깨닫게 되었지. 자네와 내가 방해가 된다는 전제 아래 결론 내리면, 방해자인 자네와 나는 제거되어야 했네. 그래서 우리를 카지노로 불러들이려 한 거지. 루엘린의 이런 삼단논법을 알아차리는 건 별로 어려운 일이 아니었어. 나는 그가 전화를 걸기 위해 애틀랜틱시티에 갔을 거라고 확신했지. 알다시피, 시내에서 전화를 걸면서 장거리 통화인 체 가장하기란 쉬운 일이 아니잖나. 그래서 내가 방어하기 위해 준비를 할 시간이 몇 시간쯤은 있다는 것을 알게 됐네. 나는 즉시 애틀랜틱시티에 있는 킨케이드에게 전화를 걸어서 사건의 전말을 알려주었지. 그리고 곧바로 뉴욕으로 와달라고 부탁을 했어. 또한 녹음기를 설치하기 위해 내가 카지노에 어떻게 들어갈 수 있는지도 알아놓았지. 그래서 내가 용맹스런 경사를 방문했던 거라네. 그와 살인수사과의 형사 몇 사람과 속기사가 이웃 아파트에 있으면서 오늘 오후에 이곳에서 오고갔던 이야기들을 모두 기록해 놓았네."

그는 마크햄과 마주보고 의자에 앉더니 담배를 한 모금 깊이 빨았다. 그리고 말을 이었다.

"솔직히 나는 루엘린이 어떤 방법을 사용해서 우리를 제거하고 자신의 삼촌에게 혐의를 뒤집어씌우려 할지 확신이 없었어. 그래서 자네와 반에게 아무것도 마시지 말라고 주의를 주었던 거라네. 물론 그가 독을 다시 사용할 가능성도 있었으니까. 하지만 한편으론 그가 자신의 권총을 사용할지 모른다는 생각도 들었네. 그래서 공포탄 한 상자를 사서 오늘 아침에 그의 집으로 갔던 걸세. 아주 바보 같은 구실을 하나 만들어서 말이네. 그리고는 루엘린의 침실에 혼자 있게 됐을 때, 그의 권총의 탄약통에 공포탄을 대신 장전해 놓았지. 하지만 그가 미리 총을 확인했다면 공포탄이 장전되어 있다는 사실을 알아차렸을 가능성이 있었네. 그런데 아까 의자에 앉기 전에 보니 공포탄이 그대로 장전되어 있었어. 그렇지 않았다면 저자와 유술(柔術;16C 일본 무사들이 자신의 몸을 보호하기 위해 만들어진 맨손 무술 - 역주)로 격투를 좀 벌였어야 했을 거네."

킨케이드가 브랜디와 유리잔 4개를 가지고 다시 사무실로 들어왔다. 그는 책상 위에 쟁반을 내려놓고 잔에 브랜디를 따랐다. 그리고는 잔을 향해 손을 휘두르면서 우리에게 마음대로 마시라고 권했다.

"마셔도 되나, 반스?"

마크햄이 쓴웃음을 지으며 물었다.

"자네가 이곳에서 아무것도 마시지 말라고 하지 않았나."

"이제 마셔도 괜찮네."

반스는 이렇게 말하고는, 잔을 하나 들어서 음미하듯 꾸브와제를 조금씩 마셨다.

"맨 처음부터 저는 킨케이드 씨가 저희에게 가장 유용한 협력자라고 생각했습니다."

"설마 그럴 리가요!"

킨케이드가 부드러운 어조로 중얼거렸다.

"결국 당신은 저에 대해서 훤히 꿰고 있었군요!"

바로 이때 문이 쾅 닫히더니 뒤이어 허둥지둥 계단을 올라오는 묵직한 발소리가 들렸다. 킨케이드가 골드룸으로 나가는 사무실 문 쪽으로 가서 문을 열었다. 문간에 히스가 손에 45구경 권총을 들고서 있었다. 그의 뒤로 스니트킨과 헤네시, 버크가 밀치락달치락하며 달려오는 게 보였다. 히스의 시선이 반스에게로 쏠리더니 어린아이처럼 깜짝 놀란 표정이 떠오르면서 두 눈이 휘둥그레졌다.

"돌아가시지 않았군요!"

그가 거의 고함치듯 말했다.

"그런 일은 절대 없네, 경사."

반스가 대답했다.

"그런데 그 총 좀 저리 치워주겠나. 오늘은 더 이상 총을 맞고 싶지 않거든."

히스는 손을 허리 아래로 떨어뜨리면서도 놀란 눈길을 반스에게서 거두지 않았다.

그가 말했다.

"반스 씨, 당신이 제게 말씀하셨죠. 녹음기로 어떤 소리가 들리든 동요하지 말고, 종료 신호를 보내기 전까지는 제 위치를 지키면서 작업에 몰두해야 한다고요. 하지만 루엘린이라는 작자의 말소리가 들린 뒤 총소리가 나고, 뒤이어 당신이 쓰러지는 소리가 들렸을 때는 그 길로 당장 달려오고 싶었습니다."

반스가 말했다.

"고맙네. 하지만 그럴 필요는 없었네."

그는 축 늘어져 있는 린 루엘린을 향해 손짓을 하며 말을 이었다.

"저 친구를 보게. 전혀 걱정하지 않아도 된다네. 총알이 심장을 관통해서 완전히 죽었거든. 당연히 자네가 저자를 시체보관소로 옮겨야 되겠지. 하지만 그걸로 끝이네. 모든 문제가 아주 훌륭하게 해결됐다네. 공연한 소란도 떨지 않고, 재판도 열리지 않고, 배심원도 없이 말이네. 그래도 정의가 승리했네. 그리고 세상도 계속 돌아가지. 하지만 왜 이래야 하는 건가?"

나는 히스가 반스가 하는 말을 조금이라도 듣고 있는 건지 의심스러웠다. 그는 여전히 얼빠진 얼굴로 반스를 뚫어져라 쳐다보고만 있었다.

"정말로 아무 데도 다친 곳이 없으신 겁니까?"

그가 반스를 걱정하고 있는 마음이 자동적으로 입을 통해 말로 튀어나온 것 같았다.

반스는 코냑잔을 내려놓고 히스에게 다가가서 그의 어깨에 다정하게 손을 올려놓았다.

"그렇다네."

그가 부드럽게 말했다. 그리고는 그를 놀리기라도 하듯이 연민 어린 표정을 지으며 고개를 흔들면서 말했다.

"자네의 기대에 부응하지 못해서 대단히 미안하군."

. . . .

독자 여러분도 기억하듯이, 버지니아 루엘린의 살인사건은 여러 날 동안 지역 신문의 1면을 장식했다. 하지만 곧 다른 사건들에다 그 자리를 내주었다. 누구나 그 사건의 중요한 진상 대부분을 알게 되었지만 진상 모두를 알게 된 것은 아니었다. 물론 킨케이드는 린 루엘린을 살해한 혐의에 대해서 무죄로 입증되었다. 마크햄은 이 사건이 대배심의 심의를 받는 일조차 없도록 주선했다.

카지노는 그 사건이 일어나고 나서 1년이 채 못돼서 영원히 문을 닫아버렸다. 오래된 아름다운 회색빛 석조 저택은 헐려지고 그 자리에 현대식 초고층 건물이 들어섰다. 그 즈음에 킨케이드도 약간의 재산을 모을 수 있었고, 그 후 준설 사업에만 전념했다.

루엘린 부인은 내가 예상했던 것보다 훨씬 더 짧은 기간에 아들의 죽음으로 인한 충격에서 벗어났다. 그녀는 여태까지보다 더 열정적으로 사회사업에 발 벗고 나섰다. 나는 자선 활동에 관한 기사에서 종종 그녀의 이름을 접하고 있다. 블러드굿과 아멜리아는 킨케이드가 카지노의 문을 영원히 닫은 그 다음 주에 결혼을 했다. 두 사람은 지금 파리에 살고 있다. 말이 나온 김에 덧붙이자면, 블러드굿 부인은 예술가로서의 경력을 포기했다. 최근에 나는 파크 애버뉴에서 케인 선생을 만났다. 그는 뭔가 중대한 일이 있는 듯 보였는데, 여자 환자에게 디아테르미 치료를 하러 병원으로 급히 가는 길이라고 했다.

심리분석추리의 귀재 '파일로 반스'

S. S. 반 다인(S. S. Van Dine, 1888~1939)의 8번째 작품인 「카지노 살인사건(1934)」은 이전 작품인 「드래건 살인사건(1933)」이 맨해튼 중심부에서 떨어진 인우드를 배경으로 한 데 반해, '파일로 반스 미스터리'의 주무대인 맨해튼 중심부에서 진행되고 있다.

파일로 반스의 생애에서 '가장 불가사의하면서 더없이 극악무도한 범죄'라고 시작하는 이 살인사건에서 그는, '심리분석추리'라고 하는 독창적인 추리법으로 교활한 정신작용의 소유자인 범인에 맞서 사건을 해결해 나간다.

파일로 반스는 S. S. 반 다인의 첫 번째 작품인 「벤슨 살인사건(1926)」에서 창조해낸 괴팍하고 현학적인 탐정이다. 그는 셜록 홈스 이후 가장 뛰어난 아마추어 탐정이라는 평을 받는다. 냉소적이고 현학적인 말투와 잘난 척하는 태도 등이 기존의 탐정 이미지와 상반되지만, 심리분석추리라고 하는 독창적인 추리법과 독특한 범죄관은 그를 명탐정의 반열에 올려놓기에 충분하다. 파일로 반스는 거의 모든 작품마다 엄청난 현학적 장광설로 독자들을 압도한다. 관련되지 않은 이야기라고 생각할 수도 있지만, 파일로 반스는 자신의 지식을 교묘하게 사건의 해결과 연관시키고 있다.

그는 우연한 기회에 뉴욕 시 지방검사인 친구 마크햄을 통해서 범죄수사에 참여하게 되고, 첫 사건인 「벤슨 살인사건」에서부터 독특한 추리방법으로 사건을 해결해 나간다. 파일로 반스는 물적 증거를 중시한 셜록 홈스와는 반대로 연역적 추리 방식을 사용한다.

고전 추리소설하면 꼭 거론해야 할 작가가 S. S. 반 다인이다. 알다시피, 고전 추리소설이란 1920년대 후반 등장한 '하드보일드형(hard boiled)' 이전의 '수수께끼 풀이형'의 추리소설을 말한다. 반 다인은 근대 추리소설의 원조인 에드거 앨런 포(Edgar Allan Poe, 1809~1849) 이후 뚜렷한 작가를 배출해내지 못한 미국 추리소설계에 혜성처럼 등장해 1920년대 미국 추리소설의 황금기를 이끈 인물이다.

그의 본명은 윌러드 헌팅턴 라이트(Willard Huntington Wright)로, 1906년 하버드 대학을 졸업한 후, 미술과 문학 분야의 편집자 및 평론가로 활동했다. 그는 1923년 신경쇠약증을 앓던 중 비교적 가벼운 소설로 알려진 추리소설을 2천 권 이상 읽고서 추리소설 창작을 결심하게 된다. 1926년 필명인 S. S. 반 다인으로 출간한 처녀작 「벤슨 살인사건」이 발간 즉시 1주일만에 매진이라는 대성공을 거둔다. 이후 그는 '살인사건(Murder Case)'이라는 제목과 함께, 첫머리에 반드시 6글자의 영어 단어가 붙는 12편의 작품을 발표했다. 단 11번째 작품인 「그레이시 앨런 살인사건(The Gracie Allen Murder Case)」만은 예외였다.

반 다인은 현학적이고 유희적 논리성이 있는 본격 추리소설로 인기를 끌었다. '국명시리즈'로 유명한 엘러리 퀸(사촌 형제간인 프레데릭 더네이와 맨프레드 리의 공동 필명)은 반 다인에게서 직접적인 영향을 받은 것으로 알려져 있다.

최근에 서구 고전 추리소설 붐이 일면서 그동안 구하기 쉽지 않았던 고전 추리소설들이 쏟아져 나오고 있다. '파일로 반스 미스터

미국 캘리포니아에 있는 S. S. 반 다인의 생가(生家)

S. S. 반 다인(왼쪽)과 영화에서 '파일로 반스' 배역을 맡았
던 윌리엄 파웰(오른쪽)이 함께 한 모습. 1929년.

리' 출간을 계기로 추리소설 마니아뿐 아니라 일반 독자들도 '현학적 추리소설의 거장' 반 다인의 작품들을 접하는 좋은 기회가 되었으면 한다. 독자들 스스로 해박한 탐정 파일로 반스가 되어 그만의 독특한 심리분석추리를 이용하여 직접 사건을 해결해본다면 더욱 흥미로울 것이다.

2004년 4월

이정임